내 이름을
잊어줘

Forget My Name

내 이름을 잊어줘

J. S. 몬로 지음

BOOK PLAZA

우리 집 앞에 나타난 낯선 여자가 말했다.

"여기는 내 집이에요. 당신은 누구죠?"

목   차

내 이름을 잊어줘

첫째 날

◆

'나는 내 이름을 기억하지 못한다.'

주문을 외우듯 이 말을 중얼거렸다. 그리고 마음을 진정시키면서 이 문장의 의미를 완벽하게 소화하려 노력했다. 과거의 삶과 연결된 밧줄을 풀어버렸으니 나는 이제 현재가 이끄는 대로 움직이는 수밖에 없었다.

기차에서 내린 나는 신선한 시골 바람을 폐에 한가득 채우며 큰 도로로 이어지는 샛길을 비척비척 걸었다. 길에는 지친 통근자의 행렬이 이어지고 있었다. 그들 가운데 내가 아는 사람이 있을까?

내가 걷고 있는 곳은 런던에서 기차로 겨우 한 시간 거리에 있는 마을이었지만 시골티가 역력했다. 전형적인 전원 풍경이랄까.

나는 철교를 건너 마을 중심가로 향했다. 우체통 하나를 지나며 다시 마음을 가다듬었다.

'나는 잘하고 있다.'

일시적인 기억상실증의 원인은 무척이나 다양하다. 마약이나 알코올에 의해 유발될 수도 있지만 업무 스트레스가 가장 흔한 원인이다. 적절히 처리되지 못한 삶의 찌꺼기가 기억 회로로 연결된 신경 통로를 차단해버리는 것이다.

그런 상황이라면 역시 내 집에서 휴식을 취하는 것이 최선이다. 우편함에 내 이름이 적힌 우편물들이 잔뜩 쑤셔 박혀 있는 내 집 말이다.

마을에 있는 주점에서 방향을 틀어 낡은 초가집이 즐비한 골목길로 들어섰다. 골목 어귀에 있는 청록색 대문에 등나무가 늘어진 집으로 다가가면서 내 마음은 편안해져야 마땅했지만 그렇지는 않았다. 도리어 나는 내 집에 가면서도 겁에 질려 있었다.

집 안으로 들어가 레드 와인을 커다란 와인잔에 따른 다음, 소파에 털썩 주저앉아 시시한 TV 프로를 시청하는 내 모습을 상상해보았다.

그런데 내게는 집 열쇠가 없었다.

집 앞에 서서 거리를 두리번거리고 있는데, 현관문 안쪽에서 목소리가 새어나왔다. 억양을 들어보니 미국인이 틀림 없었다. 등골이 서늘해졌다.

창문으로 다가가 안을 들여다봤다. 주방을 왔다 갔다 하는 두 사람이 보였다. 뒤뜰로 통하는 여닫이문 틈으로 햇살이 비스듬히 쏟아지고 있어서 둘의 시커먼 형체만 겨우 알아볼 수 있었다.

그 검은 윤곽을 보니 숨이 턱 막혔다.

내 시선은 아일랜드 주방 테이블 앞에 있는 남자에게로 향했다. 남자는 햇빛을 받아 번쩍이는 식칼로 샐러드용 채소를 썰고 있었다.

지금이라도 돌아서서 달아나고 싶은 충동을 억누르며 칼질을 하는 남자를 억지로 계속 지켜봤다. 남자의 뒤편으로 싱크대에서 작은 냄비에 물을 받고 있는 여자가 보였다.

나는 현관문으로 돌아가 번지수를 확인해 보았다. 분명 내 집에 제대로 찾아왔다. 손가락이 파들파들 떨려서 초인종을 누를 수가 없었다.

하지만 간절히 기도하는 사람처럼 머리를 앞으로 푹 숙인 채 양손으로 쇠로 된 문고리를 감싸 쥐고 문을 두드렸다. 나는 마음속으로 되뇌었다. '옴 마니 반메 훔(불교에서 관세음보살의 자비와 보호를 구할 때 읊는 진언 - 옮긴이).'이라고.

반응이 없어서 다시 두드렸다.

"내가 나가볼게."

집 안에 있는 남자가 그렇게 말하는 소리가 들렸다.

나는 도로 쪽으로 뒷걸음치다가 문이 열리는 순간 발을 헛디뎌 넘어질 뻔했다.

"무슨 일이죠?"

남자가 희미한 미소를 어색하게 지으며 물었다.

나는 현기증이 났다.

우리는 잠시 서로를 뜯어보며 상대방의 의도가 무엇인지, 안면이 있는 사람인지 가늠했다. 남자는 내 여행 가방을 힐끔 내려다봤다가 다시 나를 보았다. 나도 모르게 숨을 참고 있었다. 1초, 2초, 3초가 흘렀다. 나는 그를 한참이나 응시하다가 시선을 돌렸다.

내가 뭔가 말을 꺼내야 할 순간이었다. '당신 누구예요? 내 집에서 뭐 하고 있어요? 오늘 내가 얼마나 힘들었는데 지금 또 이런 일까지 겪어야 하나요?'라고 말하고 싶었다. 하지만 말문이 턱 막혔다.

"물건 팔러 오셨으면 관심 없어요." 그가 문을 닫으려 했다. "미안합니다."

그의 말씨가 낯설지 않았다. 잘난 체하는 듯한 뉴욕 억양. 그는 다시 내 여행 가방으로 시선을 옮겼다. 그 안에는 오븐 장갑과 다리미판 커버 같은 요즘 방문판매원들이 문간에서 팔고 다니는 온갖 잡다한 물건들이 들어 있다고 짐작하는 게 분명했다.

"잠깐만요."

나는 적어도 말하는 법은 잊지 않았다는 사실이 기뻤다. 내 목소리에 그는 움찔했다. 내가 너무 큰 소리를 냈나? 내 귓전에 카랑카랑한 울림이 맴돌았다.

"왜요?"

그의 야윈 얼굴에 경계심이 가득했다. 푸른색 눈은 움푹 들어가 있었고, 수염은 말끔하게 정리되어 있었으며, 헤어스타일 또한 단정했다.

"자기, 누구야?"

그의 뒤에서 어떤 여자가 외쳤다. 영국 억양이었다.

남자가 잔잔한 웃음을 지었다.

그때 갑자기 내 눈앞에 플레어의 얼굴이, 그녀의 입가에 걸린 미소가 어른거렸다. 나는 손가락 두 개로 블라우스 소매에 감춰진 내 손목에 새겨진 문신을 지그시 눌렀다. 플레어와 나는 각자의 손목에 살짝 꽃잎이 벌어진 아름다운 보라색 연꽃 무늬 문신을 한 송이씩 갖고 있다. 그 이상을 기억할 수 있으면 좋으련만.

"저는 원래 여기 살던 사람인데요." 나는 간신히 말을 꺼냈다. "그동안 출장을 다녀왔어요. 여긴 제 집이에요."

"당신 집이라니요?"

그가 팔짱을 끼며 문틀에 기댔다. 세련된 옷차림이었다. 단추를 목까지 채운 꽃무늬 셔츠에 짙은 회색 카디건을 걸치고 유명 브랜드 청바지를 입고 있었다.

그는 내 말을 수상하다고 여기기보다는 재미있는 일이라고 받아들이는 듯했다. 몰래카메라와 마이크를 켠 진행자가 숨어 있을 거라 기대했는지 골목을 두리번거리며 주위를 살폈다. 어쩌면 그저 내가 알로에를 팔러 온 방문판매원이 아니라서 안도했는지도 모른다.

"현관문 열쇠가 들어 있던 핸드백을 공항에서 잃어버렸어요. 그래서 여권이고, 노트북이고, 휴대폰이고, 지갑이고 아무것도 없어요." 목소리는 기어들어갔지만 귓가에 쟁쟁한 소음은 참을 수 없을 지경이 됐다. "이웃에 맡겨둔 열쇠를 찾아서 집에 들어간 다음에 경찰에 신고를 할 참이었는데…"

거기까지 말했을 때 또다시 땅이 위로 솟구치는 느낌이었다. 그를 다시 마주보려고 애를 썼지만, 내 눈에 보이는 것은 자기 아파트 문간에 서서 내게 들어오라고 손짓하는 플레어의 환영(幻影)뿐이었다.

나는 심호흡을 하며 명상에 잠겼다. 하지만 효과가 없었다. 아무래도 소용이 없었다. 내가 이 상황에 의연히 대처할 수 있을 줄 알았지만 아니었다.

"들어가도 될까요?"

나는 휘청대는 몸을 주체하지 못하고 물었다.

"네?"

그가 손으로 쓰러지는 나의 팔꿈치를 잡았다.

◆

"되게 예쁜 아가씨다."

"나는 잘 모르겠던데…."

"왜 이래? 완전 예쁘잖아."

"도움이 필요한 사람이야."

"마을 보건소에서 15분 뒤에 다시 전화를 주겠대."

나는 눈을 감고 누운 채 그들의 대화를 엿들었다. 처음에 창밖에서 집 안을 들여다봤을 때처럼 두 사람은 주방에 있고, 나는 조그만 거실에 있었다.

남자의 목소리는 자신만만했다. 여자의 목소리는 나긋하고 조심스러웠다.

문 앞에서 정신을 잃고 쓰러진 나는 소파로 옮겨져 로라라는 이름의 그 여자와 잠시 이야기를 나누었다. 나는 그녀에게 어지럼증이 가실 때까지 잠시 누워 있으면 괜찮을 거라고 안심시켰다. 그게 5분 전의 일이다.

"좀 어때요?" 로라가 거실로 나오며 물었다.

"훨씬 낫네요." 나는 그녀를 돌아보며 대답했다. "고마워요."

여자는 신선한 민트차가 담긴 큼직한 머그잔을 쥐고 있었다.

"이거 마셔요."

그녀가 머그잔을 소파 앞의 나지막한 인도풍 테이블에 내려놓으며 말했다.

머그잔 쪽으로 손으로 뻗자, 내 블라우스 소매가 말려 올라가 연꽃 무늬 문신이 일부 드러났다.

"마을 보건소에 연락했어요." 로라가 내 손목을 힐끗 보며 말을 이었다. "조금 있다 의사가 전화 주기로 했어요."

"고맙습니다." 나는 가냘픈 목소리로 대답했다.

"아직 어지러워요?"

"조금요."

로라라는 여자는 삼십 대 초반으로 보였다. 당장이라도 조깅을 하러 나갈 사람처럼 칠부 레깅스와 형광색 스포츠 티를 입고 있었고 외모는 무척 아름다웠다. 늘씬한 몸매에 관리가 잘된 손톱, 둥글게 말아 올린 머리, 광채 나는 피부까지. 눈 밑의 선명한 다크 써클만 빼면 거의 완벽한 외모였다.

"토니가 그러던데 여기가 당신 집이라고 착각했다면서요?"
그녀는 애써 가벼운 말투로 말했다.

나는 뱃속에 자리잡은 서늘한 공포가 진정되기를 바라며,
꿀을 탄 뜨거운 민트차를 홀짝 마셨다.

"이웃에 맡겨놓은 열쇠를 찾겠다고 했다던데요." 그녀는 또
한 번 가볍게 웃고는 돌아섰다.

"여긴 내 집이에요." 나는 따뜻한 머그잔을 감싸 쥐고 속삭
였다.

그녀의 불편한 심기가 느껴졌다. 워낙 점잖은 사람인지 대놓
고 기분 나쁜 티를 내지는 않았지만 나를 조심스레 재고 있었
다.

그때 우리 대화를 엿듣고 있었을 토니가 주방에서 거실로 나
오는 문 앞에 섰다.

"차 감사해요." 나는 우호적인 분위기를 깨고 싶지 않았다.
"보건소에 연락해주신 것도요. 전 금방 괜찮아질 거예요."

"아직 여기가 당신 집이라고 생각한다면 당신은 정상이 아니
에요."

토니는 미소를 지으며 말하고 있었지만, 단호한 말투에 왠지
텃세가 느껴졌다.

그 순간에도 내 문신은 드러나 있었다. 나는 무심한 듯 소매
를 당겨 연꽃 무늬 문신을 옷으로 가렸다.

차를 한 모금 더 마시고 천장이 낮은 거실을 둘러봤다. 먼지한 점 없이 정갈한 공간이었다. 움푹 들어간 공간에 장작 난로가 설치돼 있고, 또 다른 한쪽 구석에는 말아둔 기도용 깔개같은 것이 차곡차곡 쌓여 있었다. 작은 책장에는 요가 서적과자기계발서가 크기 순서대로 꽂혀 있었다. 집 안에 있는 물건이야 바뀌었겠지만 집의 구조는 낯이 익었다.

"사실 오늘 일과가 너무 힘들었어요."

나는 내 목소리에 실린 풍부한 감정에 스스로 흠칫 몰랐다.

"회의에 참석했다가 비행기를 타고 돌아왔는데 공항에서 핸드백을 잃어버렸어요. 신고하려 했는데 제 이름조차 생각나지않는 거예요." 나는 말을 멈췄다.

"지금은 기억나요?" 로라가 토니를 돌아보며 내게 물었다.

"누구나 깜박깜박할 때가 있잖아요."

토니는 로라의 눈길을 피했다.

나는 고개를 가로저었다.

'나는 내 이름을 기억하지 못한다.'

"공항에서 기억나는 거라곤 내가 살던 집뿐이었어요. 여기,내 집, 이 안식처를 찾아오면 다 괜찮아질 줄 알았어요. 다행히 집에 오는 기차표는 분실하지 않았더라고요."

"여행 가방도요?"

토니가 아직 손잡이가 위로 젖혀진 상태로 현관문 앞에 놓여 있는 여행캐리어를 가리키며 말했다.

"회의가 어디서 있었죠?"

토니는 이제 날이 섰다기보다 호기심이 담긴 목소리로 물었다.

나는 눈물이 주르르 흘렀지만 굳이 닦으려 하지 않았다.

"모르겠어요."

"괜찮아요."

로라가 내 옆자리에 앉으며 말했다.

내 어깨에 팔을 둘러주는 그녀가 무척이나 고마웠다. 여간 고달픈 하루가 아니었으니까.

"가방 손잡이에 꼬리표가 붙어 있을 텐데요."

토니가 여행 가방 쪽으로 다가갔다.

"짐을 찾기 전에 떨어져나갔나 봐요."

떨리는 내 목소리에 그는 나를 빤히 응시했다.

순간 내 머릿속에는 남들이 두고 간 카트에 걸터앉아 끝없이 돌고 도는 수하물 컨베이어 벨트를 지켜보던 내 모습이 떠올랐다.

그때 또다시 플레어의 모습이 눈앞을 휙 스치고 지나갔다. 이번에는 의자에 앉아 있는 그녀의 몸이 곡예사처럼 뒤로 젖혀 있어, 정면에서는 팔꿈치와 무릎만 보였다.

"어디서 회의를 했는지 정말 기억 안 나요?" 토니가 물었다.

"베를린이었나 싶기도 해요."

플레어의 이미지가 또 떠올랐다. 눈을 반짝이며 현란하게 춤을 추는 플레어. 눈을 깜박이자 그 모습은 사라졌다.

"베를린이라고요?" 그는 놀라움을 숨기지 못하고 되물었다. "거기서부터 기억을 더듬어 봐요. 항공사는 어디였죠?"

"제5터미널에 도착했어요."

"그러면 영국 항공이네요. 출발 시간은 기억나요?"

"오늘 아침이었어요."

"첫 비행기였나요?"

"모르겠어요. 미안해요. 입국하자마자 여기로 달려왔어요. 늦은 아침이었나? 점심 때였나?"

"정말 당신 이름도 기억이 안 나요?"

"토니!"

로라가 갑자기 끼어들어 그를 저지했다.

다른 사람의 입을 통해 현재의 상황에 대한 말을 들으니, 나는 너무 무서워서 다시 흐느껴 울기 시작했다. 마음을 단단히 먹고 하나하나 헤쳐 나가야 했다.

로라가 다시 나를 안아주었다.

"내가 아는 사실은 여기가 내 집이라는 것뿐이에요." 나는 로라가 건네는 티슈로 눈물을 닦으며 말했다. "지금 기억나는 건 그뿐이에요. 여기가 내 집이라는 것."

"알다시피 그건 있을 수 없는 일이에요. 부동산 등기부를 보여줄 수도 있어요." 토니였다.

"괜찮아요." 로라가 우리 맞은편 소파에 앉아 있는 토니를 또 흘겨보며 말했다. "경찰에 연락해서 미리 우리 연락처를 남겨둬야겠어요. 공항에서 누가 핸드백을 주워 경찰에 넘길지도 모르니까요."

로라의 말이 먼지처럼 내려앉아 벽난로 벽돌 속으로 흡수되자 온 집 안에는 다시 침묵만 감돌았다.

"그래봤자 무슨 소용이겠어?" 잠시 후 토니가 한결 차분해진 목소리로 말을 꺼냈다. "아직 본인 이름도 기억이 안 난다는데…."

다시 침묵이 이어졌다. 나는 그들에게 이 집에 대해 내가 아는 전부, 내가 기억하는 특징들을 상세히 설명해야 했다.

"내 침실은 이층에 있는 오른쪽 방이에요. 건너편에 있는 다른 침실은 더블 침대가 들어갈 만한 크기고요. 그 옆에 욕실이 있잖아요. 욕실 한쪽 구석에는 샤워부스가, 창문 밑에는 욕조가 있고요. 욕실을 지나면 작은 방이 하나 더 있는데 침실이라기보다는 창고에 가깝죠. 그 위에는 다락이 있고요."

못 믿겠다는 듯 나는 응시하고 있는 토니를 로라가 흘끔 돌아보았다.

"정원 한구석에는 벽돌로 지은 별채가 있는데 사무실로 쓰기에 안성맞춤이죠. 아래층 화장실에는 샤워기가 있고요."

계속해서 그들에게 주방 옆에 있는 식품저장고에 대해 설명하려는데, 전화가 울렸다.

"보건소일 거예요." 로라가 우리 앞에 놓인 테이블에서 수화기를 집으며 말했다.

나는 전화 때문에 내 말이 끊겼다는 데 안도했다.

"네, 이름이 기억나지 않는대요. 어디 갔었는지도요. 이 집에 살았다는데…, 그건 안 물어봤어요." 그녀는 송화구를 손으로 가린 채 내게 물었다. "당신 생일을 물어보는데요?"

로라의 표정을 보니, 그녀는 그것이 하나마나 한 질문이라는 사실을 이미 알고 있는 듯했다.

나는 고개를 저었다.

"모른대요." 로라가 잠시 상대방의 말을 듣다가 대답했다. "공항에서 여권이랑 현금카드, 노트북을 잃어버렸대요." 그녀가 나를 흘긋 보았다. "다른 신분증도 모조리 없어졌다는데요."

나는 고개를 끄덕였다.

이번에 그녀는 수화기에 한참 귀를 기울였다. 로라는 보건소 의사와 친구 사이인 것 같았다.

"고마워요, 수지 박사님. 정말 감사해요."

로라는 수화기를 내려놓았다.

"수지 패터슨 박사가 오늘 저녁에 당신을 봐 주신대요. 개인적으로 특별히 도와주시는 거예요. 머리를 다쳤거나 뇌졸중이 일어난 게 아닌지 의심스럽다며 바로 응급실에 가서 검사를 했으면 하셨는데, 그건 내가 말렸어요. 우리도 지난주에 거기 갔다가 고생깨나 했거든요. 안 그래, 자기?"

그녀는 고개를 주억거리는 토니를 돌아봤다.

"여섯 시간이나 걸렸잖아."

병원에 그렇게 오래 붙잡혀 있어야 한다는 생각에 나는 움찔했다.

"당신은 보건소에 등록이 안 돼 있을 테니까 내 이름으로 예약을 잡을 거예요."

"고마워요."

"혹시 등록이 돼 있는 거 아닐까?" 토니가 말했다.

"잘 모르겠어요." 내가 대답했다. "제가 정말 염치없네요. 이렇게 불쑥 찾아와서…. 화장실 좀 써도 되나요?"

"그럼요."

"1층 화장실 위치는 알고 있겠네요?" 옆을 지나가는 내게 토니가 물었다.

나는 대답하지 않았다. 일단 주방을 나가야 했다.

◆

거실로 돌아갔더니, 토니가 수화기를 들고 전화가 연결되기를 기다리고 있었다. 그는 나를 보자 등을 돌렸다.

"토니가 히드로 공항 파출소에 전화하고 있어요." 로라가 설명했다. "가방 분실 신고를 하려고요. 당신이 지금 여기 있고 기억에 문제가 있다는 얘기도 할 거예요. 그러면 출입국관리소가 오늘 베를린에서 도착한 사람들을 당신 사진과 대조해보겠죠."

"히드로 공항 제5터미널 공동체안전팀과 연결 중이야." 토니가 한 손으로 송화구를 막고 눈을 굴리며 말했다. "소지품을 어디서 잃어버렸는지도 잘 모르는 거죠?"

나와 눈을 마주친 순간 그의 얼굴에 짜증이 사라졌다.

"몸은 좀 어때요?" 그가 다정하게 물었다.

나는 힘없이 웃으며 로라 옆자리에 앉았다.

"의사를 만나기로 한 시간이 언제라고요?"

로라는 손목에 차고 있던 전자시계를 보았다. "20분 뒤요. 혹시 연락해볼 만한 사람이 또 있을까요? 당신 부모님이라든지요? 친구나 배우자는요?"

나는 시선을 떨구었다. 내 입술이 바들거리기 시작했다.

"미안해요. 곧 기억이 돌아올 거예요. 마음 편히 가져요." 로라가 나를 다독였다.

"드디어 연결됐군." 토니가 전화기를 들고 주방으로 들어가며 말했다. 그는 로라를 돌아보며 슬며시 웃었다.

"저이는 경찰을 별로 좋아하지 않아요." 로라가 킥킥거리며 나를 돌아봤다. "속도위반으로 걸린 게 한두 번이 아니거든요."

"물론 저도 친구가 있긴 했어요. 핸드백에 그 친구 사진을 갖고 다녔어요."

"그 친구 연락처 알아요?" 로라가 솔깃하여 물었다. "전화를 해보게요."

"죽었어요."

나는 플레어의 얼굴을 열심히 떠올렸다. 그러자 욕조 안에서 무릎을 세우고 앉아 울고 있는 그녀의 모습이 보였다. 기억을 계속 더듬었지만 그 모습은 금방 사라져버렸다.

"거기까지밖에 몰라요." 내가 덧붙였다.

"아."

어색한 침묵이 이어지자 우리 둘은 주방에서 전화 통화를 하는 토니의 목소리에 귀를 기울였다. 그는 잃어버린 핸드백 얘기를 하면서 내가 이름을 기억하지 못한다고 설명했다. 그리고 유리문을 통해 우리 쪽을 내다보며 경찰에게 내 모습을 간단히 묘사했다.

"짧은 검정 머리에 나이는 이십 대 후반쯤? 정장 차림에 여행 가방을 갖고 왔고…, 가방 안은 확인해볼게요…. 오늘 늦은 오전 또는 점심 무렵에 제5터미널에 도착했답니다. 베를린에서 출발한 영국 항공이었대요…. 핸드백은 입국장에서 잃어버렸거나 도둑맞았다는군요."

다른 사람이 나를 묘사하는 말을 다시 듣자 속이 울렁거렸다. 로라가 내 불편함을 감지하고 내 팔에 손을 얹었다. 무척 눈치가 빠른 사람이었다. 그녀의 얼굴이 가까이 다가왔다. 너무 가까웠다.

"차 한 잔 더 드려요?"

"괜찮아요. 고맙습니다."

"제 여행 가방 한번 열어볼까요?"

내가 몸을 일으키려고 꿈틀대는 사이 로라가 벌떡 일어섰다.

"내가 가져올게요." 그녀가 말했다.

로라가 여행 가방을 거실로 끌어오는 사이 토니는 통화를 마쳤다.

"경찰이 공항에서 발견되는 분실물을 전부 게시하는 웹사이트를 알려줬어요." 그가 우리 둘을 보며 말했다. "하지만 너무 기대하지는 말아요. 분실물이 등록될 때까지 최대 48시간이 걸린다니까."

"이름은 어떻게 알아내지? 탑승객 기록도 확인해보겠대?" 로라가 물었다.

"경찰 입장에서는 급한 일이 아니지. 누가 위험에 처한 것도 아니고 긴박한 상황도 아니잖아. 이런 일은 동사무소 사회복지 부서에서나 할 일이래. 안에 뭐가 있어요?" 토니가 말했다.

로라가 내게 가방 지퍼를 열게 했다.

"다 옷 같은데요." 나는 바닥에 무릎을 꿇고 가방 덮개를 열며 대답했다.

맨 위에 검정 팬티 두 장과 미색 캐미솔 상의, 검정 브라가 놓여 있었다. 로라는 멀찍이 떨어진 곳에 서 있는 토니를 돌아봤다.

나는 그 밑에 들어있는 옷들을 더 뒤적여보았다. 지금 입은 옷과 비슷한 검정 정장이 한 벌 더 있었다. 단정히 개켜진 재킷

이 스커트 위에 놓여 있고 블라우스 세 벌, 청바지 한 벌, 티셔츠 두 장, 또 브라, 하이힐 한 켤레, 탐폰 한 통, 세면도구, 지저분한 스타킹이 가득 담긴 비닐봉지, 요가매트 등이 나왔다.

"여정이 꽤 길었나 봐요." 로라가 한 마디 했다.

"그랬나 봐요." 나는 미친 듯이 가방 속을 뒤졌다. "내가 누구인지 알려 줄 물건이 틀림없이 있을 거예요."

"요가를 하나 봐요?"

"그런가 봐요." 나는 여전히 내 물건을 뒤적이며 말했다. 옴마니 반메 훔.

"나도 빈야사(Vinyasa; 현대 요가의 일종 – 옮긴이)를 가르친답니다. 우리 같이 요가를 해봐요. 도움이 될 거예요." 로라가 말했다.

"그거 좋겠네요."

로라 때문에 죄책감이 점점 커졌다. 내가 이 집 문간에 발을 들이는 순간부터 그녀는 그야말로 친절의 화신처럼 굴었다.

나는 내 구두를 깔고 앉아 체념하듯 가방 덮개를 닫았다.

"걱정 말아요." 그녀가 다시 내 팔에 손을 얹었다.

"수첩 같은 거 없던가요?" 토니가 로라 옆에 앉으며 물었다. "호텔 청구서나?"

"그런 물건들은 죄다 핸드백에 들어 있었겠죠. 미안해요. 괜히 저 때문에…." 내가 말했다.

"그건 당신 잘못이 아니에요." 로라가 나를 위로했다.

"궁금한 게 하나 있는데요." 토니가 로라를 흘끔 돌아보며 내게 물었다.

내가 보기에 로라는 토니가 내게 무슨 실례되는 말을 불쑥 꺼낼지 마음을 졸이고 있는 듯했다.

"오늘 있었던 일은 기억나요? 30분 전에 우리 집 문을 두드린 일이라든지?"

나는 고개를 까딱했다.

"여기까지 온 기억도 나죠?"

"네."

"그런데 비행기를 탄 기억은 없다고요?"

"네."

"토니, 제발 그만."

로라가 그의 무릎에 손을 얹었다. 토니는 로라의 손 위에 자기 손을 얹었다.

"괜찮아요." 내가 말했다.

나를 감싸려는 로라가 고마웠지만 나는 아무리 힘들어도 토니의 질문에 대답할 필요가 있다고 느꼈다.

"공항 분실물 보관소를 찾아갔을 때부터였어요. 그 무렵부터 모든 기억이 사라졌던 것 같아요. 그곳 직원이 제 이름을 물었는데 대답할 수 없었어요."

"그럴 만해요. 혼란스러웠겠죠." 로라가 말했다.

"정말 당황했겠어요." 토니가 동정어린 목소리로 맞장구를 쳤다.

"그곳에 찾아가기 직전에 내 여행 가방을 수화물 컨베이어 벨트에서 찾은 기억은 나는데…, 그 이전 기억은 전혀 없어요."

다시 현기증이 나기 시작했다.

"가족에 대해서도 전혀 생각나는 게 없다는 거죠?" 토니가 물었다.

"그런 건 나중에 물어." 로라가 일어서며 말했다. "일단 의사부터 만나봐야지. 시간이 다 됐어."

"저는 괜찮아요. 정말로요." 나를 빤히 뜯어보는 토니를 돌아보며 내가 말했다.

"아직 당신 이름이고 뭐고 아무것도 생각이 안 난다는 거죠?"

나는 고개를 끄덕였다.

"그런데 말이죠…, 내가 보기에 당신은 꼭 내가 알고 있는 '엠마'라는 사람을 닮았어요." 토니가 소파에 몸을 기대며 말을 이었다. "당신 이름은 엠마가 틀림없을 거예요." 그가 웃으며 말했다.

"글쎄요. 정말 그럴까요?" 나는 어깨를 으쓱하며 말했다.

나를 지켜보던 로라는 토니에게로 시선을 돌렸다.

"원하신다면 이 집 손님방에서 지내도 돼요." 토니가 말했다.

아까 내가 문간에 서 있을 때 보여주었던 온화한 미소가 그의 얼굴에 번졌다.

"며칠 머무르면서 몸을 좀 추슬러요. 여간 힘든 상황이 아닐 텐데요."

"네, 그게 좋겠어요." 토니가 이 제안을 하기를 기다렸다는 듯 로라가 얼른 대답했다.

잠시 후에 우리는 현관에 서 있었다. 그 집을 벗어나 다시 세상으로 나가는 발걸음을 떼려니 너무 불안했다. 로라도 내 초조함을 감지했다.

"괜찮아요. 같이 가줄게요."

"의사를 만나면 틀림없이 도움이 될 거예요." 토니가 덧붙였다. "좋은 분이거든요. 그리고 우리가 이 집 주인이라는 사실도 보증해 줄 거예요."

문을 여는 순간 이웃 남자 한 명이 집 앞을 지나갔다.

"안녕하세요." 남자가 로라에게 알은체를 했다. "집 정리는 잘 돼가나요?"

◆

"우리는 한 달 전에 이사 왔어요." 나와 함께 집에서 나와 마을 보건소로 향하던 로라가 말했다. "이 마을에서 18개월간 세를 살면서 그 집이 매물로 나오기를 기다렸어요."

"낡은 집이잖아요."

"18세기에 지어졌을 거예요. 토니가 그 집에 단단히 꽂혔거든요. 영국 역사의 한 조각을 간직하고 있다면서요."

우리는 최신형 유모차를 밀고 가는 젊은 커플을 지나쳤다. 마을 중심가 모퉁이에 위치한 주점은 무척 북적거렸고, 마침 술 취한 사람들이 도로로 몰려나오고 있었다.

토니는 저녁을 하느라 집에 남았다. 우리가 돌아갈 즈음이면 식사가 준비되어 있을 터였다. 내가 그들과 함께 식사하기를 원할 때의 얘기지만.

"두 분이 이사 오기 전에는 누가 살았어요?" 내가 물었다.

"어린 아이가 딸린 젊은 부부요. 남편이 통신사를 다녔는데 딴 지역으로 발령이 났나 봐요. 아내는 초등학교 교사였고요."

"그러면 나는 아니었네요." 내가 희미한 미소를 짜냈다.

"토니랑 나도 그 생각을 했어요. 만약 당신이었다면 이 상황이 쉽게 납득됐을 텐데요."

우리는 마을 보건소에 도착했다. 앞면이 유리로 된 번쩍이는 새 건물에는 계단과 장애인용 경사로가 중앙 출입구로 이어지고 있었다.

의사와 소독약, 날카로운 수술 도구가 있는 의료시설을 떠올리니, 위장이 조여드는 느낌이 들었다. 내 머리는 탁 트인 바다를 향해 날아가다가, 간간이 조그만 기억의 섬에 내려앉는 새와 같았다.

"혹시 아주 어렸을 때 그 집에 살았던 건 아닐까요?" 함께 계단을 오르며 로라가 물었다. "집 구조를 아는 걸 보면 우리 집과 어떤 관계가 있는 건 분명하잖아요."

"그냥 그 집으로 돌아가야 한다는 생각뿐이었어요." 내가 보건소 대기실에 자리를 잡으며 말했다.

"다락에 이 집 등기부가 있어요. 등기부에는 현 소유자인 우리들 이름도 있지만 과거 소유자 명단이 있어요. 토니더러 그 명단 중에 당신 이름이 있나 확인해 보라고 할게요. 당신이 여기 살았던 사람이라면 그중에 당신 이름도 있을 테니까요."

로라는 그렇게 말하고 접수대로 갔다.

나는 또다시 갈피를 잡을 수 없었다.

'이게 뭐야? 영국 시골 보건소에 앉아서 내가 지금 대체 뭘 하고 있는 거지?'

그때 주저하며 내게 말을 거는 남자 목소리가 들렸다.

"느닷없이 죄송합니다만…"

고개를 들어보니 사십 대 후반, 어쩌면 그보다 나이가 더 들었을 지도 모르는 남자가 나를 굽어보고 있었다. 깃이 없는 흰 셔츠에 넥타이도 매지 않았지만 미색 린넨 정장에 갈색 스웨이드 구두를 신고 있었다. 한쪽 어깨에 가죽 가방을 메고 있었다. 처음 보는 사람이었다. 적어도 내 생각엔 그랬다.

"우리 아는 사이던가요?" 남자가 물었다.

나는 혼란스러워 고개를 저었다.

'이 남자가 나한테 수작을 거는 건가?'

"이런, 미안합니다." 남자가 충격과 당혹감이 섞인 표정으로 나를 바라봤다. "다른 사람으로 착각했네요."

"루크!"

접수를 마치고 로라가 이쪽으로 서둘러 다가오며 그 남자를 불렀다.

"로라, 당신이 거기 있는 줄 몰랐네요." 남자는 그녀의 양쪽 뺨에 입을 맞췄다. "당신 친구를 아는 사람으로 착각했어요."

그는 어색하게 웃었지만 우리의 만남을 반갑게 여기지는 않는 듯했다.

"옛날에 알던 사람인 줄 알았지 뭐예요." 그의 목소리가 기어들어갔다.

로라가 나를 보며 그를 알아보는 기색이 있는지 살피는 듯했다. 하지만 머리를 필사적으로 쥐어짜도 아무것도 떠올릴 수 없었다. 그를 전혀 알아볼 수 없었다.

"실망시켜서 죄송해요." 내가 사과했다.

당황한 와중에도 따뜻한 미소를 짓는 루크를 보며 짧은 순간 나는 그와 정말 아는 사이였으면 좋겠다고 생각했다.

"사과할 필요는 없어요." 그가 말했다.

그는 말을 멈추고 로라가 나를 소개해주길 기다리는 듯 그녀와 나를 번갈아 보았다. 눈길이 내게 머무르는 사이 그의 미소는 서서히 사라졌다. 그는 지금 무슨 생각을 하고 있을까?

"내가 실수를 했네요." 그가 한결 차분해진 목소리로 침묵을 깼다. "기억이란 게 참 우스워요."

루크는 가 버리고 로라가 내 옆에 앉았다.

"좀 무안하네요." 내가 불편하게 자세를 바꾸며 말했다.

"당신을 저 분에게 소개하지 못한 건-"

"이해해요. 괜찮아요."

"난 순간적으로 당신의 정체가 풀리나보다 했어요. 저 분이 당신을 아는 것 같다고 했을 때 말이죠."

"나도요." 나는 의자에 등을 기댔다. "혹시 정말 아는 사람 아닐까요? 좋은 분 같던데요."

"루크요? 완전 매력덩어리예요."

그때 복도 저편에서 목소리가 들렸다.

"로라 매스터스 씨?"

"우리 차례인가 봐요." 그녀가 일어서며 말했다. "루크는 기자예요. 이 지역 기사를 쓰고 있죠."

대기실을 나가려는데 루크가 내 옆에 다시 나타났다. "미안하지만 이걸 드리는 걸 깜박했네요."

그는 내게 명함을 내밀었다.

"감사합니다." 나는 그의 관심에 어리둥절했다.

"혹시 이게 쓰일 일이 있을지도 모르잖아요."

◆

수지 패터슨 박사의 진찰실로 들어서는 순간 로라의 휴대폰이 진동했다. 그녀는 화면을 들여다보더니 내게도 보여주며 두 개의 빈 의자 중 하나에 앉았다. 루크가 보낸 문자메시지였다.

마을에 새로 나타난 그 아가씨는 누구죠? 이상하게 낯이 익네요.

우리 둘은 슬며시 웃었다. 사실은 그의 관심이 조금 불편했지만.

나는 나머지 빈 의자에 앉았다.

진료실은 부담스러울 정도로 깨끗했고 내 가슴은 벌써 답답해지고 있었다. 한쪽 벽에 놓인 침대 위에는 흰 종이가 깔려 있었다. 패터슨 박사의 책상 위에는 의료 도구가 식기처럼 가지런히 놓여 있었다. 나는 양손을 서로 포개며 시선을 딴 데로 돌렸다. 머릿속으로는 마음의 준비를 했다고 생각했는데 그렇지 않았나 보다. 나는 억지로 고개를 들었다.

"이렇게 빨리 시간을 내줘서 고마워요, 수지 선생님." 로라가 인사치레를 했다.

"별말씀을요." 패터슨 박사가 답했다.

박사는 오십 대 초반으로 보였다. 말투가 시원시원하고, 우아하다기보다 소탈해 보이는 여자였다. 쓸데없는 잡담은 하지 않는 부류였다. 내가 보기에 두 사람은 친한 친구 사이 같았다.

"감사합니다." 내가 덧붙였다.

"어떻게 된 일인지 말씀해 주세요. 이름을 기억하지 못한다는 사실을 언제 처음 깨달았나요?"

나는 로라와 토니에게 말한 내용을 그녀에게 그대로 옮겼다.

"여간 속상한 일이 아니에요. 자기 이름도 모른다는 게요."
내가 말했다.

"이해해요." 수지 패터슨 박사가 대답했다.

"아무리 기억을 더듬어도 머릿속이 멍하기만 해요." 나는 애써 차분한 목소리를 냈지만 다리가 부들거리고 있었다.

"공항 분실물 보관소에 가서 뭐라고 했어요?"

"아무 말도 못 했어요."

나는 잠시 대기실에서 만난 루크를 떠올렸다. 그는 나를 누구라고 생각했을까?

"편의상 저를 '엠마'라고 불러주세요."

"엠마라고요? 왜 하필 엠마죠?"

"아무래도 호칭은 필요할 테고-"

"토니 말로는 이 분이 엠마라는 사람이랑 닮았대요. 단순히 그 이유죠." 로라가 어색하게 웃었다.

"정말로 괜찮겠어요? 당신을 임시로 '엠마'라고 부르는 것이…." 패터슨 박사가 내게 물었다.

"저는 괜찮다고 생각해요. 당분간은요."

내겐 어쨌거나 이름이 필요했다.

"지금 기분은 어때요?"

나는 한숨을 쉬었다.

"답답하고, 얼떨떨하고, 두렵고…."

패터슨 박사가 뒤로 물러나 책상에 놓인 컴퓨터 화면을 들여다봤다.

"당신 같은 상태라면 그런 기분이 드는 게 당연해요. 지금 느끼는 단절감이 좌절과 절망으로 바뀔 수도 있어요."

"로라를 만나지 못했으면 어찌 됐을지 아찔하네요."

잘 알지도 못하는 내게 한결같이 친절을 베풀어 주는 로라에게 엄청난 죄책감을 느꼈다.

박사는 로라를 보다가 내게 눈길을 돌렸다.

"아까 로라랑 통화할 때 기억상실의 다양한 유형에 대해 이야기했어요. 이런 형태의 기억상실은 대부분 금방 호전돼요. 어찌 보면 치료는 시간에 달린 문제죠. 물론 이런 상태가 지속되면 뇌에 물리적인 외상이 있는지 검사를 해봐야 할 수도 있어요. 때로는 기분전환용 약물과 알코올 역시 기억상실의 원인인 경우도 있지요. 하지만 결론적으로 나는 당신이 일시적인 심인성 또는 해리성 기억상실을 겪고 있다고 봐요. 대체로는 스트레스가 가장 큰 원인이죠."

나는 창밖을 지나가는 사람들을 의식하며 허리를 꼿꼿이 세웠다. 내 상태가 이렇게 의학 용어로 표현되는 것을 들으니 당황스러웠다.

"물 좀 드릴까요?" 패터슨 박사가 나의 불편한 심기를 감지하고 물었다.

나는 고개를 끄덕이며 플라스틱 병에 담긴 물을 유리잔에 따라 내게 건네는 그녀를 지켜봤다.

"혈압을 좀 재봐야겠어요." 박사가 의자에서 일어서며 말했다. "심장 박동이랑 호흡도 확인해보고요."

그녀는 혈압 측정기의 압박대를 내 팔에 두르고 찍찍이로 고정한 다음 혈압계를 부풀리기 시작했다. 나는 폐 아래 단전의 호흡에 집중하며 긴장을 풀려 애썼다.

"오늘이 며칠인지 알아요?" 그녀의 질문에 나는 고개를 저었다. "몇 년 몇 월인지 몰라요?"

"미안합니다."

이곳에 있기가 점점 힘들어졌다.

"여기는 어디죠?"

나는 또 고개를 저었다.

또다시 플레어의 목소리가 귓가에 울렸다. 지금 나는 침대에서 몸을 웅크리고 펑펑 울고 싶은 생각밖에 없었다.

"괜찮아요." 그녀가 혈압계의 찍찍이를 풀며 말했다. "간단한 신경 검사도 해볼게요."

책상에서 청진기를 집는 그녀를 보자 내 두 손은 더 긴장했다.

내 심장 박동 소리를 확인하고 나서 그녀는 몇 가지 검사를 더 했다. 내 신체 균형 상태와 안구의 가동 범위를 측정한 뒤, 동공에 불빛을 비춰보고 얼굴과 목 근육을 확인했다. 그 다음 그녀는 검안경 쪽으로 손을 뻗었다.

순간 내 머릿속에 흰 가운을 입은 사람의 환영이 나타났다 사라졌다.

"망막을 좀 살펴볼게요." 나는 오금이 저렸다. "그리고 두개
골 내부의 압력이 높아졌나도 확인할 거예요."

그녀의 뺨이 내 가까이로 다가왔다.

"전부 괜찮아 보이네요."

그녀는 의료 도구를 책상 위에 돌려놓고 다시 앉았다. 내 시
선이 도구들 위에 잠시 머물렀다.

"가끔은 '전행성 기억상실증'이라는 것도 있어요. 새 기억을
만들지 못하는 증세죠. 기억상실증을 유발한 사건이 일어나기
전의 일은 기억해도, 그 이후의 일은 전혀 기억하지 못해요. 오
늘 푹 자고 나서 내일 당신이 무얼 기억할 수 있는지 한번 확
인해 봐요."

"그게 무슨 말씀이죠?" 내가 물었다.

"만약 당신이 전행성 기억상실증이라면, 오늘 일어난 일을
또다시 깡그리 잊어버릴 수도 있다는 뜻이에요."

박사는 로라를 흘끔 쳐다보았다.

"물론 '후행성 기억상실증'이 비교적 더 흔한 편이에요. 기억
상실을 일으킨 사건 이전의 기억이 깜깜해지는 증상이죠. 신상
정보, 이름, 주소, 가족, 친구 등등 전부를 기억하지 못해요. 하
지만 새로운 기억은 만들 수 있어요. 당신은 지금 이런 상태가
아닌가 싶네요."

"그래도 앞으로 나아지겠죠?" 로라가 물었다.

"지금 상태에서 이렇다 저렇다 말하기는 어려워요." 박사가 내게 설명한 다음, 로라를 돌아보며 말했다. "그러면 오늘 밤에 이 분을 집에 재워줄 수 있어요?"

"문제없어요." 로라가 대꾸했다.

로라에게 정말 미안했지만 내 입장에서도 그녀의 집에서 자는 편이 훨씬 나았다.

패터슨 박사가 로라를 흘깃 보며 말을 이었다.

"둘이서 동네 산책을 해보세요. 긴장을 풀고 조각난 기억을 다시 연결하려고 노력하면서요. 기억을 되찾으려면 어떤 계기가 될 방아쇠가 필요할 때가 많아요. 친근한 얼굴을 보면 기억이 한꺼번에 되돌아올 수도 있거든요. 오늘 밤에 이 동네 어귀에 있는 주점에서 열리는 퀴즈 대회에 가보는 것도 좋겠네요. 당신을 알아보는 사람이 있을지도 모르잖아요? 이런 문제는 그런 우연한 계기로 저절로 해결되는 경우가 많답니다."

"집 구조를 기억하고 있더라고요." 로라가 분위기를 전환하려는 듯 한마디 했다.

"그래요?"

"직접 가서 보기 전에 2층 방 배치를 정확히 설명하고 아래층 화장실 샤워기 얘기를 했어요."

패터슨 박사는 나를 응시하다가 다시 컴퓨터 화면으로 돌아가 뭔가를 골똘히 생각했다.

"이 분이 오래전에 정말로 저희 집에 살았던 게 아닌가 싶어요." 로라가 덧붙였다.

"그런데 후행성 기억상실 환자는 대개 그런 종류의 기억은 잃어버려요. 간혹 먼 과거의 기억을 떠올리는 환자는 있지만요." 패터슨 박사가 의아하다는 듯이 말했다.

"그렇군요. 그렇다면 혹시 저희가 이사 오기 직전이 아니라 아주 어릴 때 그 집에 살았던 것은 아닐까요?" 로라가 내게 물었다.

패터슨 박사는 로라의 추측을 귀담아 듣지도, 무시하지도 않았다.

"별 의미는 없겠지만 보건소에 등록된 '엠마'라는 이름이 셋이네요…"

컴퓨터 화면을 보던 그녀는 말을 멈추고 나를 보았다.

로라와 나는 둘 다 고개를 들었다가 패터슨 박사의 갑작스런 표정 변화에 깜짝 놀랐다. 화면을 아래로 스크롤하는 그녀에게서 더 이상 쾌활한 분위기는 찾아볼 수 없었다.

"왜 그러세요?" 로라가 물었다.

나는 패터슨 박사가 무슨 말을 할지 두려워하며 그녀를 응시했다.

"아무것도 아니에요."

그녀가 혼란스러운 표정으로 우리를 돌아봤다. 방금 본 것을 속으로 곱씹는 게 분명했다.

그녀는 거짓말을 하고 있었다.

◆

"어쩌면 내 이름이 진짜로 '엠마'인지도 모르겠어요. 토니가 구체적으로 누구를 떠올리면서 한 말인지는 잘 모르겠지만요."

우리는 저녁 햇살을 받으며 병원을 나섰다.

"듣고 보니, 그 이름이 당신한테 어울리는 것도 같네요. 원래 토니는 희한하게 남의 이름을 잘 맞추더라고요. 가끔 소름 돋을 때가 있어요."

"당신도 오늘 주점 퀴즈 대회에 가세요?"

"나는 퀴즈를 별로 안 좋아해요. 토니는 퀴즈에 푹 빠졌고요. 그이는 겨우 마흔이면서도 알츠하이머 걱정이 이만저만이 아니거든요. 그이 아버지가 치매였어요. 토니는 인정하지 않지만 퀴즈가 그이의 뇌 건강을 유지하는 수단이라고 생각하나 봐요. 이런 얘기 하면 그이가 싫어하지만요." 로라는 깔깔거렸다. "아 그리고, 그이는 노래도 좋아해요."

"노래를 불러요?"

"퀴즈가 끝나면 항상 장기자랑 시간이 이어지거든요. 승리한 팀이 먼저 마이크를 잡아요. 그이를 말릴 수 있는 사람은 아무도 없어요. 나도 마찬가지고요. 토니는 노래를 무척 즐겨요."

"그게 마음에 안 들어서 주점에 안 가는군요?" 이제 나도 미소를 짓고 있었다. "토니 목소리가 문제인가요?"

"'부부 사이에는 함께 하면서도 적당한 거리를 두라' 그런 말도 있잖아요."

우리는 마을 공동묘지 옆 오솔길을 따라 걸었다.

철로를 건너자 로라는 이 마을에서 보낸 첫 주말에 토니와 함께 썰매를 탔다는 야산을 내게 보여주었다.

"아이는 있으세요?"

나는 그렇게 물어놓고 금방 후회했다. 얼룩 한 점 없는 그들의 집 자체가 아이가 없다는 증거였는데.

"노력은 많이 했어요." 로라가 대답했다.

"미안해요. 괜한 질문을 했네요."

"괜찮아요. 계속 노력하려고요."

우리는 수로를 따라 계속 걸어 내려갔다. 일렬로 정박된 거룻배를 지나니, 양 옆으로 오월의 여왕을 위한 화환인 듯한 꽃줄기가 드리워져 있었다.

"이상한 소리인 거 알지만 당신한테는 아이가 있었을까요?"

나는 잠시 머뭇거렸다.

"그걸 제가 어떻게 알겠어요?"

"가슴이 축 처졌고 노상 피로와 죄책감에 시달린다면 아이가 있다는 증거라던데요?" 그녀가 웃음을 터트렸다. "내 요가 수업에 오는 엄마들이 그랬어요."

나는 그녀 역시 수지 패터슨 박사가 컴퓨터 화면에서 무엇을 보았을지 생각하고 있으리라 짐작했다. 무엇이 박사를 그토록 불안하게 했는지 그녀는 직업상 지켜야 할 침착함마저 잃어버렸다.

◆

마을 중심가로 돌아가는 길에 우리는 한 카페 앞에서 멈췄다.

"여기가 토니가 운영하는 카페예요. 그이의 자랑이자 기쁨이죠. 그이는 늘 뉴욕에 있을 법한 채식주의자 전용 브런치 카페를 열어서 그곳에서 자기 사진을 전시하기를 꿈꿔왔거든요. 결국 몇 달 전에 저 가게를 인수했답니다."

나는 간판을 올려다보며 물었다.

'해마 갤러리 & 카페'.

특이한 이름의 갤러리이자 카페였다.

나는 가게 안쪽을 들여다보았다. 벽에는 대형 사진 액자들이 나란히 걸려 있었다.

"저 사진들이 전부 토니가 찍은 사진이에요?" 나는 창문을 통해 벽에 걸린 사진들을 보며 물었다.

"네. 토니는 '해마(海馬)'라는 바다 생물 사진을 찍는 것을 좋아해요. 사실은 그런 사진을 전문으로 찍는 사진작가로도 활동했었죠."

"토니와 만난 지 얼마나 됐어요?"

"불꽃 튀는 연애를 끝내고 작년에 결혼했어요. 만난 지 여섯 달 만이었죠." 그녀가 쿡쿡 웃으며 말했다.

어느새 로라와 토니의 집에 다시 도착해서, 내가 쓰러졌던 현관문 앞에 이르자 그녀는 발걸음을 멈추고 물었다.

"손목에 있는 문신이 참 예쁘네요."

"고마워요."

나는 내 문신을 처음 보는 듯이 내려다봤다.

"왜 하필 연꽃이에요?"

그녀가 문에 열쇠를 꽂으며 물었다.

내가 눈을 깜박이자 또다시 머릿속에 미소 짓는 플레어의 모습이 보였다.

"모르겠어요."

나도 그게 궁금했다.

나는 심호흡을 한 다음 그녀를 따라 집 안으로 들어갔다.

◆

토니는 주방에서 요리를 하고 있었다. 아일랜드 주방 테이블 너머 작은 식탁 주위에 세 사람을 위한 자리가 마련되어 있었다.

"보건소 일은 잘 보고 왔어요?" 토니가 내게 물었다.

"수지 패터슨 박사님이 많이 도와줬어."

로라가 대신 나서서 대답했다. 좋은 의도겠지만 나는 내 입으로 말할 필요가 있었다. 내가 바라는 만큼 크고 당당한 목소리를 내고 싶었다.

"아무래도 해리성 기억상실증인가 봐요." 내가 말했다.

"재밌네요." 토니가 유리잔 세 개에 물을 채우며 말했다. "그렇다면 여기까지 온 이유도 납득이 되네요. 기억상실 상태에 빠진 사람들은 집에서 수백 킬로미터 떨어진 곳으로 떠나기도 한다죠. 아예 새로운 정체성을 받아들이고요. 오늘 여기 도착한 일은 아직 기억하죠?"

"아직은 기억해요."

물병에서 물이 꿀럭꿀럭 나오는 소리에 정신이 팔려 있던 내가 대답했다.

"그런데 수지 박사님 얘기로는 내일 아침이 되면 상황이 달라질 수도 있대." 로라가 말했다.

"어떻게?"

그의 푸른 눈동자가 나를 빤히 응시하자 나는 시선을 떨구었다.

"내일이면 제가 새 기억을 만들 수 있는지 없는지 알 수 있대요."

"전행성 기억상실증인지 후행성 기억상실증인지 구별할 수 있다는 말이군요." 토니가 말했다.

"토니는 기억과 관련된 것들에 너무 집착하는 경향이 있어요." 로라가 변명하듯이 말했다.

나는 그녀가 알츠하이머에 시달렸던 토니 아버지에 대한 직접적 언급을 가능한 한 피하고 싶어서 상황을 돌려서 말하고 있다고 생각했다.

"그래요?"

나는 토니가 말한 기억상실증의 유형에 대해 갑자기 호기심이 타올랐지만 토니는 굳이 설명할 생각이 없어 보였다.

"두 사람이 나갔을 때 잠깐 검색해서 알아낸 것뿐이에요." 토니가 로라를 돌아보며 말했다. "이제 먹을까?"

토니는 감자를 곁들여 석쇠에 구운 싱싱한 농어와 회향 드레싱을 뿌린 방울토마토 아보카도 샐러드를 내왔다. 로라는 토니가 준비한 저녁 식사가 만족스러운 모양이었다.

"당신이 채식주의자인지 아닌지 몰라서 생선으로 타협했어요." 그가 내게 농어 접시를 건네며 말했다.

"나도 몰라요."

나는 음식을 덜며 웅얼거렸다.

"마을 사람들은 토니를 철저한 채식주의자로 알고 있지만 집에서는 남몰래 생선도 먹는답니다. 나는 해산물 없이는 못 살거든요." 로라가 말했다.

"사랑의 힘이지." 토니가 우스갯소리를 했다. "결혼식 날 밤에는 스테이크까지 먹었잖아."

"당신이 언제?" 로라가 웃었다.

"그냥 해본 소리야."

토니가 몸을 숙여 로라에게 입을 맞췄다.

"우리 가게 손님들한테 생선 얘기는 하지 마세요."

"안 할게요." 내가 대꾸했다.

토니는 오전에 내게 품었던 경계심을 모두 버린 듯했다. 나를 대하는 태도가 이제 훨씬 살가웠다. 계속 그랬으면 싶었다.

"음식이 마음에 안 드나 봐요." 토니가 말했다.

그는 내 맞은편에, 로라는 내 오른쪽에 앉아 있었다.

"먹기 싫으면 그냥 둬도 돼요." 로라가 말했다.

"아뇨, 엄청 맛있어 보이는데요. 이것도 드셔보세요."

나는 생선 접시를 그녀에게 전달했다.

"농어는 어디서 샀어, 자기?" 그녀가 물었다.

"당연히 시장에서 샀지. 브릭섬에서 고깃배를 타고 나가 낚시로 잡은 고기래. 당신한테는 최고만 먹여야지."

나는 그들의 결혼 생활에서 군더더기가 된 기분이었다.

토니가 나를 보며 말했다. "당신 기억도 점검해볼 겸 오늘 밤 마을 퀴즈 대회에 같이 가지 않을래요? 아는 답이 있는지 도전해 봐요."

"그러고 싶네요." 나도 모르게 그런 대답이 나왔다.

피곤했지만 나를 본 적이 있는 것 같다던 루크를 다시 만나서 그가 나에 대해 아는 사실이 있는지도 확인하고 싶었다.

"장기자랑 시간 전에 그곳을 떠야 한다는 것만 기억해요." 로라가 말했다.

"방심하다가는 노래를 불러야 하는 수가 있거든요." 토니가 맞받았다.

"패터슨 박사님 말씀이 익숙한 얼굴을 보면 제 기억의 방아쇠가 당겨질 수 있대요. 주점에 제가 아는 사람이 있을지도 모르잖아요. 상대방이 저를 알아볼 수고 있고요."

"그렇겠네요." 토니가 말했다.

"의사 선생님 지시잖아요." 로라가 내게 미소를 짓고 토니 쪽을 돌아봤다. "그리고 이분께서 기억이 돌아올 때까지 임시로 '엠마'라고 불리는 데 동의했어." 로라가 나를 가리키고 웃으며 말했다.

"잘 됐네요." 그가 말했다.

"이름이 있어야 다들 덜 불편할 테니까요."

그때 우리 둘 사이에 놓인 휴대폰에 문자 수신음이 울렸다.

"미안, 수지 패터슨 박사야." 로라가 화면을 슬쩍 보며 토니에게 말했다.

"이 사람한테 밥 먹을 때 휴대폰을 가져오지 말라고 누누이 당부했는데…" 토니가 과장된 한숨을 쉬었다. "언제쯤 말을 들을까요?"

"읽어봐야겠어." 그녀가 휴대폰 화면을 무심히 넘기며 말했다.

나도 그 내용이 너무 궁금했다. 보건소에서 분위기가 그렇게 이상한 쪽으로 흘러갔으니. 나는 무관심한 척 휴대폰을 슬쩍 내려다봤다. 긴 메시지였지만 내 눈에는 앞부분만 보였다. 하지만 그것만으로도 속이 울렁거리기에 충분했다.

새 친구 조심해요. 누구인지 알 거 같으니까.

로라가 전화기를 집어 들고 나를 슬그머니 돌아봤다. 나는 이미 딴 곳을 보고 있었다.

"무슨 일이야?" 토니가 물었다.

입안이 타들어갔지만 나는 그에게 억지로 미소를 짓고 로라에게도 웃어보였다.

로라는 반응하지 않았다. 마치 누군가 플러그를 뽑아 그녀의 얼굴에서 다정함을 싹 걷어내고 싸늘함만 남겨놓은 것 같았다.

◆

퀴즈 대회에 따라온 건 엄청난 실수였다. 수지 패터슨 박사가 로라에게 보낸 문자메시지 때문에 나는 한층 더 주눅이 들었다. 주점이 그렇게 시끌벅적할 줄도, 우리가 그런 격한 환영 인사를 받을 줄도 몰랐다.

토니도 내 불안을 감지한 듯했다. 모두의 인사 세례를 받으며 카운터로 향하는 도중에 그는 몇 번이나 내가 괜찮은지 확인했다.

동네 주민들이 나에 대해 아는지 의문이었다. 안면이 있는 사람은 루크가 유일했다. 그는 나와 눈이 마주치자 카운터에 앉아 있는 다른 남자에게로 시선을 돌렸다.

"로라는 괜찮을까요?"

음료를 내게 건네는 토니에게 내가 물었다. 잔을 받아드는 내 손이 바들바들 떨렸다.

"좀 피곤하긴 할 거예요. 당신이 나타나서 좀 심란하기도 할 테고…."

"수지 패터슨 선생님이 문자메시지로 뭐라고 했을까요?"

나는 몰려드는 사람들 때문에 쏟아질 뻔한 음료를 가까스로 지키며 토니에게 물었다.

빨리 이곳에서 나가고 싶었다. 이곳은 너무 북적거렸다.

그때 또 하나의 북적대는 저녁의 이미지가 눈앞에 아른거렸다. 낯설지만 아름다운 이들과 함께 춤을 추던 밤. 플레어는 쿵쾅대는 리듬에 따라 머리 위에서 팔을 흔들었다.

"내 얘기는 아니었으면 좋겠네요." 내가 덧붙였다.

머릿속을 뱅뱅 돌던 그날 밤의 기억은 찾아오자마자 사라졌다.

나로서는 주점에 오지 않고 로라와 단둘이 집에 남을 수도 없는 노릇이었다. 수지 패터슨 박사에게서 온 문자메시지를 읽은 로라가 서둘러 위층으로 올라가버렸기 때문이다. 토니도 뒤따라 올라갔지만 아무 일도 없었다는 듯이 다시 내려왔다.

그는 나를 따뜻하게 다독이면서, 로라는 일찍 자고 싶어 하니 함께 퀴즈나 풀러 가자고 설득했다.

토니는 왜 내게 다정한 걸까? 나를 보호하고 싶어서? 어쩌면 내가 수지 패터슨 박사의 문자메시지를 잘못 읽었는지도 모른다.

"결국 토니의 설득에 넘어가서 여기 왔군요." 루크가 자신의 친구와 함께 우리 쪽으로 다가오며 말을 걸었다. "아까 보건소에서는 미안했어요."

토니가 내 어깨에 손을 얹으며 말했다. "곧 돌아올게요."

이제 토니는 뒤에 있던 사람들과 이야기를 나누러 갔고, 나와 루크가 남게 되었다.

"별말씀을요."

나는 루크에게 그렇게 말했지만 입안이 바싹 말랐다.

"내가 평소에는 사람 얼굴을 좀 잘 알아보는 편이라서요." 루크가 대답했다.

"누구나 가끔씩 겪는 일이죠."

루크 일행이 맥주잔을 내 쪽으로 들어 올리며 말했다.

"이쪽은 아일랜드 출신 내 친구 션이에요. 시나리오 작가이자 음모론자죠. 이 동네에서 책을 가장 많이 읽었고요. 덕분에 주점 퀴즈에서 얄미울 정도로 답을 잘 맞히죠." 루크가 그를 소개했다.

션은 고개를 젖히고 술을 벌컥벌컥 들이키더니 빈 잔의 바닥을 확인하고 카운터에 쾅 내려놨다.

"하지만 빌어먹을 내 이름도 기억이 안 날 때가 있는걸."

"저는 엠마라고 해요."

나는 밝은 목소리를 내고 싶었지만 뜻대로 되지 않았다.

"엠마라…."

루크가 반복했다. 그는 나를 잠시 응시하다가 고개를 저었다.

"미안해요, 황당한 소리 같지만 당신을 보니까 자꾸 생각나는 사람이 있어요."

"누구죠?" 내가 불안하게 물었다.

"이 녀석 어릴 때 첫사랑일 거예요." 션이 끼어들었다.

"아니, 그게 아니라…." 친구의 망언에 루크가 미안해했다.

"괜찮아요." 내가 말했다.

"프레야. 그 친구 이름은 프레야 랠이었어요." 루크가 말을 이었다.

"엠마는 아니군요."

그가 고개를 천천히 끄덕였다.

"엠마라는 이름은 토니가 붙여줘서 그냥 임시로 쓰는 이름이에요. 토니가 당신한테 저에 대해 얼마나 얘기했는지는 모르지만…."

"로라가 전화로 이야기해줬어요. 보건소에서 마주친 다음에요. 혹시 내가 도와드릴 일이라도…?"

"내일 아침에는 상태가 좀 나아지기만 바랄 뿐이에요."

나는 그 말의 의미를 곱씹는 루크를 지켜봤다.

"당신을 아는 사람이라고 여긴 게 아주 터무니없는 착각은 아닌가 봐요." 그가 내 손목 위에 있는 연꽃 무늬 문신을 보며 말했다. "당신이 진짜 프레야와 관계가 있을지도 모른다는 생각이 강하게 드네요."

그는 내 얼굴을 다시 찬찬히 뜯어봤다. 이번에는 더 진지하게 프레야와 닮은 점을 찾는 눈치였다.

"학교를 졸업한 이후로 아무도 프레야의 소식을 몰라요. 원래 인도 사람인데, 갑자기 흔적 없이 사라져버렸죠."

"그래서 그분을 지금까지 계속 찾고 계셨나요?"

나는 션이 내게 보내는 묘한 눈빛을 외면하며 루크에게 물었다.

"오랫동안 그 친구 생각을 안 하고 살았어요. 하지만 나의 뿌리, 나의 어린 시절을 되찾고 싶은 심리랄까요. 나도 인생에서 안정감을 좀 느끼고 싶어요. 최근에 여자친구와 헤어져서 방황을 많이 했거든요."

"그런 기분 알아요."

"그렇겠죠. 지금 당신이 나보다 훨씬 더할 테니…. 미안해요. 이런 말도 당신이 누군지에 대해 더 헷갈리게 하겠죠."

◆

"방해해서 죄송합니다." 토니가 우리에게 돌아왔다. "퀴즈가 곧 시작되겠는데요."

나는 토니, 루크, 션을 따라 창가에 놓인 커다란 테이블로 이동했다.

퀴즈가 끝나자, 루크는 토니와 함께 우리의 답을 점검한 다음 채점을 하기 위해 답안지를 다른 테이블과 바꿨다.

우리 팀은 한 점 차로 승리했다. 루크와 션은 자축을 하려고 카운터로 다가갔다.

나는 다시 토니와 단둘이 남았다.

"당신을 보면 왠지 어디서 본 사람 같아요." 토니가 내 눈을 들여다보며 말했다. "그런데 그게 누구인지 모르겠어요."

"그래서 나한테 흥미를 느끼시는군요." 나는 간신히 웃으며 고개를 돌렸다.

나는 지금 토니와 함께 이곳에 있는 것이 싫었다. 이 주점, 이 동네에 있는 것이.

"나답지 않은 일이에요. 나는 얼굴을 잘 기억하거든요. 웬만해선 뭐든지 잊지 않아요."

그는 조그만 카메라, 캐논 파워샷을 꺼내 내 사진을 찍었다. 나는 플래시에 현기증이 났다. 돌발 상황이었다.

"10년 뒤에 이 사진에 대해 나한테 물어보세요. 그래도 나는 오늘 밤 있었던 일을 전부 설명할 수 있을 거예요. 여기 있던 사람이 누구누군지, 어느 팀이 몇 점 차로 퀴즈에서 승리했는지."

"저는 사진 찍히는 거 싫어요." 나는 애써 평정심을 지키며 조용히 말했다.

나는 토니가 알츠하이머를 두려워하는 이유에 대해 로라가 했던 말이 떠올랐다. 그가 정말 10년 뒤에도 오늘 일을 기억할 수 있을까.

"미안해요." 그가 내 어깨에 한 손을 얹으며 말했다. "삭제할까요?"

나는 고개를 저었다. 이제는 너무 늦었다.

"오늘 여기 온 게 당신한테 도움이 됐으면 좋겠네요." 토니가 카운터를 둘러보며 말했다.

"많은 도움이 됐어요."

나는 거짓말을 했다.

"오늘 일어난 일도 전부 잊을까 봐 걱정이에요?"

"네, 너무 두려워요."

내가 얼마나 두려운지 그가 알 리 없었다. 아무도 알지 못하리라.

"그러면 전부 글로 적어보세요. 기록을 남기는 거예요."

"오늘 밤에 정리를 해보려고요. 만약을 대비해서."

카운터 쪽을 돌아보니 주점 주인이 마이크 거치대를 조절하고 있었다. 마이크가 고정되자 그는 우리 쪽으로 손을 들었다.

"당신 차례인가 보네요." 내가 말했다.

토니는 주인에게 알았다는 듯 손짓을 했다. 환호가 터져 나왔다.

"이놈의 인기는…." 그가 말했다.

◆

로라는 위층으로 올라가 손님 침실 문을 열고 엠마의 여행 가방을 응시했다.

짧은 순간 내용물을 모조리 꺼내볼까 고민도 해봤지만 아까 엠마와 같이 뒤져봤을 때 수상한 물건은 발견되지 않았다는 사실이 떠올랐다.

침대 이불 위에 엠마의 윤곽이 남아 있었다. 저녁 시간 전에 침대에 잠시 드러누운 모양이었다. 그 가엾은 여자는 지쳐서 녹초가 되었다.

'오늘 같은 일을 겪고서 안 그럴 사람이 누가 있을까?'

엠마에게는 로라의 망상이 아니라 위로가 필요했다. 수지 패터슨이 완전히 잘못 짚었는지도 모를 일인데.

로라는 이불로 손을 뻗었지만 손가락이 닿기 전에 아래층에서 무슨 소리가 났다.

달그락 거리는 소리 같았다. 현관문이 열리는 소리일까? 소리가 또 나는지 귀를 쫑긋 세웠지만 고요하기만 했다.

로라는 층계참에 서서 다시 귀를 기울였다. 아무 소리도 들리지 않았다. 그녀는 헛것을 들었다고 확신하며 안도하여 아래층으로 내려갔다.

그런데 주방이 아까보다 썰렁하게 느껴졌다. 현관문이나 창

문이 열려 작은 집으로 신선한 공기가 밀려들기라도 했나? 그
녀는 거실을 거쳐 현관문을 열고 거리 이쪽저쪽을 살폈다. 아
무것도 없었다.

로라는 다시 주방으로 들어가면서 안심하기 위해 혼잣말을
중얼거렸다.

그러다 걸음을 멈추고 찬장에 놓인 단풍나무로 만든 나무
칼꽂이를 응시했다. 칼 하나가 보이지 않았다. 토니가 '남자용'
이라고 부르는 가장 큰 칼이었다.

로라는 칼을 찾으려고 싱크대 주변을 샅샅이 살폈다. 침착하
자. 그녀는 과민반응을 하고 있었다.

'새 친구 조심해요. 누구인지 알 거 같으니까.'

로라는 심호흡을 한 뒤, 주방 서랍을 하나씩 당겨 열면서 필
사적으로 칼을 찾았다.

하지만 칼은 어디에도 없었다. 다시 숨을 깊이 들이마시며
두 팔을 찬장에 댄 채 쭉 뻗은 팔 사이로 머리를 숙였다.

"괜찮아요?"

그때 누군가의 목소리가 들렸다.

로라는 몸을 홱 돌렸다.

"맙소사, 놀랬잖아요."

로라는 그 순간 욕실에서 나타난 엠마를 올려다봤다.

"미안해요. 토니가 먼저 들어가라면서 열쇠를 줬어요. 당신
이 이미 잠 들었을 거라면서."

"잠이 들었을 거라고요?" 로라가 메마른 웃음을 터뜨렸다. 이런 상황에서 어떻게 잠을 잘 수 있을까?

"뭐가 없어졌어요?" 엠마가 물었다.

"설거지한 그릇들을 정리하고 있었어요."

로라가 등을 찬장에 기댄 채 말했다.

로라는 주방으로 들어오는 엠마를 지켜봤다. 그 여자의 움직임은 느릿느릿하고 머뭇머뭇했다. 두 손이 다 노출된 상태였지만 어딘가에 칼을 숨기고 있을지도 몰랐다.

로라는 다른 칼로 자신을 지켜야 할 순간을 대비해 본능적으로 칼꽂이를 흘끔거렸다.

"괜찮아요?" 엠마가 물었다.

엠마를 보니, 로라가 그동안 한 번도 본 적 없는 초점을 잃은 듯한 눈빛이었다. 그 눈빛에는 이 세상에 존재하지 않는 사람이 보일 법한 냉담함과 무심함이 담겨있는 듯했다.

그냥 대놓고 물어보는 편이 나을지도 모른다.

"사실 괜찮지 않아요." 로라가 엠마를 날카롭게 노려보며 말했다.

"왜요? 무슨 일 있나요?"

"엠마 휴잇!" 로라가 외쳤다.

"엠마 휴잇?" 엠마가 로라가 말한 이름을 따라서 말했다.

"당신이 그 사람인가요?"

"그걸 내가 어떻게 알아요, 로라. 원래 내 이름이 엠마가 맞는지도 모르는걸요."

"수지는, 그러니까 패터슨 박사는 당신이 그 사람이라고 생각하고 있어요."

"제가 정말 엠마라면, 그게 왜요?"

"그 여자가 이 집에 살았었대요. 오래전에요."

엠마는 천천히 고개를 끄덕였다.

'뭔가가 생각나는 건가? 기억이 전부 돌아오는 건가?'

"자기가 누군지도 모르는 심정이 어떤지 아세요? 오늘 하루만 해도 보건소에서 만난 루크라는 점잖은 신사한테 내가 오래전에 연락이 끊긴 옛 친구 프레야 랠과 관계가 있을지 모른다는 말을 들었어요. 토니도 내가 누군가를 연상시킨다고 했지만 그게 누군지는 모르겠대요. 그리고 당신은 이제 나더러 이름도 들어본 적 없는 엠마 휴잇이냐고 묻네요. 내 이름이 정말 엠마가 맞는지도 모르는 마당에요. 다들 내가 아예 모르는 사람들을 들먹이고 있다고요, 로라."

엠마는 불안하게 서 있다가 양손으로 머리를 감싸쥐며 식탁에 털썩 주저앉았다.

"이렇게 불쑥 나타나서 미안해요. 당신 인생에, 당신 집에 이렇게 난입해서요. 오늘 밤에 내가 당신 심기를 건드렸다면 사과할게요."

"…아니에요. 내가 미안해요."

로라가 엠마에게 사과했다.

우편물을 보관하는 다른 찬장 위에서 없어졌던 칼을 발견했기 때문이다. 너무 어리석게 굴었다. 오늘 아침에 토니가 우편물을 개봉하느라 그 칼을 쓴 것이 틀림없었다.

로라는 다시 엠마를, 그녀의 붉게 충혈된 눈을 보았다. 그리고 충동적으로 엠마에게 다가가 그녀의 어깨에 팔을 둘렀다. 수지의 경고와 오늘 밤에 읽은 메시지도 로라를 막을 수 없었다. 평소 동정심의 화신이라며 토니는 늘 아내를 놀리곤 했다.

"수건을 꺼내놨어요." 로라가 어색하게 뒤로 물러서며 말했다. "욕실에요. 어딘지 알죠?" 그녀가 억지로 웃자 엠마도 슬며시 미소를 지었다.

"고마워요."

"퀴즈는 어땠어요?" 로라가 물었다.

"우리가 이겼어요."

"그 자리에 또 누가 있었죠? 루크? 션?"

"둘 다요. 션은 항상 사람을 그렇게 빤히 쳐다보나요?"

"항상 그래요. 특이한 캐릭터지만 해로운 사람은 아니에요. 다음 시나리오 등장인물을 구상하느라 사람들을 유심히 관찰하고 있을 거예요."

"부탁 한 가지 드려도 될까요?"

"그럼요."

로라는 엠마가 무슨 말을 할지 궁금했다.

'일단 그래도 베개 밑에 항상 칼을 숨겨두고 자야겠어.' 로라가 속으로 생각했다.

"종이 있어요? 토니가 오늘 있었던 일을 적어두는 게 어떻겠냐고 해서-"

"그럼요. 저쪽에 있어요."

로라는 작은 찬장 쪽으로 고갯짓을 했다. 편지 보관함 옆에 편지지 묶음이 놓여 있었다. 그러나 그녀는 금방 후회하고 말았다. 그곳에는 칼이 있지 않은가.

엠마는 그쪽으로 다가가 종이 두 장을 뜯었다. 종이 찢기는 소리가 집 안에 울렸다. 종이 뭉치를 내려놓다가 칼을 발견한 엠마는 그것을 집어 이리저리 돌려보았다.

로라는 눈을 휘둥그레 뜨고 그 모습을 지켜보았다.

"아까 찾던 물건이 이건가요?" 엠마가 물었다.

로라는 번쩍이는 칼을 쥔 엠마의 모습에 질겁하여 할 말을 잃었다.

이제 다시 머릿속에는 수지가 보낸 링크 생각밖에 남지 않았다. 링크를 눌렀을 때 볼 수 있었던 살인마 엠마 휴잇의 사진과 그녀의 공허한 눈빛.

"그건 이쪽에 둬야겠네요."

로라가 간신히 입을 열었다. 그녀는 엠마에게서 칼을 홱 낚아채 귀에 거슬릴 정도로 '쿵' 소리를 내며 칼꽂이로 밀어 넣었다.

"펜은 있어요?"

로라는 태연한 척하며 그렇게 물었지만, 의도와 달리 목소리는 떨리고 있었다.

엠마가 고개를 끄덕였다.

로라는 몸을 돌려 건조대에서 꺼낸 접시를 정리하기 시작했다. 정신을 추스르고 숨을 고르려면 뭐라도 해야 했다.

"나도 곧 잠자리에 들 거예요. 잘 자요."

로라가 엠마에게 그렇게 말했지만, 뒤를 돌아보니 엠마는 이미 위층으로 올라가고 없었다.

로라는 토니가 빨리 돌아오기만을 학수고대했다.

◆

내 침대는 포근했다. 새하얀 침대보는 값비싼 이집트 면으로 만든 것 같았다.

침대 옆에 놓여 있는 서랍장 위에는 조그만 우유병에 꽂힌 들꽃 한 다발이 놓여 있었다. 로라가 방금 꺾어온 것이었다. 낯선 나에게 이렇게까지 친절을 베풀다니.

나는 공항에 도착한 순간부터 지금까지 내가 겪은 일들을 빠짐없이 종이에 기록하기 시작했다. 핸드백 분실신고를 한 일, 기차를 타고 여기까지 온 일, 로라와 토니를 만난 일, 보건소를 찾아간 일, 오늘 밤 주점 퀴즈에 참가한 일….

다만, 오늘 만난 사람들에 대한 내 호의감이나 적대감 같은 감정은 전혀 기록하지 않았다. 나는 이미 연구 대상이나 다름

없는 신세가 됐으니 내가 기록한 것들이 있으면 나중에 의사, 경찰, 정신 건강 전문가들이 읽어볼 가능성이 크다. 물론 그들도 선의로 하는 일이겠지만 조심할 필요는 있었다.

한편, 종이 맨 위에는 이렇게 적어두었다.

'아침에 일어나면 이것부터 읽어볼 것!'

로라는 아직 아래층에 있었다. 나를 대하는 태도가 너무 오락가락했다. 잔뜩 경계를 하다가도 어느 순간 갑자기 따뜻하고 상냥해졌다.

보건소에서 면담을 마칠 무렵 우리는 둘 다 패터슨 박사의 의아한 반응을 목격했다. 누가 봐도 충격에 빠진 사람의 표정이었다.

저녁 식사 시간에 그녀의 문자메시지를 받은 로라도 비슷한 반응을 보였다. 역시 요가에 대한 내용은 아니었던 모양이다.

'그런데 엠마 휴잇이라는 사람은 대체 누굴까?'

토니는 오늘 주점에서 돌아온 것 같지 않았다. 그는 내게 열쇠를 대문 밖 화분 밑에 놓아두라고 했다. 로라 말대로 토니의 노래 솜씨가 형편없는지 확인하고 싶은 마음에 주점에 좀 더 머무를까 생각도 했지만 아무래도 너무 피곤해서 돌아왔다.

빨리 잠들고 싶지만 내일 아침에 어떤 상황이 벌어질지 두려워 잠이 오지 않았다. 오늘보다 더 고달플까? 꿋꿋이 버텨야 하지만 다른 사람들이나 의사 말에 휘둘릴 수밖에 없다.

플레어의 환영이 끊임없이 나타났다 사라졌다를 반복했다.

"플레어." 나는 눈물을 글썽이며 속삭였다.

머릿속에서 플레어가 책을 내리자 나는 힘겹게 숨을 헐떡였다. 플레어가 입을 크게 벌리면서 비명을 지르는 소리가 들리는 것 같았다.

섬뜩하게도 나의 뇌는 잊고 싶은 것은 그리도 세세히 기억하면서, 가장 기억하고 싶은 것은 깡그리 잊어버렸다.

나는 기억상실이라는 불모지 위에 서 있으면서도 끊임없이 악몽을 소환하고 있는 것이다.

◆

나는 30분 동안 기록한 내용을 다시 읽어본 다음 불을 끄려고 스탠드로 손을 뻗었다.

그 순간 아래층 주방에서 속닥이는 소리가 들렸다. 한껏 낮춘 목소리였고, 소리가 나는 곳은 내 방 바로 밑인 거실에서 꽤 떨어진 위치 같았다.

나는 침대에서 빠져나와 여행 가방에서 꺼낸 순면 잠옷을 몸에 걸쳤다. 그들의 대화를 엿듣고 싶은 충동에 나는 층계참으로 살며시 다가갔다.

숨을 죽이며 들어보니, 다행히 토니는 나를 두둔하고 있었다. 하지만 로라는 나를 집에서 빨리 내보내지 못해 안달을 내는 것 같았다.

"무작정 길바닥으로 내칠 순 없잖아, 자기." 토니가 말했다.

"이 기사를 읽어 보라고! '엠마 휴잇은 응급실로 들어가 누군가를 죽이겠다고 경고했다. 그녀는 병원 측에 자신을 입원시켜 격리해달라고 애원했다. 응급실 간호사는 그녀에게 정신 감정을 받게 했지만 그녀는 검사를 받기 위해 기다리던 중에 거리로 사라졌다.' 왜 그때 병원 사람들은 그 여자가 밖으로 빠져나갈 때까지 막지 않았을까?"

"그걸 내가 어떻게 알겠어, 자기."

"그리고 이것도 좀 봐. '엠마는 부엌칼로 친구의 목을 베기 몇 분 전에 999(영국의 통합 긴급 전화 번호 – 옮긴이)에 전화를 걸어 자기가 누군가를 해칠 것 같으니 도와달라고 호소했다. 그러나 경찰은 너무 늦게 도착했다.'"

나는 더 듣고 싶은 마음에 계단을 조금 더 내려갔다.

"수지 박사는 그냥 좀 조심하라는 뜻에서 그런 말을 한 걸 거야. 저 여자가 그 기사 속의 살인마 엠마와 같은 사람이라고 단정 지을 수는 없잖아!"

"저녁 내내 저 여자랑 얘기를 해봤으면서도 그래? 엠마 휴잇은 지금 서른쯤 됐어. 위층의 엠마도 그 또래가 틀림없고. 엠마 휴잇은 런던에서 학교를 다니던 12년 전에 살인죄로 유죄 판결을 받은 사람이라고!"

"그럼 그 여자는 지금 어디 있을까?"

"아무도 모르는 모양이야. 석방돼서 사회로 돌아왔겠지. 수지 박사 말로는 그 여자도 이 집에서 살았다잖아. 조현병이랑 기억상실증 판정을 다 받았대."

"하지만 아까 확인해 보니, 다락에 있는 등기부에서 과거 소유자 중에 '엠마 휴잇'이라는 이름은 없었는데…."

"수지가 꾸며낸 얘기가 절대 아니야, 토니. 진료 기록에 남아 있었다고! 15년간 의료 기록을 보존한다잖아."

"그렇다고 오늘 나타난 여자가 그 사람과 동일인이라는 뜻은 아니잖아. 엠마라는 이름도 내가 붙여준 이름일 뿐이라고."

"아까 나한테 죽은 친구가 있다는 얘기도 했었어. 나는 그 정도면 두 사람의 연결고리는 충분하다고 봐. 그리고 당신은 오늘 밤에 그 여자가 부엌칼 들고 있는 모습을 못 봐서 그러는 거야."

"그걸로 무슨 짓을 했다고 그래? 당신을 위협하기라도 했어?"

"난 그렇게 느꼈어. 이 기사 속 사진을 보라고!"

잠시 침묵.

"너무 흐릿하다. 저 여자와 닮기는 했네."

"이 법정 사진도 봐봐."

"이 사진은 더 알아보기 힘들잖아!"

"바로 이 여자가 지금 우리 집 이층에서 자고 있다고!"

로라의 흐느끼는 소리가 들리는 것 같았지만 확실치는 않았다. 잠시 후 토니가 말을 이었다.

"이 기사에는 엠마 휴잇이 미대 학생이었다고 적혀 있네. 저

엠마는 베를린으로 출장을 갔다가 정장을 입고 여기 도착했다고! 그렇다면 전문직 여성이라는 뜻인데….'

"어떤 전문직 여성이 손목에 연꽃 무늬 문신을 하겠어? 나는 저 여자 정체가 확실히 밝혀질 때까지 여기 소파에서 잘 거야."

"왜 그래, 자기. 그럴 것까진 없잖아."

토니는 문신에 전혀 신경 쓰지 않는 눈치였다.

"저 여자를 오늘 밤에 주점에서 재워야만 했어." 로라가 말했다.

◆

나는 이제 그들의 이야기를 들을 만큼 들은 것 같아 살금살금 다시 방으로 돌아갔다.

문은 조금만 열어두었다. 문 닫는 소리를 낼 수 없어서였다.

'왜 로라는 내가 엠마 휴잇이라고 단정하는 걸까? 두 사람은 어떤 기사를 읽고 있었을까? 그것을 알면 내가 부엌칼을 내밀 때 로라가 지었던 표정을 납득할 수 있을 텐데….'

그녀는 내 손에 들린 흉기를 치우려는 듯 칼을 얼른 낚아챘다. 엠마 휴잇은 가장 친한 친구의 목을 갈랐다고 한다.

나는 눈을 감았다. 내가 그런 행동을 할 수 있을까? 칼로 다른 사람을 죽일 수 있을까? 나는 내 손에 쥔 싸늘한 금속과 그것을 휘두르기 위해 필요한 분노나 공포를 상상하려 애썼다.

토니가 위층으로 올라오는 소리가 들려 나는 이불 속으로 들어갔다. 생각보다 작다고 느꼈던 집이 한층 더 갑갑하게 느껴졌다. 침실 천장이 나를 짓누르는 기분이었다.

다시 이불 밖으로 나가 방문을 제대로 닫을 시간이 있을까? 토니는 이미 층계참에 올라와 있는 것 같았다. 나는 눈을 꼭 감고 어둠 속에 누워 있다.

"안 자요?" 문 앞에서 그가 물었다.

나는 대답하지 않고 숨소리를 일부러 크게 내며 자는 척했다. 하지만 입술이 파르르 떨렸다. 뺨 위로 눈물이 또르르 흘렀다.

"우리 집에 온 걸 환영해요." 그가 속삭였다.

비명을 지르고 싶었지만 움직일 수 없었다. 저 말은 또 무슨 뜻일까?

로라도 위층으로 올라왔으면 싶었다. 나는 용기를 짜내려고 애썼지만 너무 무서웠다.

나는 내 이름을 기억하지 못한다.

◆

루크는 데스크탑 컴퓨터를 켜고 페이스북에서 다시 학교 동창들의 옛날 사진을 보았다. 그는 동창들 사진 중에서 프레야 랠의 사진을 확대했다. 어쩌자고 오늘 밤 엠마에게 속말을 주저리주저리 털어놨을까?

보건소에서 엠마를 마주친 순간, 루크는 무척이나 당황스러웠다. 엠마의 목소리가 아주 익숙했지만 정확히 그게 누구인지는 알 수 없었기 때문이다.

나중에 주점에서 엠마를 다시 만났을 때는 학창시절로 되돌아간 듯이 설레였다. 창백한 피부 때문에 더 두드러지는 짙은 색의 그윽한 눈이 루크의 첫사랑 프레야를 연상시켰지만 외모보다는 행동이 더 비슷했다. 흘러내린 머리가닥을 귀 뒤로 넘기는 모습이나 대화를 할 때 얼굴을 살짝 위로 쳐드는 모습, 언뜻언뜻 나타나는 인도 억양.

물론 프레야를 다시 찾고 싶다는 강력한 욕구가 루크로 하여금 엠마와 프레야의 닮은 점을 보게 했는지도 모른다.

루크는 그의 마음 한구석을 집요하게 괴롭히는 의혹을 떠올리며 엠마라는 여자에 대해 다시 생각해보았다. 엠마가 어떤 식으로든 프레야 랠과 관련된 인물이 아니라면 그녀는 대체 누구일까?

자신의 삶에 대해 아무것도 기억하지 못하는 상태로 느닷없이 마을에 나타난 의문의 여인이라니. 게다가 그 연꽃 문신은 또 뭐란 말인가.

왠지 흥미진진한 사연이 담겨 있을 것 같았다. 대중의 호기심을 자극하기에 충분한 기삿거리였다. 루크는 비록 오래전에 언론계를 떠났고 지금 그 언론계는 과거와 크게 달라졌지만 그는 여전히 기자 생활이 그리웠다.

이름도, 기억도 없는 여자라.

구미가 당겼다.

◆

그때 루크의 휴대폰이 웅웅댔다. 로라가 보낸 문자메시지였
다.

자요?

그는 시계를 보고 답장을 할까 망설였다. 이미 밤 12시 50분
이었기 때문이다. 한밤중에 무슨 일일까.

안 자요. 무슨 일 있어요?

곧이어, 로라에게서 또 다시 문자메시지가 왔다.

구글에서 '엠마 휴잇 살인자'라고 검색해보세요.

밤늦게 웬일인가 했더니, 엠마라는 여자 때문에 보낸 문자메
시지 같았다. 그는 검색을 위해 구글 앱을 켰다. 처음 나온 검
색 결과물은 12년 전에 일어난 살인사건에 대한 간략한 개요
였다. 루크는 그 내용을 꼼꼼히 읽으며 소름끼치는 사실들을
곱씹어 보았다.

그러다가 살인자의 얼굴을 찍은 희미한 사진 한 장을 발견했
고, 그 속에 나온 여자를 들여다봤다. 아름답기는 해도 누렇게

뜬 멍한 얼굴을 보니 정상인 같지는 않았다.

그런데 로라는 왜 이걸 검색하라고 했을까?

그때 로라가 보낸 메시지가 또 왔는지 휴대폰이 진동했다.

낯이 익지 않나요?

루크는 사진을 다시 쳐다보고는 의자에서 허리를 곧추 세웠다. 맙소사.

이 기사 속 살인자가 당신 집에 온 엠마라고 생각하는 거예요?

그는 다시 흐릿한 사진 속 얼굴을 한참 들여다봤다. 알아보기 힘들었지만 언뜻 엠마처럼 보이기도 했다.

수지 패터슨 박사의 말에 따르면 그럴 수도 있대요. 엠마 휴잇이라는 여자가 우리 집에 살다가 런던으로 이사했다면서요.

엠마는 지금 어디 있어요?

위층에서 자고 있어요.

당신은 어디 있죠?

거실 소파에요.

토니는 어떻게 생각한대요?

나더러 불안병에 걸린 요가 선생이라는데 그 말이 맞을지도 모르죠. 하지만 수지가 그러는데 엠마 휴잇이 사회로 복귀했을지도 모른 대요.

루크는 한숨을 쉬며 주점에서 엠마라는 여자와 나눈 대화를 되새겨 보았다. 그녀가 기억상실증에 시달리는 살인마로 보이지는 않았다. 절대로. 도리어 그는 그녀가 마음에 들었다. 도움이 절실히 필요한 길 잃은 영혼처럼 느껴졌다. 마치 루크 자신처럼. 누구에게도 위험해 보이지는 않았다.

그는 다시 로라에게 문자메시지를 보냈다.

그 여자는 절대 살인자가 아닐 거예요. 만약 그 여자가 살인마라고 하더라도 더 이상 사회에 위협이 되지 않기 때문에 풀려났겠죠.

루크는 엠마가 자신의 옛 첫사랑과 닮았다는 이야기를 덧붙일까 하다가 그만두었다. 그 생각은 당분간 혼자만 간직할 작정이었다.

토니랑 같은 말을 하네요. 내일 아침 9시에 엠마를 보건소에 다시 데려가려고요. 지금 내 심정이 말이 아니에요.

아침이 되면 기분이 좀 나아질 거예요. 당신들이 워낙 따뜻하고 점잖은 사람들이잖아요. 마을에서 친절하기로 제일가는 부부죠. 당신들이 이 동네에 이사 온 건 정말 행운이에요.

둘째 날

나는 천장을 응시했다. 블라인드 틈으로 아침 햇살이 스며들었다. 짧은 순간 내가 어디에 있는지 헷갈렸다. 두려움이라기보다는 정신 착란 같았다.

창밖에서 멀어져가는 기차 소리가 들렸다. 그 소리가 나를 깨운 모양이다. 나는 침대 옆 협탁에 놓인 종이를 집으며 일어나 앉았다.

'일어나면 이것부터 읽어볼 것'이라고 맨 위에 적혀 있었다.

나는 갑자기 격한 감정에 휩싸였다.

그것을 읽으며 나는 거기 적힌 단어들에 충격을 받았다. 가차 없이 내가 왜 이 침실에 있는지를 일깨우는 내용들이었다. 나의 짤막한 문장들은 어린아이의 일기처럼 어떤 감상도 없이 어제 일어난 모든 사건을 객관적으로 전달하고 있었다.

나는 핸드백을 잃어버렸다. 기차를 탔다. 토니와 함께 주점 퀴즈 대회에 갔다.

끝까지 훑어본 나는 마지막 문장을 다시 읽었다.

'로라는 내게 혹시 엠마 휴잇이라는 사람이 아니냐고 물었다.'

엠마 휴잇이 대체 누구일까? 나는 왜 그 여자로 오해받고 있을까?

나는 새로운 하루를 준비해야 했다.

그런데 로라의 손글씨로 추정되는 쪽지가 문 밑에 끼여 있었다.

샤워를 하려면 우리 욕실을 쓰세요. 아래층 화장실 샤워기가 망가졌거든요! 일단 욕실 밖에 있는 전등부터 켜고요.

친근한 말투였다. 샤워야말로 내게 꼭 필요한 것이었다.

나는 욕실에 들어가 샤워기 밑에서 고개를 쳐들고 오늘 해야 할 일에 생각을 집중하기 시작했다. 하지만 앞으로 닥칠 일을 떠올리는 순간 몸이 뻣뻣하게 긴장됐다. 이런 저런 생각을 하면서 얼굴에 물을 맞았다.

머릿속에 폭우를 맞으며 서 있는 보리수 나무가 어른거렸다. 하트 모양의 보리수 나무 이파리에서 빗물이 줄줄 흘러내렸다.

나는 굳세게 버텨야 했다.

아침을 먹으러 주방에 들어갔더니 토니와 로라가 동시에 고개를 들었다.

"좀 어때요?" 토니가 찬장 앞에서 커피를 만들며 말했다. "잘 잤어요?"

로라는 망고를 잘라 즙이 뚝뚝 떨어지는 두툼한 조각들을 식탁 위의 요구르트 그릇에 떨어뜨리고 있었다.

칼꽂이는 어디에도 보이지 않았다.

"네."

나는 로라를 돌아보며 말했다.

로라는 내 눈길을 피했다. 그녀의 핏발선 눈 때문인지도 몰랐다.

사실 나는 몸 상태가 좋지 않았다. 하지만 남은 기운을 모조리 짜내어 그들에게 설명하기 시작했다. 조심스럽고 차분하게.

"내가 엠마라고 불린다는 걸 알아요." 나는 머뭇거렸다. "어제 히드로 공항에서 핸드백을 잃어버렸고 이 마을에 온 이후로 두 분이 저를 친절히 보살피고 계시다는 것도요."

로라는 토니를 휙 돌아봤다.

"다행이네요." 그녀가 환히 웃었다.

"그래요?" 토니가 나를 보다가 로라에게로 눈길을 돌렸다. "어제 쓴 일기를 읽은 거예요? 침대 옆에 있던 거요?"

두 사람이 동시에 나를 보았다.

나는 얼굴이 달아오르는 것을 느끼며, 들릴 듯 말 듯 그렇다고 대답했다.

"그러니까 잠에서 깨어나 보니 아무것도 기억나지 않았다는 뜻인가요?" 로라가 실망감을 감추지 못하고 물었다.

"일기를 읽어보니 제 글씨인 건 알겠는데 다른 사람의 삶처럼 느껴졌어요." 나는 말을 멈추고 두 사람을 올려다보다가 간신히 말을 이었다. "제게 왜 이런 일이 일어난 걸까요?"

"괜찮아요." 로라가 말했다.

그녀는 식탁에서 일어나 내게 다가왔다.

그녀가 나를 안아주자 나는 눈물이 왈칵 쏟아졌다. 내게 이렇게 다정하다니.

"어제 보건소에 가서 의사를 만났잖아요. 수지 패터슨이라고." 그녀가 뒤로 물러나며 말했다. "당신이랑 나랑 같이 갔었죠. 그분 말씀이 만약에 오늘 아침에 잠을 깼을 때 어제 있었던 일이 떠오르지 않으면 당신은 전행성 기억상실증이래요."

"알아요." 내가 조용히 말했다. "그것도 일기에 적어두었어요. 거기다 후행성 기억상실 증세도 있는 모양이에요." 나는 말을 멈추고 눈물을 닦았다. "아직도 내 이름을 모르겠어요."

"완전 기억상실증이네요." 토니가 흥미롭다는 듯 눈썹을 치켜세우며 말했다. "이중 기억상실이라는 희귀한 케이스죠."

로라는 토니를 보며 말했다.

"기억은 돌아올 거야."

그리고 나에게 돌아보며 말했다.

"걱정 말아요."

"실은 일기를 읽으면서 어제 겪은 일들을 떠올리려고 노력했어요. 이 마을에 찾아왔을 때와 보건소에 갔을 때를 상상해봤지만, 내가 기록한 사건들에 대해 아무런 기억이 떠오르지 않았어요. 이 집 문을 두드릴 때, 당신이 문을 열었을 때 어떤 감정이었는지도 기억나지 않았어요."

나는 잠시 말을 멈추고 그들을 보았다. 그리고 다시 물었다.

"그런데 엠마 휴잇이 대체 누구예요?"

두 사람은 움찔하는 것 같았다.

"일기에 따르면 당신들이 내게 혹시 그 사람이 아니냐고 물었다는데요."

"그 여자도 기억상실증에 걸렸었대요." 로라가 주저하다가 대답했다.

"그 이유뿐인가요?"

"그리고 한때 그 사람이 이 집에 살았대요. 오래전에요. 그런데 당신이 이 집 구조를 정확히 안다는 사실을 어떻게 설명해야 되는지 모르겠어요."

로라가 주방을 재빨리 둘러봤다.

"생김새가 당신이랑 조금 닮은 듯도 하고요." 토니가 덧붙였다.

"그렇다면, 당신들은 내가 정말 그 여자라고 생각해요?"

로라는 토니를 보며 그의 반응을 살핀 다음 대답했다.

"그렇게 생각했지만 이제는 잘 모르겠어요. 난 오늘 아침 9시까지 당신이랑 또 보건소에 가기로 되어 있어요. 가 보면 분명히 알 수 있을 거예요."

"그 여자가 무슨 짓을 했어요?" 내가 즙이 뚝뚝 떨어지는 망고 한 조각을 집으며 물었다. "꼭 알아야겠어요."

로라는 잠시 망설이다가 토니와 다시 시선을 교환하며 대답했다.

"친한 친구를 죽였대요."

"뭐라고요?"

나는 충격을 감추지 못하고 가느다란 목소리를 냈다.

"12년 전에요. 살인죄로 유죄 판결을 받고 정신 병동에 수감 됐대요. 7년 후에 석방됐고요. 그 후로 아무도 본 사람이 없대 요."

"그런 여자가 여기 살았다고요? 이 집에?"

로라가 고개를 끄덕였다.

"오래전이지만 한때는 보건소에도 등록된 환자였대요."

"물론 우리는 당신이 그 사람이라고 생각하지 않아요." 토니 가 로라의 눈치를 살피며 말했다. "하지만 당신은 이제 병원이 나 보건소로 가야지 더 이상 우리 집에서 머물 수 없어요."

나는 토니가 방금 한 말에 놀라 그를 잠시 바라보았다.

"내일 9시에도 보건소 예약을 해두었어요." 로라가 말했다.

어색한 침묵이 흘렀다.

무슨 말을 해야 할지 난감했다. 두 사람은 무척이나 친절했 고 내게 하룻밤 잠자리를 제공했다. 그것만으로도 감사해야 마 땅했지만…, 병원이나 보건소에서 날 밤을 보내고 싶지는 않았 다.

"일단 오늘 보건소에 가 보면 내가 엠마 휴잇인지 아닌지 알 수 있겠죠."

나는 분위기를 바꿔볼 요량으로 그렇게 말했지만 소용이 없 었다.

"내가 그 사람이 아니라면 혹시 이 집에서 머물 수 있을지-"

로라와 토니가 또 한 번 시선을 교환했다.

"미안해요, 엠마." 토니가 말했다. "우리는 할 만큼 했어요. 당신을 하룻밤 재워 줬고 동네 사람들에게 소개도 시켰고요. 우리 역할은 여기까지예요. 로라는 잠까지 설쳤어요."

"내가 살인자라고 생각해서요?"

그 말에 로라가 울상이 되어 나와 토니에게 등을 돌리자, 토니는 어깨를 으쓱했다. 나를 내쫓는 게 그의 뜻이 아니라는 의미가 분명했다. 그의 푸른 눈동자가 다시 내게 꽂혔다.

나는 그에게 미소를 지어보인 다음 시선을 피했다.

◆

그때 집전화가 울리기 시작했다.

토니는 전화를 받으려고 자리에서 일어섰다.

"여보세요."

토니는 거실에서 로라와 나를 번갈아 보았다.

나는 여전히 식탁에 앉은 채 토니의 태도 변화를 관찰했다. 그의 시선이 내게 머무르는 걸 보니, 통화의 내용이 무엇인지 알 것 같았다.

순간 토니의 미소가 싹 가셨다. 그러다 그는 수화기를 들고 주방 밖으로 나가면서 로라를 보고 눈썹을 치켜세웠다.

로라는 토니를 뒤따라 복도로 나갔다. 나는 그들이 하는 말을 듣고 싶었지만 두 사람 다 한껏 목소리를 줄여 속닥이고 있었다.

토니가 '경찰'이라는 단어를 쓴 것 같았지만 확실치 않았다.

이상하게도 그는 혼자 식탁으로 돌아왔다.

"경찰한테서 걸려온 전화예요." 그가 말했다.

"내 핸드백을 찾았대요?" 내가 긴장하여 물었다.

"그게 아니라…."

토니의 태도는 이제 딱딱하고 쌀쌀맞았다. 이제는 나를 감쌀 마음이 없어진 듯했다.

"용건이 뭐래요?"

"당신을 보러 형사 두 명이 여기로 오고 싶다고 했어요."

"왜요? 다른 말은 없었어요?"

나는 그의 목소리에 담긴 가시를 무시하려 애썼지만 가슴이 점점 답답해졌다.

"당신이 곧 마을 보건소로 갈 거라고 했더니, 경찰이 한 가지 제안을 했어요." 토니가 보초를 서듯 문간에 서서 말했다.

"무슨 제안이요? 말해주세요, 토니."

토니가 망설이다가 입을 열었다.

"마을 보건소에서 당신과 만나고 싶다는군요."

그때 갑자기 현관문이 닫히고 로라가 도로를 내달리는 소리가 들렸다. 그녀는 겁에 질렸는지 집 쪽으로 눈길도 주지 않고 달리는 것 같았다.

나는 속이 뒤틀리기 시작했다.

엠마 휴잇이 제대로 경찰의 관심을 끈 모양이다.

목초지를 내려다보던 사일러스 수사반장의 시선이 언덕 쪽으로 움직였다. 왠지 누군가가 그를 엿보는 기분이었다.

그는 담배를 마지막으로 한 번 더 빨아들인 다음, 길가에서 그를 기다리고 있던 부하 스트로버와 함께 보건소로 향했다.

스트로버는 신참 여형사였지만 늘 사일러스 반장을 긴장시켰다. 그녀는 매사에 적극적으로 나섰다. 그것이 사일러스가 스트로버를 파트너로 선택한 이유였다.

오늘 아침 스트로버는 어제 베를린 테겔 공항을 출발해 오후 세 시 이전 영국항공 비행편을 통해 히드로 공항에 도착한 모든 승객 명단을 뽑아두었다. 그리고 그 명단을 출입국관리소 측에 보내 그들의 여권 사본을 요청했다. 입국자들의 사진을 확인하기 위해서였다.

"자네는 예전 엠마 휴잇 사건에 대해 얼마나 알고 있지?" 사일러스 반장이 스트로버에게 물었다.

"기사에서 읽은 내용이 전부예요. 같이 살던 친구를 찔러 죽이고 전화로 경찰에게 알렸다면서요?"

"죽이기 전에 경찰에 전화를 했다지? 그게 문제였어. 앞으로 무슨 짓을 저지를지 우리한테 예고를 하다니."

그 때문에 사일러스 반장은 과거에 수지 패터슨 박사를 만난 적이 있다. 수지 패터슨이 개인 병원을 운영하던 시절이었다.

"이번 사건도 그때 일과 관련이 있다고 생각하세요?" 스트로 버가 길을 건너 뜨거운 햇볕 속으로 들어가며 물었다.

"아닐 거야."

어젯밤 수지 패터슨 박사는 사일러스 반장에게 갑자기 전화를 걸어와, 사일러스가 평생 잊을 수 없었던 사건의 주인공이 었던 '엠마 휴잇'이라는 이름을 다시 언급했다.

그 말을 들은 이상 사일러스 반장은 엠마 휴잇이 다시 자기 앞에 나타난 것인지 꼭 확인을 해야만 했다.

사일러스 반장이 말단 형사이던 시절, 그는 범죄 현장이 된 엠마 휴잇의 대학 기숙사에 가장 먼저 출동했다. 그는 응급대원이 도착할 때까지 숨이 거의 끊어진 피해자 곁을 지켰다. 피해자는 엠마 휴잇의 룸메이트였다. 복도에서 체포되던 엠마 휴잇은 누군가 자기 말에 귀를 기울이기만 했어도 모든 일을 피할 수 있었을 거라며 소리를 질러댔다.

"엠마 휴잇의 옛날 '신상정보' 파일을 미리 확보했어. 크게 도움은 안 될 거야. 오래돼서 쓸모없거나 틀린 정보일 테니까."

사일러스가 엠마 휴잇의 비명 소리에 대한 기억을 저 멀리 밀어내며 말했다.

엠마 휴잇의 파일에서 쓸 만한 유일한 정보는 그녀를 체포할 때 채취한 DNA 관련 자료였다.

"조금 있다 자네도 안으로 들어와서 같이 얘기할래?"

사일러스 반장은 이제 곧 수지 패터슨 박사를 만나기로 되어 있었다.

◆

"다시 만나서 반가워요."

사일러스 반장이 수지 패터슨 박사의 상담실로 들어가며 인사했다. 그는 문이 닫히길 기다렸다가 그녀의 양 볼에 입을 맞췄다.

"좋아 보이네요."

"당신도요." 그녀가 책상 앞에 앉으며 말했다.

사일러스는 선 채로 상담실 내부를 둘러봤다. 벽에 붙은 세계 지도가 눈에 들어왔다. 그는 여행을 좋아했다.

"엠마 휴잇에 대해 묻고 싶어서 오신 거죠? 사실 그 여자가 엠마 휴잇인지 아닌지는 나도 정확히 몰라요. 그냥 그럴 수도 있으니 확인해 주셨으면 좋겠다는 의미죠."

"당신의 느낌이 그렇다면, 그 여자가 정말로 엠마 휴잇인지 우리 경찰이 확인은 꼭 해봐야죠."

"그 여자 여권 번호만 확인하면 되지 않나요? 어제 히드로 공항으로 들어온 게 맞는지만 확인해도 될 텐데요."

"안타깝게도 엠마 휴잇은 살인을 저지를 때까지 여권을 발급받은 적이 없었어요. 런던으로 유학가기 전에는 이곳 윌트셔를 벗어난 적도 없으니, 외국 여행은 말할 것도 없이 한 적이 없겠죠. 따라서 여권번호로 의문의 여자와 대조해볼 방법은 없어요. 지금 우리가 가진 엠마 휴잇에 관한 정보는 마지막 위험평가 자료, 신체 특징, 가족 연락처, 담당 의사, 재무 상황, 머그샷(범인을 식별하기 위해 구금 과정에서 촬영하는 얼굴 사진 - 옮긴이)뿐이에요. 그 여자가 5년 전에 애시워스를 떠난 이후로는 업데이트되지 않았어요."

"그 당시의 엠마 휴잇의 사진을 볼 수 있을까요?" 수지 패터슨 박사가 말했다.

"당연하죠. 그거 보여주려고 여기까지 왔잖아요." 그는 엠마 휴잇의 흐릿한 사진을 수지의 책상 위에 놓으며 말했다. "어때요? 최근 여기 나타난 그 여자랑 같은 사람 같나요?"

"잘 모르겠네요." 수지가 사진을 자세히 보려고 몸을 앞으로 끌어당기며 말했다.

"이미지가 별로 선명하지 않죠?"

"네."

수지 패터슨 박사는 잘 모르겠다는 표정이었다.

"우리가 반드시 밝혀낼 것입니다. 일단 엠마랑 얘기를 해 봐야겠네요."

"그 여자는 지금 옆방에 있어요. 잠시 후에 그쪽으로 안내해드리죠. 부디 살살 다뤄주세요. 아주 불안정한 상태니까."

"그 여자가 누구든지 간에 이 마을에 찾아온 데는 이유가 있을 거예요."

그때 문 두드리는 소리가 들리더니, 스트로버가 나타났다. 그녀는 무슨 은밀한 일이 벌어지고 있는지 살피려는 듯 두 사람을 번갈아 응시하며 말했다.

"두 분을 방해해서 죄송하지만, 엠마라는 여자가 보건소 밖으로 빠져나간 모양입니다."

◆

미치지 않으려면 병원에서 탈출하는 수밖에 없었다. 그나마 내게 멀쩡한 정신이 남아 있다면 말이다.

지금 나는 보건소 길 건너에 있는 마을 공동묘지에 와 있다. 도서관처럼 조용하고, 책 표지 같은 묘비들이 늘어선 곳. 유난히 심금을 울리는 흥미진진한 묘비명도 있다.

'너무 일찍 우리 곁을 떠난 사랑하는 아내'

좀 더 차분한 묘비명도 있었다.

'그리운 아버지이자 형제'

나는 비석들을 둘러보며 생각했다. 오늘 아침에 잠을 깬 이후로 나는 어떤 상황도 통제할 수 없었다. 이른 아침에 경찰에게서 걸려온 전화, 허겁지겁 집을 떠난 로라, 토니의 변덕스러운 행동까지.

나는 어쩌자고 나를 엠마로 부르자는 토니의 제안에 동의했을까? 내게 그런 부담스러운 호칭이 붙여지지만 않았더라면 이렇게 살인마 엠마 휴잇으로 오인 받을 일은 절대 없었을 텐데….

격렬한 감정의 물결이 내 마음속을 휩쓸고 지나갔다. 나는 눈을 감고 심연의 세계로 빠져들었다. 그리고 심호흡을 했다. 엄마가 보고 싶었다.

나는 수지 패터슨 박사에게로 돌아가야 했다. 이렇게 달아나 봤자 말썽만 더 키우는 꼴이 된다.

하지만 경찰과 대면하고 싶지는 않았다. 그들을 만날 생각을 하니 한없이 불안해졌다.

오늘 토니가 나를 보건소에 데려갔을 때도 마찬가지였다. 그의 태도를 보면 나를 철저히 감시하라는 임무를 부여받았음을 알 수 있었다.

그때 고개를 들어보니, 공동묘지 입구에 수지 패터슨 박사가 서 있었다. 그녀의 옆에는 낯선 남자와 여자도 보였다. 형사들이 틀림없었다. 잠시 후 패터슨 박사는 내 옆으로 다가왔다. 두 형사는 여전히 50미터쯤 떨어진 묘지 입구에 서 있었다.

나는 오래된 묘비 사이를 걷기 시작했다. 묘비들은 거친 바다 위의 돛대처럼 기다란 풀 속에서 저마다 다른 각도로 서 있었다.

"정말 아무 걱정할 거 없어요." 그녀가 나를 따라오며 말했다. "몇 가지 질문만 하겠대요. 당신 지문을 채취하고 DNA 검사를 하겠죠. 면봉으로 입 안 조직을 채취하는 간단한 검사예요."

나는 온몸이 뻣뻣하게 굳었다.

"당신이 살인마 엠마 휴잇과 다른 사람이라는 사실만 확인하려고 왔을 뿐이에요."

"박사님이 경찰에 알린 건가요?" 내가 차분히 물었다.

그녀는 내 질문에 당황했는지 걸음을 멈추고 나를 보았다. "그냥 예방 차원이었어요."

"나는 잘못한 게 없어요." 내 목소리에 다시 절박감이 묻어났다. "나는 엠마 휴잇이라는 사람이 아니에요."

"물론 나도 그럴 거라고 생각해요." 그녀의 표정에 점점 근심이 묻어났다. "하지만 당신은 기억상실증에 걸렸으니, 혹시 당신도 모르는 과거에…."

"내가 누구인지는 몰라도 난 절대 친구를 죽이지 않아요. 아무도 죽이지 않았을 거라고요."

우리 머리 위로 붉은솔개 한 마리가 빙빙 돌았다. 가냘픈 울음소리가 산들바람에 실려 왔다. 우리는 고개를 들어 위를 올려다봤다.

"당연히 그렇겠지요." 그녀가 말했다.

경찰에 신고는 했어도 나는 수지가 따뜻한 사람이라고 느꼈다. 하지만 숨이 가빠왔다.

"DNA 검사는 받기 싫어요." 나는 그녀에게 등을 돌리며 말했다.

"면봉으로 입 안 조직을 채취하는 간단한 검사예요. 당신이

누구인지, 어디서 왔는지 밝히는 데 도움이 될 텐데요." 패터
슨 박사가 설명했다.

"그건 정말 알고 싶지만…" 나는 말을 더듬거렸다.

그녀는 형사들에게 수신호를 보냈다. 그들에게 아직 거리를
유지하며 기다리라는 듯 손바닥을 들어올렸다.

"나는 잘못한 게 없다고요."

"일단 내가 경찰이랑 얘기를 해볼게요. 정신 건강 전문 센터
나 병원에 당신이 지낼 곳을 마련해줘야 하니까요."

"병원은 싫어요." 내가 재빨리 말했다.

그녀는 내 손목 위에 놓여 있는 손가락을 눈여겨봤다.

"예쁜 문신이네요. 무슨 그림이죠?" 그녀가 물었다.

"연꽃이에요."

"좀 봐도 될까요?"

나는 그녀가 자세히 볼 수 있게 손목을 들어올렸다. 수업 시
간에 자기 몸에 그림을 그리다 들킨 어린아이처럼. 우리는 아
홉 개의 보라색 꽃잎을 응시했다.

"예쁘네요. 언제 문신을 했어요?"

"모르겠어요."

갑자기 눈물이 왈칵 쏟아졌다. 플레어와 내가 왜 연꽃을 택
했는지, 그 후에 어떤 일이 있었는지 기억할 수 있으면 좋으련
만. 시커먼 바다를 헤엄치는 듯 기억은 깜깜하기만 했다.

"둘이서 하나씩 그렸어요."

"둘이라고요?"

"친구랑 같이요." 나는 망설이다 말을 이었다. "그 친구는 죽었어요."

"안됐네요." 패터슨 박사가 연민이 듬뿍 담긴 목소리로 말했다.

"언제 그렇게 됐죠?" 한참 침묵을 지키던 그녀가 다시 물었다.

나는 고개를 저었다.

"이름은 기억나요? 중요한 정보 같아서요."

나는 지금 용기가 필요했고, 그녀의 이름을 소리 내어 말하면 도움이 될 것 같았다.

"플레어. 그 친구 이름은 플레어였어요."

나는 그 이름을 받아 적는 패터슨 박사를 보면서, 반복해서 플레어의 이름을 말했다.

플레어와 나는 몸에 같은 꽃을 지니고 있었다.

◆

"그녀는 지금 경찰을 만날 생각은 전혀 없는 것 같던데요." 수지 패터슨이 상담실 책상 앞에 앉으며 사일러스 반장에게 말했다.

사일러스 반장은 부하 스트로버에게 앉으라고 손짓을 하고 다른 의자에 앉았다.

"몇 가지 질문을 하고 히드로 공항에 도착한 이후의 행적을 확인하려는 것뿐이에요. 스트로버가 어제 들어온 승객 명단을 검토하고 있지만 그 범위를 줄이면 일이 훨씬 수월해질 테니까요."

수지는 당황스러운 표정으로 그를 보았다. 이 동네에 위험이 다가오고 있는 것도 같았다.

"당신한테 먼저 연락해서 그 여자의 등장을 알린 사람은 물론 나였죠. 하지만 나로서는 환자로서의 권리를 지켜줘야죠. 오늘 아침에 엠마는 경찰에 시달릴 상태가 아니에요. 미안해요."

"DNA 샘플은 당신이 대신 채취해줄 수도 있지 않을까요?" 사일러스가 회유하듯이 수지에게 제안했다.

"그 여자가 원하지 않을걸요. 요지부동이던데요." 수지가 대답했다.

엠마는 영장이 발부되지 않는 한 DNA 샘플 채취에 동의하지 않을 권리가 있다. 하지만 지금으로서는 딱히 거절할 이유도 없어 보였다. 지난밤에 수지가 말한 직감이 옳은 것이 아니라면.

"좀 이상하다는 생각 안 들어요? 내가 그 여자 입장이라면 자기 정체성을 되찾기 위해 뭐든 다 할 것 같은데요." 사일러스가 물었다.

수지는 자꾸만 사일러스의 눈길을 피하며 말했다. "뭔가 다른 이유가 있을 수 있겠죠. 어제 만났을 때 그 여자의 혈압이 아주 높았어요. 명확하지는 않지만 의사만 보면 혈압이 높아지는 병일 수도 있고요."

"의사를 무서워한다는 뜻인가요?"

"'의사공포증'이라고 하죠. 병원에 가는 것도 싫어하던걸요."

"그건 누구나 싫어하죠."

"지금은 그 여자의 기억상실증이 불안이나 일종의 감정적 트라우마 때문에 생겼다고 추측하고 있어요. 일과 관련된 스트레스일 수도 있지만 해리성 정체성 장애의 원인이 된 어떤 실제 사건, 고통스러운 사건이 있을 거예요. 죽은 친구 이야기를 했었거든요."

"친구 이름이 뭐라던가요?" 사일러스가 물었다.

"플레어라던데요. 그것밖에 기억하지 못했어요. 언제, 어디서 죽었는지는 모르더군요. 그 여자의 뇌가 과거의 사건을 떠올리게 하려면 초기 대처가 무척 중요해요. 한 가지 기억이 그 여자의 정체를 밝힐 다른 기억을 푸는 열쇠가 될 수도 있어요. 나는 그 과정을 위태롭게 하는 행동은 절대 하고 싶지 않아요."

"엠마는 지금 어디에 있어요?" 사일러스가 물었다.

"내 동료랑 함께 옆방에 있어요. 엠마는 정신과 전문 병원에 입원해야 돼요. 인근에 있는 카벨 센터가 좋겠지만 남는 침대가 없다네요. 주변 일반 병원에도 없대요. 그게 문제예요. 그

여자랑 대화하는 데 시간이 얼마나 필요해요?" 수지가 스트로
버에게 물었다.

"10분쯤?"

"가능하면 몰래 그 여자 사진을 찍어." 사일러스가 스트로버
에게 당부했다. 어제 국경을 넘어온 사람들의 여권 사진을 전
부 확인해서 일치하는 사진을 찾는다면 이 문제는 곧바로 해
결될 터였다.

"환자의 동의 없이 사진 찍는 것은 안 돼요." 수지가 사일러
스를 흘겨보며 말했다.

일이 점점 꼬이고 있었다.

"할 수 없군. 스트로버, 그럼 자네가 그 여자를 만나보고 와."
사일러스가 말했다.

사일러스는 스트로버더러 엠마와 짧게라도 면담을 하고 오
라고 시킨 뒤, 자신의 차로 먼저 가서 대기했다.

15분 후, 스트로버도 사일러스의 차로 돌아왔다.

"쓸 만한 정보 좀 건졌어?" 그가 시동을 걸며 물었다.

"아니요. 그 여자는 이미 보건소를 빠져나가고 없었어요. 그
여자가 뭔가를 숨기고 있는 게 분명해요."

◆

루크는 엠마가 누구인지 알고 싶었다. 그래서 작년에 열린
30주년 동창회를 계기로 몇몇 친구들이 만든 그룹 메일을 이

용해 모두에게 프레야 랠의 근황을 물었다.

답장 내용은 대부분 퉁명스럽기 짝이 없었다.

'이제는 프레야를 좀 놓아줘라.', '30년이나 됐으면 이제 갈아 탈 때가 되지 않았냐?' 등등.

그러나 학창시절 프레야랑 가장 친했던 동창이 그에게 개인 적으로 이메일을 보냈다.

'프레야를 찾으면 내게도 알려줘. 나도 그녀가 그리우니까.'

루크는 사무실 컴퓨터 화면에서 눈을 떼며 자신도 그녀가 그립다고 생각했다. 직장을 그만두고 비행기 표를 사서 그녀를 찾아 인도로 떠날 마음도 있었다.

비행기 표 값을 검색하려는데 휴대폰에 문자메시지가 들어 왔다. 로라였다.

전화 좀 해 줄래요?

루크는 다시 모니터로 눈을 돌렸다.

로라에게 회신은 하지 않았다. 급한 일이라면 그녀가 전화를 할 것이다.

루크는 인도 행 항공권 가격을 감안하면 프레야 랠에 대해 인터넷에서 조사해보는 편이 훨씬 저렴하겠다고 판단했다.

루크는 구글 이미지 검색창에 그녀의 이름을 입력하고 이미 눈에 익은 사진들을 꼼꼼히 다시 살폈다. 치어리더 프레야 랠, 변호사 프레야 랠, 터질 듯한 가슴과 음부를 지닌 호주 포르

노 스타 프레야 랠. 그 가운데 그의 옛 애인을 조금이라도 닮은 여자는 아무도 없었다. 그러니 여태 그녀를 찾지 못했을 수밖에.

◆

좀 더 체계적으로 접근할 필요가 있었다. 어쩌면 프레야 랠은 이미 결혼해서 다른 성을 쓰고 있을 가능성도 있었다.

그는 검색의 범위를 좁힐 단서를 떠올리기 위해 프레야를 마지막으로 본 날인 30년 전 졸업 파티의 기억을 더듬었다.

자식에 대한 자부심에 겨운 아빠들이 술에 취한 딸들과 춤을 추고 있는 무도회장에서 벗어나, 루크와 프레야 랠은 어둠 속에 몸을 숨겼다. 프레야는 눈물을 글썽이며 그에게 중요한 말을 꺼낼 듯했지만, 그가 재촉하자 아무것도 아니라며 술을 더 마시러 가버렸다.

그녀는 매년 여름마다 그랬듯이 다음 날 부모님과 함께 그녀의 고향인 인도 펀자브 지방으로 돌아갈 예정이었다. 편지를 보낼 주소도 그에게 미리 알려주었다.

루크는 그날 밤 프레야의 부모를 소개받지 못했다. 그들은 딸에게 영국인 남자친구가 있다는 사실을 몰랐고, 프레야도 구태여 부모에게 알릴 생각이 없어 보였다. 그래서 루크는 그들을 멀리서 지켜만 보았다. 그녀의 부모도 프레야처럼 서양인 같은 외모였다.

이른 새벽에 부모의 눈을 피해 작별 키스를 하면서 그녀는 루크를 한참이나 꼭 안아주었다.

두 사람이 서로 사랑하는 사이라고 굳게 믿었던 루크는 프레야 랠이 그와 연락을 끊을 거라는 언질을 주지 않았기 때문에, 그 후 몇 달 동안 어지간히 상처를 받지 않을 수 없었다. 항공우편으로 서른 통은 족히 넘을 편지를 보냈지만 답장은 한 통도 받지 못했기 때문이다.

하지만 어쩌면 마음 속 깊은 곳에는 오래전부터 그녀를 다시는 만나지 못할 것이라는 인식이 자리잡고 있었는지도 모른다. 그래서인지 여러 해가 지나고 결혼을 하면서부터 루크도 프레야를 거의 잊고 살았다.

혹시 프레야로부터 받아둔 주소가 잘못되었던 것은 아닐까? 루디아나 주는 분명했지만 그 나머지 주소가 정확한지를 확인할 방법은 없었다.

그는 '프레야 랠'과 '루디아나'를 다시 검색한 뒤, 낯익은 검색 결과들을 스크롤했다. 그러다 힌두스탄 타임스의 뉴스 하나가 그의 눈길을 사로잡았다.

'루디아나 주 거주 남성, 딸과 그녀의 연인 살해. 가문을 욕보였다는 이유로 살인을 저지른 것으로 추정!'

그는 기사를 훑어보다가 아직도 가문에 수치를 안겨준다는 이유로 살해되는 인도 여성이 있다는 사실에 충격을 받았다.

그렇다면 혹시 프레야도 살해당했을까? 그는 의자에서 자세를 고쳐 앉았다. 그동안 프레야의 침묵에 대한 수많은 이유들이 머릿속을 스치고 지나갔지만 이런 이유는 꿈에도 생각하지 못했다. 요즘 같은 세상에는 도저히 상상할 수 없는 일이었다. 더구나 프레야가 실제로 그런 일을 겪었다면 그녀의 아버지는 딸에 그치지 않고 그녀의 '연인'까지 죽이려 들었을 테니까.

프레야의 부모는 딸을 영국에 있는 남녀공학 기숙학교에 보낼 만큼 개방적이었지만, 딸에게 영국인 남자친구가 있다는 사실까지 알고나서는 한바탕 난리를 피운 다음, 학교 친구와 아예 연락을 끊도록 강요했던 것은 아닐까.

마침내 루크 자신이 여태 외면해온 가능성을 인정할 수밖에 없었다. 만약 프레야가 임신을 했다면?

혹시 졸업 파티에서 그에게 그 말을 하려 했던 건 아닐까? 프레야는 임신한 상태로 인도의 고향으로 돌아갔기 때문에 그의 편지에 답장을 보내지 못한 걸까? 그렇다면 그에게 책임이 있다.

둘 사이의 섹스는 단 한 번뿐이었다. 런던에서 보낸 어느 여름방학 주말이었다. 둘 다 처음이라 무척 어설프고 눈물겨운 밀회였다. 피임도 제대로 하지 않았다. 그녀의 부모는 딸에게 아기를 낳도록 허락했지만 학교나 영국과는 모든 인연을 끊도록 강요했을 수도 있다.

그리고 30년 뒤에야 프레야의 딸이나 아들이 생물학적 아버지를 찾아 영국으로 올지도 모른다.

그것도 아니라면, 프레야는 단순히 그에게 연락하기 싫었을지도 모른다.

◆

'잘 생각해보자. 프레야의 부모님이 어떤 일을 했더라?'

검색을 시작하고도 한참 동안 프레야를 찾을 가능성이 희박하다는 좌절감과 그녀가 가문의 명예를 실추시켰다는 이유로 희생당했을지도 모른다는 불안감에 시달려야 했다.

이제 그만 때려치울까 고민하던 찰나에 한 줄기 희망이 나타났다. 루디아나 주에 근거지를 두고 영국과 수출업을 한다는 부유한 랠 가문에 대한 정보를 찾은 것이다.

프레야의 현재 거주지나 연락처는 모르지만 그녀의 부모가 언젠가 딸이 섬유 공예를 공부한 미술학부에 기부를 한 적이 있다는 내용을 본 적이 있었다. 프레야가 학생이던 까마득한 옛날 일이었지만 이 단서를 바탕으로 기부자와 후원자를 알아낼 수 있었다.

30분 뒤, 루크는 링크드인과 페이스북을 통해 랠 가문의 기부자와 후원자들을 검색하다가, 그들의 친구 중에 프레야라는 여자가 있다는 사실을 발견했다. 성은 달랐지만 그녀는 랠의 조카라고 되어 있었다.

'이거다!'

하지만 안타깝게도 그녀의 계정은 비공개였고 얼굴이 있어야 할 자리에 연꽃 사진이 자리 잡고 있었다.

루크는 자세를 고쳐 잡고 앉아 그 이미지를 클릭했다. 그런데 그것은 주점에서 본 엠마의 손목에 있던 문신과 똑같은 연꽃이 아닌가.

그렇다면 그녀가 정말 그가 아는 프레야일까? 확인할 방법은 딱 하나였다. 그는 떨리는 손가락으로 장문의 친구 요청 메시지를 작성하기 시작했다. 그녀가 아직 살아있기를 기도하며.

안녕. 진짜 오랜만이다. 나는 루크 래셀러스야. 네가 정말 내가 아는 프레야가 맞는지 모르겠다?! 네 소식이 많이 궁금했어. 부디 이 요청을 받아줘. 너한테 긴히 물어볼 것도 있고. 내가 전화해도 될까? 내일?

그는 메시지를 다시 읽어보았다. 가벼운 내용이었지만 그녀의 반응을 유도하기에는 충분해 보였다. 그는 눈물을 글썽이며 발송 버튼을 눌렀다.

그때 갑자기 그의 휴대폰이 진동했다. 마을에서 맥주나 한잔하자며 션이 보낸 메시지였다.

집필실을 나서려고 일어서던 루크의 한쪽 다리에 힘이 풀렸다. 쥐가 났는지 긴장 때문인지 알 수 없었다. 루크는 어제 마을에 나타난 엠마라는 여자와 그녀의 문신을 다시 떠올렸다. 혹시 그녀가 프레야와 자신의 딸은 아닐까?

루크는 자신이 런던에서 가장 좋아하는 술집인 윈저캐슬에 션과 함께 앉아 있다.

"사실 중요한 할 말이 있어." 션에게 루크가 운을 뗐다.

"내가 엠마에게 흥미를 느끼는 이유는⋯." 루크가 더듬거리며 힘겹게 말을 꺼냈다. "그 아가씨가 내 옛날 여자친구 프레야 랠의 딸이 아닌가 싶어서 그래⋯."

"뭐야?"

루크는 구체적으로 설명하지 않았다. 그는 션의 어수선한 머릿속이 잠시라도 차분해지기를 바랐다.

"그렇다면 내가 그 아가씨의 아빠라는 뜻이야."

"그렇군." 션이 한결 진지하게 대답했다. 이제 그의 말을 경청하는 듯했다. "그렇다면 상황이 달라지지."

"그 아가씨가 내 딸인지 확인할 수 있게 도와줄래?"

"물론이야."

"오늘 오후에 조사를 좀 했어. 프레야 랠을 찾으러 인도 편자브 지방으로 가야 하나 고민도 해봤고."

"다섯 줄기 강이 흐르는 땅. 인도의 곡창지대." 션이 중얼거렸다.

그러나 루크가 대꾸할 새도 없이 호주머니 속에서 그의 휴대폰이 진동했다.

그의 메시지에 대한 프레야의 회신이었다. 오늘 밤에 전화를 달라는 내용이었다.

◆

"늦게까지 일하시네요."

나는 보건소를 나와 잠시 마을을 배회하다가, '해마 갤러리
& 카페' 입구에 서서 토니에게 말을 걸었다.

나를 등지고 서 있던 토니는 나를 향해 고개를 돌리지 못했
다. 커다란 사진 액자를 들고 레일에 고정하려고 낑낑대고 있
었기 때문이다. 나는 심호흡을 하며 안으로 들어갔다.

"이것들이 나를 애먹이네요. 조금 있다 얘기해요." 그가 대꾸
했다.

"좀 도와드려요?"

플레어처럼 두려움 따위는 버려야 했다. 그녀에게 무슨 일이
있었는지는 몰라도 그녀는 늘 용감했다.

그가 액자 걸이용 금속 레일에 철끈을 거는 동안 나는 토니
쪽으로 다가가서 액자를 들고 있었다.

토니가 걸고 있는 사진들은 모두 해양 생물 '해마'를 찍은 사
진이었다. 로라가 내게 해준 말이 떠올랐다. 토니는 해마 사진
을 전문으로 찍는 사진작가라는 말.

사진 액자 중 하나에 붙어 있는 이름표를 읽어보았다. 그 사
진의 제목은 '히포캄푸스 데니스Hippocampus denise'였다. 토니의 설
명에 따르면, '해마'의 라틴어 학명이 '히포캄푸스'라고 했다.

"'히포캄푸스' 뒤에 붙은 '데니스'가 해마의 이름인가요? 해마 이름이 꼭 사람 이름 같네요."

"데니스는 내게 많은 영감을 준 수중 사진작가예요. 인도태평양 지역에서 그 작가가 발견한 해마라서 그의 이름을 붙인 것뿐이에요."

"예쁘네요." 나는 결국 해마를 억지로 보며 말했다.

하지만 거짓말이었다. 나는 바다 속에서 사는 해마의 생김새가 정말 싫었다. 툭 불거진 눈, 도마뱀 같은 꼬리, 비례에 맞지 않게 축소된 듯한 몸.

"인간의 뇌 속에도 '해마'라는 기관이 있지 않나요? 기억을 담당한다는…?" 내가 물었다.

"네. 단기 기억을 장기 기억으로 바꾸는 뇌 부위를 해마라고 부른다죠? 그 부분의 생김새가 바다 생물인 해마를 닮아서 그런 이름이 붙여졌대요."

"왜 하필 해마 사진만 전문적으로 찍으세요?"

"난 해마의 생김새가 무척 아름답게 느껴져요. 그건 그렇고, 같이 나갈래요?" 그가 전등을 끄고 문 쪽으로 가면서 물었다.

나는 토니를 따라 그의 까페 바깥으로 나갔다.

그는 금속 셔터 문을 내려 자물쇠를 채웠다.

길거리를 함께 거닐면서 그가 물었다.

"우리 집에서 저녁 만들어줄까요?"

"감사히 먹을게요."

이렇게 대답했지만 손바닥에서 땀이 배어났다.

토니의 집에 들어서자, 음식 냄새와 포근한 분위기가 감돌았지만 마음은 편해지지 않았다. 이 집 문으로 들어올 때마다 침입자가 된 기분이었다.

이곳은 로라의 집, 다른 여자의 공간이었고, 나는 여기 있어서는 안 될 사람이었다.

그래도 내가 이 집을 찾아온 이유와 목적은 분명했다.

◆

"기억을 못하는 건 어떤 기분이에요?" 토니가 내게 물었다.

나는 대답하기 전에 잠시 생각했다.

"쾌속정을 타고 탁 트인 바다를 지나가는 기분이에요. 배가 일으킨 포말을 보려고 뒤를 돌아보면 잔잔한 물만 끝도 없이 펼쳐져 있고, 내가 그곳을 지나갔다는 증거는 전혀 남아 있지 않아요. 더 이상한 건 앞에 펼쳐진 물도 마찬가지라는 거예요. 과거를 떠올릴 수 없듯이 미래를 상상할 수도 없어요."

"내일 아침에 전부 다시 시작해야 한다는 게 두렵나요?"

"오늘 일어난 일을 정리한 일기를 읽어도 내가 그런 사건들을 전부 겪었고 그게 내 삶이라는 사실이 믿어지지 않겠죠."

내가 보낸 하루를 요약하는 내 목소리를 듣자 눈물이 쏟아질 것 같았다. 저녁 내내 울음을 참으려 안간힘을 썼는데.

"사실 나도 깜박깜박하기 시작했어요. 사소한 것들이 잘 생각나지 않아요." 그가 말했다.

"이를테면요?"

그는 곧바로 대답하지 않고 잠시 뜸을 들이다가 훨씬 차분하고 심각한 목소리로 말을 이었다.

"자동차 열쇠를 못 찾는 것처럼 사소한 건망증이 생겼어요. 찾고 나서도 한순간 내가 그것을 왜 찾았는지 기억이 안 날 때가 있고요."

"그래서 많이 걱정되나요?"

"두려워요. 늙어서 어떻게 될지 미리 보는 기분이에요."

"내 인생은 이제 막 시작됐어요." 나는 억지로 웃으며 말했다. "이틀 전에요."

그는 씩 웃었지만 머릿속은 복잡해 보였다. 생각은 딴 곳에 있는 사람 같았다. 그는 식탁에서 일어나 접시를 치우기 시작했다.

"다시 생각해보니, 당신이 그 삭막한 보건소 빈 방에서 혼자 잠들고 일어난다고 생각하니 안쓰럽네요." 그가 싱크대 앞에 서서 나를 등진 채 말했다.

나는 오늘 밤부터 마을 보건소에 있는 빈 방에서 지내기로 한 상태였다.

"당신…, 원한다면 이 집에서 계속 지내도 돼요. 아래층 소파든 위층 손님방이든 괜찮아요. 아침에 일어났을 때 주위에 누가 있는 편이 나을 거 아네요?"

"감사해요. 저녁도 잘 먹었어요. 하지만 이제 가봐야겠네요."
나는 냅킨으로 입술을 두드렸다. 손이 다시 떨리기 시작했다.
"피곤하기도 하고 일기에 적을 내용이 많아서요. 기억을 하려
면 기록을 해야죠."

"편한대로 해요." 그가 나를 돌아보며 말했다.

그는 손을 닦은 행주를 깔끔하게 접었다.

"어쨌든 고마워요."

나는 식탁에서 일어났다. 이 집에서 나가야 했다. 나는 얼른
거실을 지나쳤다.

"어디로 가려고요? 어디든 내가 데려다 줄게요." 그가 내 뒤
통수에 대고 외쳤다.

"난 괜찮아요."

나는 겁을 먹지 않으려고 마음을 다잡았다. 마치 우리가 서
로의 주위를 교묘하게 맴도는 광란의 춤을 시작한 기분이었다.

나는 거리로 뛰쳐나가고픈 충동을 억누르고, 그가 있는 주
방으로 다시 돌아갔다. 토니 옆을 지나가는 순간 그가 내 팔에
손을 얹었다. 나는 다음 순간 무슨 일이 일어날지, 우리의 춤
이 어떻게 끝날지 짐작할 수 있었다.

"마음을 편히 가져요." 그가 특유의 잔잔한 미소를 지으며
말했다. 그러고 나서 주위를 흘끔 돌아보더니, 갑자기 몸을 숙
여 내 입술에 키스를 했다.

나는 눈을 감고 숫자를 세었다. 하나, 둘, 셋.

플레이어를 생각하니 심장이 쿵쾅거렸다.

나는 그를 피해 마당으로 나갔다. 잠시 그를 마주보고 서 있다가 달리지 않는 범위에서 최대한 빠른 걸음으로 달아나기 시작했다.

"이 일은 쪽지에 적지 말아요." 그가 뒤에서 소리쳤다. "그러면 내일도 다시 첫 키스를 할 수 있잖아요."

역겹다고 느끼는 순간 토니의 휴대폰이 울리기 시작했다.

나는 다시 구역질을 참으며 발걸음을 멈췄다. 이미 정원 끝자락에 이르러 대문 걸쇠를 더듬고 있던 순간이었다.

"당신이 다시 여기로 오고 싶을 수도 있으니까 이건 여기 둘게요."

그가 호주머니에서 열쇠 하나를 꺼내, 뒷문 옆에 늘어선 여러 개의 뒤집힌 화분 밑에 숨겼다.

"알겠어요."

나는 열쇠를 숨기는 그를 지켜보다가 죽기 살기로 달아나기 시작했다.

◆

루크는 짤막하고 별 내용도 없는 프레야의 메시지를 몇 번이나 반복해서 읽었다.

정말 반갑다! 진짜 오랜만이네! 여긴 밤이거든. 내일 아침에 전화할게.

루크는 고개를 들고 텅 비다시피 한 윈저캐슬 술집 내부를 두리번거렸다. 메시지를 처음 읽은 순간부터 그는 싱글벙글했다.

루크는 손목시계를 들여다봤다. 프레야의 전화를 받으려면 아직 두 시간을 더 기다려야 했다. 엠마가 두 사람의 딸로 밝혀지든 아니든 그간 마음이 얼마나 뒤숭숭했는지를 떠올리면 프레야의 전화를 받을 생각에 신이 났다.

아주 오랜만에 그는 끈끈한 유대감을 느꼈다. 십 대 시절에 두 사람이 함께 만든 추억이 오늘날까지 그의 일부로 남아있는 듯했다. 여태 의식하지 못했지만 과거부터 지금까지 쭉 이어져 온 끈이 그에게 든든한 안정감을 주었다.

그러나 프레야의 페이스북 페이지를 구석구석 뒤지기 시작하면서 그는 심장이 덜컥 내려앉는 기분이었다. 프레야의 친구들을 살펴본 결과, 프레야에게 아직 자녀가 없는 것 같았기 때문이다. 그녀는 아직 결혼을 하지 못한 것일까.

그는 맥주를 벌컥벌컥 들이켰다.

만약 그 당시 프레야가 임신을 했었다면 그것도 큰일이겠지만 역시 낙태를 했을 공산이 컸다. 그렇다면 적어도 엠마는 그들의 딸이 아니라는 뜻이다.

이제는 그녀의 전화를 기다리는 일만 남았다.

◆

정확히 새벽 2시 30분에 걸려온 전화가 설핏 잠든 루크를 깨웠다. 그는 전화기를 든 팔을 쭉 뻗은 채 이중 턱이 보이지 않도록 화면 각도를 조절했다.

"이게 누구야!"

프레야가 카메라를 보고 환히 웃었다. 그녀의 머리 위로 두 파타(인도 여성들이 착용하는 망토 형태의 스카프 – 옮긴이)가 느슨하게 드리워져 있었다.

"정말 너구나!"

그녀는 사무실 같은 곳에 앉아 있었다. 등 뒤에서 천장 선풍기가 공기를 휘젓고 있었다.

"그래, 나야."

루크는 그녀의 아름다움에 놀라 벙글거렸다. 그의 기억 속에 남아 있는 모습 그대로였다. 엠마와 비슷한 그 사근사근한 목소리도.

"어떻게 지내?"

"잘 지내." 이런, 그럴싸한 말 좀 할 수 없나? "이렇게 느닷없이 연락해서 미안해. 날 페이스북 변태 스토커라고 생각하겠지만–"

"아냐. 네 연락 받고 얼마나 반가웠나 몰라." 그녀가 그의 말을 잘랐다. "너 하나도 안 변했다."

"너도 마찬가지야. 물론 좋은 쪽으로…."

그녀는 얼굴을 붉히며 주위를 두리번거렸다. 처음으로 루크는 그녀가 혼자 있는 게 맞는지 의심이 들었다.

"그런데 거기가 어디야?"

"내 사무실. 우리 가족 회사야. 전화하려고 일찍 출근했어."

"내가 곤란하게 했다면 미안해."

"전혀 그렇지 않아. 중국이나 극동 쪽에 연락하려고 일찍 출근할 때가 종종 있어."

"사업이 잘되는 모양이구나."

"응, 잘되고 있어." 약간 주저하는 말투였다.

"옛날 생각 나?"

"당연히 기억하지." 추억에 빠진 듯 그녀의 목소리가 차분해졌다.

"그때가 좋았는데…." 그가 희망을 품으며 말했다.

"둘이서 참 행복했지."

"학기 끝나고 네가 떠나버려서 얼마나 서운했나 몰라."

"나도."

"너한테 편지 썼었는데. 여러 번."

"나도 알아. 우리 아버지가 네 편지를 전부 가로채서 불태워버렸어."

"맙소사, 내 편지가 그렇게 별로였나?" 가벼운 어조로 말했지만 속이 울렁거렸다. 그의 짐작이 옳았던 모양이다.

프레야의 가족은 그녀에게 영국에서의 인간관계를 싹 정리하고 인도에 돌아와 살기를 강요한 듯했다. 그녀가 루크의 아이를 가져서였을까?

둘 다 말이 없어졌다. 대화 시작 후 첫 침묵이었다. 그는 답답함보다는 슬픔을 느끼며 혼란스런 생각에 빠졌다.

"나는 영국을 떠나야 했어." 그녀가 차분하게 말을 이었다. "일종의 거래였지."

"부모님이랑 거래를 했다고?"

그녀는 고개를 끄덕이며 주위를 두리번거렸다.

"너 혼자 있어?" 그가 물었다.

"지금은. 곧 직원들이 도착할 거야."

"어떤 거래였어?"

그녀의 사정, 그녀의 선택이라는 건 인정하지만 무슨 일이 있었는지 그도 알아야 했다. 그녀는 한참 뜸을 들이다가 입을 열었다.

"나한테 연락한 이유가 뭐야? 이렇게 오랜 세월이 흐른 뒤에?"

"어제 내가 사는 마을에 나타난 사람이 있는데, 그 여자가 젊었을 때의 너를 꼭 닮은 거야."

"나도 그리 추하게 늙진 않았지?"

"그런 뜻이 아니야."

이번에는 루크가 뜸을 들였다. "너 진짜 좋아 보여. 사실은 아직도 엄청 예뻐."

"그 여자가 정말 나를 닮았다는 거야? 늙어서 쭈그렁이가 되기 전의 나를 닮았다고?"

"사실은 아무도 그 여자가 누군지 모른다는 게 문제야. 그 여자도 자기가 누군지 모르는걸. 기억상실증이래. 다들 일시적인 증상이기를 바라지만. 사람들이 그 여자의 정체를 밝히려고 애쓰고 있어."

"그러니까 너는 내가 그 여자랑 어떤 식으로든 관계가 있으리라 예상한 거구나?"

루크가 심호흡을 했다.

"관계가 있을지도 모르지."

"그 여자 몇 살쯤 됐어?"

이제 그녀의 목소리는 심각했다.

"본인도 모르더라. 신분증을 몽땅 잃어버렸대. 이십 대 후반쯤?"

프레야는 기도를 하듯 두 손을 모아 입술을 누르며 고개를 숙였다.

"괜찮아?" 루크가 물었다.

"사실은 너한테 할 얘기가 있어." 그녀가 여전히 눈을 내리깔고 말했다.

"무슨 얘긴지 알 것 같아. 지금이라도 얘기해줬으면 좋겠어. 30년이나 걸렸지만 내가 결국 알게 됐네. 괜찮아. 당연히 괜찮지. 네가 어떤 결정을 했었든."

그들은 한참 말이 없었다. 그는 자신의 추측이 옳다고 느꼈다.

"아버지는 낙태를 원하셨지만 어머니가 고모랑 편먹고 아버지를 설득했나봐." 그녀가 티슈로 눈가를 두드리며 말했다. "부모님은 내게 인도에서 출산을 하게 하고 아이는 외국으로 입양을 보내기로 결정했어. 아기 아빠가 유럽인이다 보니 우리 아버지는 유럽의 입양 기관에 연락을 했어. 결국 낳자마자 데려가 버렸고."

"딸이었어?"

루크가 울먹이며 물었다. 자신에게 딸이 있다는 사실을 알자 죄책감과 함께 묘한 기쁨이 찾아왔다.

"예쁜 여자애였어. 너한테 알렸어야 했지만 그 시절에는 사회 분위기가 많이 달랐잖아. 너무 힘들었어. 친척 중엔 나를 죽이겠다는 사람도 몇 있었어. 내가 가문 전체를 욕보였다면서. 하지만 시간이 지나니까 다들 잠잠해지더라. 이제는 인도도 현대적인 나라잖아."

"괜찮아? 내가 너한테 괜히 이런 질문을 해서 옛날 일을 떠올리게 한 게 미안할 뿐이야."

"너한테 털어 놓으니까 마음이 훨씬 홀가분하다."

"솔직히 나는 우리 마을에 나타난 여자에 대해 아는 게 거의 없어. 어쩌면 너랑 아무 관련이 없을 수도 있고."

엠마의 정체를 밝히려는 이기적인 욕구 때문에 그는 프레야에게 연락하고, 이렇게 통화까지 하게 됐다. 다 부질없는 짓인지도 모른다.

"그나저나 그 여자가 왠지 나랑 가족처럼 닮은 구석이 있었다는 거지? 사진은 갖고 있어?"

"그 아가씨 말투가 특히나 그랬어."

루크는 보건소에서 로라와 이야기를 나누는 엠마의 목소리를 처음 들은 순간을 떠올렸다. 그녀를 젊은 프레야로 착각한 순간이었다.

"행동도 그랬고."

"어디서 살고 있대?"

"아무도 몰라. 베를린에서 비행기를 타고 영국에 도착했대."

"베를린?"

"추측일 뿐이야. 사진은 없어."

프레야는 다시 눈물을 닦고는 뒤를 돌아봤다.

"이제 통화를 끝내야 돼. 동료들이 하나둘 출근하고 있어." 그녀는 주위를 흘끔흘끔 살피다가 말했다. "어떤 부부가 그 아이를 입양했는지에 대해서는 전혀 들은 바가 없어. 국적을 제외하고는."

"국적은…?"

루크는 그녀가 무슨 말을 할지 이미 알고 있었다.

"독일에 거주하는 부부였어."

셋째 날

◆

　사무실에 출근해 보니 루크의 컴퓨터 화면에 로라가 전화를 바란다는 노란색 포스트잇 한 장이 붙어 있었다.

　"전화가 여러 번 왔어요."

　비서가 그의 책상에 그날의 신문을 떨어뜨리며 말했다.

　"내 요가 선생이에요."

　루크는 휴대폰을 꺼냈다. 밤새 재킷 호주머니에 넣어두는 바람에 충전을 할 새가 없었다.

　오랜만에 꿀잠을 잤다. 그에게 딸이 있었다니.

　이번에는 휴대폰이 아닌 사무실 전화가 울렸다.

　"또 요가 선생님 전화인가 보네요."

　그는 고개를 절레절레 저으며 전화를 받았다.

　"로라, 미안해요, 내 휴대폰이 꺼져 있었어요."

　"오전 내내 전화했어요. 어젯밤에도 몇 번이나 했는지 알아요?"

　로라의 목소리가 예전 같지 않았다.

　"무슨 일인지 얘기해 봐요."

　"엠마가 나타난 이후로 토니가 너무 이상하게 굴고 있어요."

　"어떻게 이상하다는 뜻이에요?"

　"모르겠어요. 내 말을 절대 들으려고 하지 않아요. 누구의 말도요. 나는 그 여자가 진짜 엠마 휴잇이 아닐까 걱정돼 죽겠는데, 토니는 나더러 과민반응이래요. 수지 패터슨도 입장을 바꿨어요. 자기가 경찰에 맨 처음 연락하고 내게 경고까지 해놓고서요."

"경찰에 연락을 해요?"

"어제 경찰이 엠마라는 여자를 조사하러 찾아왔는데 그 여자가 DNA 샘플을 내주지 않겠다고 버텼대요. 대체 왜 그랬을까요? 나는 정말 기겁할 지경인데요, 루크."

"당신 지금 어디예요?"

"며칠째 런던에 있는 친정에서 지내고 있어요."

"런던에요?"

"엠마가 활개치고 다니는 한 마을에 머무를 수 없어요."

루크는 시계를 보았다.

지난 밤 프레야와 대화를 나눈 이후로는 엠마가 살인마 엠마 휴잇이라는 추측에 동의할 수 없었다. 그녀가 그의 딸일지도 모르는 상황이라 그런 말이 불쾌하기까지 했다.

갑자기 엠마를 보호하고 싶어졌다.

"집에 급한 일이 생겨서 오전에 좀 나가봐야겠어요." 루크가 부편집장에게 말했다.

경찰은 분명 엠마 휴잇과 엠마 사이의 명백한 연관성을 밝히지 못했을 것이다. 적어도 아직은.

그러나 이제부터 경찰 조사를 받게 될 엠마는 무척 고달파질 것이다. 어떻게든 그가 도와야 한다.

◆

사일러스 반장은 창가로 다가가 경찰서 주차장을 내다봤다.

엠마 휴잇 때문에 더 시간을 빼앗길 수는 없었다. 그는 수지 패터슨을 만나러 가느라 이미 상당한 시간을 허비했다.

하지만 도저히 엠마에 대한 생각을 내려놓을 수 없었다. 비록 그녀가 오래전에 죽인 친구 이름이 플레어가 아니라는 사실은 분명히 확인되었지만.

스트로버도 엠마를 머릿속에서 떨칠 수 없었다. 엠마에게는 스트로버를 괴롭히는 무언가가 있었기에 필사적으로 이 사건을 파고들었다. 오늘 아침에는 순찰차를 타고 마을을 둘러보기도 했다.

사일러스는 노트북 앞에 앉아 엠마 휴잇 파일을 열었다. 그와 스트로버는 엠마가 친구를 칼로 무참히 공격한 사건 이후의 의료 기록을 전부 확보할 수 있었다.

5년 전, 보안이 허술한 런던의 한 병원으로 이송된 후 그녀는 조건부 석방에 적합하다고 판정을 받고 서더크에 있는 상시 돌봄 시설에서 지낼 수 있게 되었다. 2년 뒤에 정신병 치료약까지 차츰 줄이면서, 법원은 그녀를 석방시켰고, 1년 만에 모든 관리와 약물 치료가 끝나면서 그녀는 런던을 벗어나 외국으로 떠난 것으로 추정된다.

사일러스는 등을 의자에 기댔다. 엠마 휴잇은 모범적인 사회복귀 사례일까, 아니면 풀려난 후 언제 다시 사고를 칠지 알 수 없는 잠재적 살인자일까?

그때 스트로버가 들어와 사일러스는 노트북에서 고개를 들었다.

"엠마를 담당한 간호인과 전화 연결이 되었어요." 스트로버의 목소리는 다급했다.

"어서 앉아."

사일러스는 수첩을 펼치는 스트로버를 지켜봤다.

"엠마가 상시 돌봄 시설에 들어갔을 때 돌봐준 여자인데요." 스트로버가 수첩을 뒤적이며 말했다.

"그러면 꽤 최근 일이네. 엠마 휴잇에 대해 기억하고 있던가?"

"맞는 것 같답니다." 스트로버가 약간 쭈뼛거리며 말했다.

"엠마는 모친의 기일이 다가오면 상태가 더 나빠졌답니다. 해마다 그날 전후로 몇 주간 약을 요구하는 전화를 했대요."

"상태가 어떻게 나빠졌다는 거야?"

사일러스는 대화의 진행 방향이 마음에 들지 않았다.

"폭력적 사고 경향이 강해지고 기억상실이 찾아왔답니다. 어머니 곁으로 가고 싶다는 말도 했고요. 이 간호인에 따르면 엠마 휴잇은 아직 사회로 내보내서는 안 될 사람이었답니다."

"모친이 언제 사망했지?"

사일러스는 이미 그 답이 두려웠다.

"바로 다음 주가 사망 11주기랍니다."

나는 보건소에 있는 조그만 방에서 어젯밤을 보냈다.

오전 아홉 시에 예약된 수지 패터슨 박사와의 진료를 보기 위해 내가 보건소 대기실에 들어서자, 웅성거리는 소리가 사그라들더니 입을 꾹 다문 사람들이 일제히 나를 응시했다.

나는 고개를 수그린 채 꼿꼿이 그들 사이를 통과했다. 내가 부랑자라도 되는 듯 사람들은 내게 시선을 고정한 채 필요 이상으로 멀찍이 물러나며 길을 터줬다.

못마땅하게 얼굴을 찌푸린 사람들의 눈길이 내 등에 꽂히는 것을 느낄 수 있었다. 다들 내가 살인마 엠마 휴잇이라고 단정 지은 모양이다.

'토니가 내게 다른 이름을 붙였다면 이런 일을 겪지 않았을 텐데…. 내가 어쩌자고 엠마라 불리는 데 동의했을까?'

그때 누군가 보건소 계단을 후다닥 올라오는 소리가 들렸다.

"경찰이 온다는 소식을 듣고 곧바로 여기로 달려오는 길이에요." 토니가 층계참에서 숨을 고르며 말했다.

"무슨 일이길래요? 안 그래도 저도 카페에 가려던 참인데…"

"당신한테는 지금 변호인이 필요해요, 엠마. 이게 무슨 상황인지 모르겠어요? 사람들이 당신한테 누명을 씌우려 하잖아요. 엠마 휴잇이 감쪽같이 자취를 감추었다가 다시 나타났으니, 경찰이며 보건 당국이며 다들 식겁할 수밖에요. 물고 늘어질 건 당신밖에 없을 테고요."

"그렇다면 경찰은 내게 DNA 샘플을 요구할 거예요. 난 거기에 응할 수 없어요." 내가 말했다.

"맞아요. 그런 요구에 응할 필요는 없어요. 지금 당장 우리 집으로 건너와요."

그가 시계를 보며 말했다. 오전 9시 30분이었다.

"보건소 바로 앞에 있는 역을 통과해서 뒤쪽으로 나가요. 거기서 잠시 기다리다가, 서쪽 방면으로 가는 기차를 타는 척해요. 우리 집 열쇠는 아직 뒷마당 화분 밑에 있는 거 알죠? 여기 있는 당신 가방은 내가 가져다 줄게요. 우리 집에서 당신이 머물 방은 계단을 올라가서 오른쪽에 있어요. 당신이 도착한 첫날 머물렀던 방 있잖아요."

"당신 집 2층에 가 있으라고요?"

"네. 진짜 엠마 휴잇이 발견될 때까지 며칠만 숨어 있으라는 거예요. 일단 경찰이 그 여자를 찾으면 모든 문제가 해결될 테니, 그때부터는 당신의 소중한 기억을 되찾는 데만 집중하면 돼요."

토니가 떠난 뒤, 나는 신속하게 어젯밤 보건소에서 머물던 방 안으로 다시 들어갔다. 나는 머리빗을 꺼내들고 거울 앞에서 내 모습을 응시했다.

'나는 내 이름을 기억하지 못한다.'

거울 속의 나를 마주보며 머리를 벅벅 빗은 다음, 그 빗을 들고 침대로 다가갔다. 머리빗에는 두피에서 빠진 내 머리카락이 한 움큼 붙어 있다.

나는 무릎을 꿇고 앉아 빗을 침대 밑에 슬며시 넣어두었다. 눈에 잘 띄지 않지만 쉽게 찾을 수 있는 위치였다.

◆

마을은 고요했다.

나는 나무 대문을 통해 토니의 집 뒤뜰로 들어갔다. 그의 말대로 화분 밑에 열쇠가 숨겨져 있었다. 다시 주위를 살핀 다음 열쇠로 문을 열고 집 안으로 들어갔다.

집 안에 은은한 감귤향이 감돌았고 세탁기가 돌아가고 있었다. 나는 주방을 둘러봤다. 꾸물거릴 생각은 없었다. 우드 블라인드가 올라가 있어 밖에서 내 모습이 보일 테니까. 나는 위층으로 올라가 내 방 뒤창으로 밖을 내다봤다. 이 위치에서는 저 멀리 기차역이 보였다.

침대에 앉으려는데 현관문에서 초인종이 울렸다. 토니가 열쇠를 안 갖고 있나?

벨이 다시 울렸다. 나는 층계참으로 내려갔다.

창문에 얼굴을 딱 붙이고 바깥을 내려다보니, 패터슨 박사였다. 그녀를 속이고 싶지는 않았다. 그녀에게 내가 왜 이러고 있는지 말해 주고 싶었지만 그럴 수 없었다. 멀어져가는 그녀를 숨죽여 지켜보았다. 패터슨 박사는 주위를 둘러보며 이웃주민들과 대화를 나누는 듯했다.

그때 아래층에서 소리가 들리더니 뒷문이 열렸다.

"엠마?"

토니였다. 그가 거실에서 다정한 목소리로 나를 불렀다.

"위층에 있어요."

"방금 경찰을 봤어요."

그가 보건소에 있던 내 가방을 들고 층계를 오르며 말했다.

"내가 가서 경찰과 얘기를 해야 할까 봐요."

"내 말 들어요, 엠마."

그는 내 여행 가방을 침대 위에 올려놨다.

"한동안 몸을 사려야 해요. 경찰이 진짜 엠마 휴잇을 찾을 때까지요."

"조금 전에는 수지 패터슨 박사까지 이 집 초인종을 눌렀어요."

나는 여전히 층계참에 서서 말했다. 침실에서 그와 함께 있고 싶지 않았다.

"이 집에 왔었어요?"

"나를 찾는 게 틀림없어요. 그래서 집에 없는 척했어요."

"여기 올 때 아무도 당신을 못 본 거 확실해요?" 그가 층계참으로 올라와 창문을 통해 바깥 풍경을 둘러봤다.

"확실해요."

그러자 그는 천장 쪽을 가리키며 나에게 말했다. "당신, 일단 다락에 숨어야 지내야 할지도 모르겠네요."

"다락에요?"

나도 천장을 올려다봤다. 다락문은 너무 작아서 사람이 드나들 수 있는지도 의문이었다.

"여행 가방도 갖고 올라가요. 딱 몇 시간만 거기 있어요."

"정말요?"

나는 연꽃 무늬 문신에 슬며시 손을 뻗었다.

"편하게 지낼 수 있게 내가 정리해 줄게요."

그가 침대에 놓인 여행 가방을 다시 들었다.

"침구랑 먹거리, 물도 갖다놓고요. 아무래도 어젯밤 묵었던 보건소 방보다는 나을 거예요."

"글쎄요. 별로 내키지 않는데요, 토니."

나는 손가락으로 손목을 꾹 눌렀다. 나의 맥박, 내 안에서 힘차게 뛰는 플레어의 심장 박동이 느껴졌다.

토니는 나의 양 어깨를 잡고 내 얼굴을 들여다봤다.

"지금 내가 나가서 패터슨 박사에게 당신이 기차역 쪽으로 가는 걸 봤다고 말할게요. 경찰을 따돌려야 하니까. 어쨌든 경찰들은 당신을 찾으러 여기저기 들쑤시고 다닐 거예요."

그는 내 입술에 키스를 했다.

"나를 믿어요. 경찰에 잡혀가고 싶지 않잖아요."

◆

"미안하게 됐어요."

수지 패터슨 박사가 이틀 연속 그녀의 상담실로 찾아온 사일러스 반장에게 말했다.

"엠마가 언제까지 여기 있었어요?" 사일러스 반장이 주위를 둘러보며 물었다.

"15분 전까지? 어쩌면 그 이후에도 있었는지 몰라요. 미안해요, 사일러스."

엠마가 사라져서 그런지 수지의 말투가 다소 상냥해진 것 같았다.

"토니 있잖아요, 미국인. 그 사람이 역 쪽으로 가는 엠마를 봤대요. 그래서 나도 뒤따라 역으로 가봤는데 기차가 막 떠나고 없더라고요."

사일러스는 엠마가 갑자기 떠났다는 말에 걱정이 되었다.

"전부 내 잘못이에요."

수지가 휴대폰을 꺼내는 사일러스를 보며 말했다.

사일러스는 수지를 등지고 서서, 아직 마을에서 엠마를 찾고 있을 스트로버에게 전화를 걸었다.

"그 기차의 다음 정거장 세 군데가 어디어디죠?" 그가 휴대폰을 손으로 가린 채 수지 박사에게 물었다.

수지는 서쪽 방향으로 가는 기차는 자주 오지 않는다고 했다. 사일러스는 스트로버에게 기차 정거장마다 검문 인력을 배치하라고 지시했다.

"엠마 사진을 찍어둔 사람이 있을까요?" 사일러스가 물었다.

수지는 고개를 저었다. 그녀가 어제 그토록 까다롭게 굴지만 않았어도 스트로버가 몰래 한 번쯤 찍어두었을 텐데.

수지의 표정이 갑자기 환해졌다.

"아, 보건소 대기실에 CCTV가 있어요. 몇 달 전에 가방 분실 사고가 생기고 나서 설치했죠. 환자 비밀유지에는 문제가 될 수 있겠지만요." 그녀가 덧붙였다. "다른 환자들의 신원은 보호해주셔야 돼요."

"이 상황에서 비밀유지라고요, 맙소사. 테이프는 누가 보관하죠?"

잠시 후, 사일러스는 관리인 사무실에서 오전 아홉시의 보건소 대기실 CCTV 영상을 들여다보았다. 수지와 관리인도 그의 옆에 서 있었다.

"그 여자네요." 수지가 보건소로 들어오는 한 여자와 남자를 가리켰다.

"거기서 멈춰 봐요."

사일러스가 관리인에게 일렀다.

영상 속의 여자는 엠마 휴잇을 닮은 듯도 했지만 싸구려 CCTV로 녹화된 영상으로는 제대로 확인하기는 어려웠다.

"같이 있는 저 남자는 누구죠?"

"얼마 전에 마을에 이사 온 미국인 토니잖아요. 그녀가 이 마을에 온 첫날에 토니 부부가 엠마를 집에 재워줬죠."

"이 남자는 지금 어디 있죠?"

사일러스는 남자의 몸짓과 엠마를 대하는 태도, 그녀와의 거리 등을 눈여겨봤다.

"마을 중심가에서 카페를 운영하잖아요. 지금이라도 당신을 거기 데려다 줄게요."

"그럼 그리로 갑시다. 그리고 이 장면은 인쇄를 좀 해줘요." 사일러스가 화면을 다시 들여다보며 관리인에게 말했다.

"파일 원본은 여기 적혀 있는 메일 주소로 보내주고요." 그는 관리인에게 명함도 내밀었다.

품질이 썩 좋은 이미지는 아니었지만 그럭저럭 얼굴을 알아볼 수 있었다. 아직 사일러스와 스트로버는 마을 공동묘지에서 50미터 앞에 있는 엠마를 본 것이 전부였다. 그는 인근 지역에 그 이미지를 배포할 생각이었다. 본부로 돌아가면 해상도를 좀 더 높일 수 있을 지도 모른다.

"엠마가 갑자기 사라진 이유를 모르겠네요." 사일러스와 함께 중심가를 내려가던 수지 박사가 말했다.

"우리가 보건소에 다시 왔다는 소문을 들었겠죠. 엠마가 예금을 인출할 방법이 있을까요?"

"내가 알기로는 없어요." 수지가 말했다.

"그러면 기차를 타고 멀리 떠나지 못했을 가능성이 있어요."

"하루 중 이 시간에는 표 검사를 잘 하지 않아요."

"젠장."

사일러스는 수지에 대한 불만을 전혀 감추려 하지 않았다. 그는 이런 상황을 최대한 유리하게 이용할 작정이었다.

"토니랑 얘기를 해봐야겠네요." 그가 걸음을 재촉하며 말했다. "그 사람 아내도 만나보고요. 엠마를 하룻밤 재워줬다면 많은 것을 알고 있을 거예요."

"여기가 토니 가게예요." 수지가 숨을 헐떡이며 입을 열었다. "토니, 이 쪽은-"

"사일러스 반장입니다."

사일러스가 토니에게 경찰 신분증을 들이밀었다.

"뭘 좀 먹으려고요." 그가 카운터를 둘러보며 말했다. "그리고 얘기도 좀 나누고요."

◆

토니가 카페로 돌아가기 전에 다락 안을 최대한 아늑하게 꾸며주긴 했지만 역시 그 안은 감옥 같았다. 천장 들보에 매달린 알전구 때문인 듯했다.

합판으로 된 다락방 바닥에는 돗자리를 펼치고, 병에 든 생수와 과일, 헤드폰이 딸린 라디오, 구급함도 가져다놓았다.

토니의 도움을 받아야만 이곳을 나갈 수 있다는 사실이 무엇보다 걱정이었다. 접이식 금속 사다리는 저 아래 층계참에서만 작동시킬 수 있었고, 출입문에는 작은 자물쇠가 달려 있었다. 다시 무력해진 기분이었지만 당장은 선택의 여지가 없었고,

경찰의 눈을 피해 숨어야 했다. 경찰의 수사가 어느 방향으로 향할지 감을 잡고 나면 토니는 집에 돌아와서 내가 언제까지 여기 있어야 할지 귀띔해줄 것이다.

물을 한 모금 마시고 나서 다시 다락 안을 둘러봤다. 사방에 상자가 차곡차곡 쌓여 있었다. 토니는 그것들이 자신의 사진 일기라고 했다. 상자마다 1년 치인 365장의 사진이 들어있었다. 그는 내게 사진을 보고 싶으면 얼마든지 봐도 좋다고 했다. 최근에는 같은 사진을 인스타그램에도 올린다면서 여기 숨어 있는 동안 심심풀이가 돼 줄 거라고 했다. 다만 누가 집에 찾아오면 절대 움직이지 말고 소리도 내지 말라고 당부했다.

그는 경찰이 카페든 집이든 자신을 만나러 올지도 모르지만 그들이 집 안을 둘러봐도 되냐고 물으면 수색영장을 요구할 거라고 했다. 그는 자신의 권리를 잘 알고 있었다.

나는 적막한 다락 방 안에 앉아 귀를 쫑긋 세웠다. 저 멀리서 우르릉대는 기차 소리가 들릴 뿐이었다. 혼자라는 사실에 만족한 나는 팔다리로 기어서 상자 더미로 다가갔다. 천장이 너무 낮아서 일어서기도 어려웠다.

첫 상자는 올해 사진이었다. 한 장 한 장씩 날짜가 적힌 투명한 비닐에 들어 있는 A4 사이즈의 사진들은 어떤 것은 흑백, 어떤 것을 칼라였다. 묘지 입구에 서 있는 지붕 달린 문의 이끼를 클로즈업한 사진이 눈에 들어왔다. 안개가 낮게 피어오르는 아름다운 아치 다리에서 수로를 내려다본 장면도 있었다.

나는 사진을 더 넘겨보다가 로라의 모습을 보고 멈췄다. 그녀가 침대에 누워 발가벗은 몸을 이불로 반쯤 가린 채 눈을 감고 있었다. 잠들었을 때일까? 로라는 토니가 자신의 알몸 사진을 찍는 것을 알았을까?

아무리 토니가 허락했어도 부부 사이의 은밀한 사생활을 엿본다는 죄책감 때문에 나는 로라 사진 보는 것을 그만두었다.

대신, 나는 좀 더 오래된 상자를 열었다. 다른 여자들의 사진들도 많았다. 파리, 로마, 암스테르담, 베니스 등 유럽의 여러 도시에서 찍은 패션 사진들이었다. 눈이 쌓인 공원, 카메라를 보고 환히 웃는 얼굴들. 외설적인 분위기는 전혀 없었다. 그가 선호하는 여자들의 특징은 짙은 검은 머리와 큰 눈이었다.

사진을 계속 넘기다가 베레모를 쓴 여자 사진을 발견했다. 가슴이 두근거렸다. 플레어를 닮은 얼굴.

조금 더 찬찬히 뜯어 보고서야 그녀가 아니라는 사실을 깨달았다.

나는 사진 묶음을 쥔 손을 파들파들 떨며 심호흡을 했다. 이 다락방 안에서는 적막함이 으스스하고 숨 막히게 느껴졌다.

멀리서 붉은솔개의 울음소리가 들려왔다.

◆

"마지막으로 엠마를 본 게 언제였습니까?" 사일러스 반장이 냅킨으로 입을 닦으며 물었다. "의외로 맛있네요."

토니는 원래 경찰을 싫어했고 그의 카페에 앉아 있는 이 경찰은 특히 비호감이었지만, 겉으로나마 티내지 않고 묻는 말에 충실히 대답해야 한다는 것쯤은 알고 있었다.

"카페에서 아침 메뉴를 준비하고 있는데 패터슨 박사님이 엠마를 찾고 있다고 연락을 주셨어요. 밖으로 나가서 주위를 둘러봤더니 그 여자가 길 저편에서 기차역 쪽으로 가고 있더군요. 소리쳐서 불렀지만 너무 멀어서 들리지 않았나 봐요. 뒤를 쫓아가려는데 마침 손님이 오셔서…."

"그때가 언제였죠?" 사일러스가 재킷 호주머니에서 수첩을 꺼내며 물었다.

"15분, 20분 전쯤이요."

"왜 패터슨 박사한테 전화로 알리지 않았죠?"

토니는 이야기를 즉석에서 그럴듯하게 꾸며냈다. 그는 늘 거짓말에 재주가 있었다.

"손님이 나가고 얼마 뒤에 다시 거리로 갔다가 패터슨 박사님과 마주쳤으니까요. 엠마를 찾으신다길래 역 방향으로 달려가는 걸 봤다고 말씀드렸어요."

형사는 그의 이야기를 믿는지 수첩에 몇 자 끄적였다.

"내 연락처예요. 혹시 그 여자가 나타나면…." 그가 토니에게 명함을 내밀었다.

"무슨 일인데 그러세요?" 토니가 물었다.

"우리 수사 대상에서 엠마를 제외하고 싶어서요." 사일러스는 어떤 정보도 누설하지 않았다. 경찰은 늘 이런 식이었다.

그러다 사일러스는 토니에게 당황스러운 질문을 던지며 기습했다.

"첫날에 그 여자를 재워준 이유가 뭡니까?"

"이유라니요?"

"생판 모르는 사람이 집에 찾아왔잖아요. '어서 들어와서 편히 자고 가요.' 이러는 건 영국스럽지 않죠."

"저는 미국인입니다. 우리는 낯선 사람을 덮어놓고 경계부터 하지 않아요. 엠마라는 여자도 자기가 우리 집에 산 적이 있다고 생각하고 있었고요. 집 구조도 빠삭하게 알던걸요. 그래서 무척 어리둥절한가 봐요. 제 아내 로라랑 저는…, 둘 다 그 여자가 딱해서 차를 한 잔 주고 보건소에 데려갔을 뿐입니다."

사일러스는 수첩에 뭐라 기록하고는 그와 눈을 맞췄다. "아내분은…, 이 동네에 있습니까?"

"지금은 친정에 가 있어요."

형사는 눈썹을 치켜세웠다. "그게 어딥니까?"

"런던이요."

그는 또 메모를 했다. "아내분은 엠마가 집에 있는 걸 좋아했나요?" 그가 계속 뭔가를 적으며 물었다.

"첫날은 그랬어요. 그 이후에 우리는 엠마를 전문가에게 맡기는 편이 낫겠다고 생각했어요."

그때 사일러스의 휴대폰이 울렸다.

"잠깐 실례하겠습니다."

그는 테이블에서 일어섰다.

"마을로 드나드는 주요 길목에 경찰 인력을 빠짐없이 배치해야 돼. 집집마다 탐문도 하고…, 당연히 법의학 조사도… 대외협력팀에 얘기해서 시민들에게 제보를 요청하는 기자회견도 해야겠어."

그는 전화를 끊고 토니를 돌아봤다.

"동료가 방금 기차 기관사와 통화를 했답니다. 여기서 서쪽으로 가는 기차를 탄 사람은 아무도 없었다는군요."

◆

너무 심각하게 생각하고 싶지 않아 사진을 다시 상자에 밀어 넣었다.

'토니는 언제 돌아올까?'

경찰의 관심이 무척 성가시게 느껴졌지만 정신 똑바로 차리고 대응해야 한다.

그 순간 나머지 상자들과 뚝 떨어져 있는 상자 하나가 눈에 들어왔다. 그것은 물탱크 근처 처마 밑에 끼여 있었다. 그쪽으로 기어가서 상자를 끄집어 냈다. 그 안에는 클립을 이용해 별개의 묶음으로 나눈 신문기사들이 들어 있었다. 일부 신문은 누렇게 색이 바랬다.

귀를 쫑긋 세워 인기척이 없나 확인한 다음 그것들을 넘겨 보기 시작했다. 하나같이 토니가 모아둔 기억상실증에 관한 기사였다.

자신이 누군지 모르는 피터버러의 이주노동자, 뉴욕 경찰서를 찾아가서 지하철 안에서 잠을 깼더니 자신이 누군지 전혀 모르겠다고 하소연한 영국인 은행가, 발작의 빈도를 줄여보고자 1953년에 마구잡이 뇌수술을 받았다는 헨리 구스타프 몰레이슨에 대한 잡지 기사 몇 건.

놀랍게도 그 다음 기사에서는 친한 친구의 목을 갈랐다는 대학생 살인자 엠마 휴잇이 흐릿한 사진 속에서 나를 노려보고 있었다. 토니는 엠마 휴잇에 관한 기사도 수집하고 있었던 것이다.

나는 기사를 훑어보았다. 엠마 휴잇이 기억상실증에 걸렸었다는 내용과 이 마을, 이 집 사진이 실린 기사였다. 기사에는 토니가 쓴 설명이 붙어 있었다.

기사에 따르면, 엠마 휴잇이라는 여자는 혼자 있을 때면 늘 라디오를 곁에 두어야 했고, 라디오를 들을 수 없으면 자해를 했다. 그리고 나무가 자신에게 명령하는 소리를 듣곤 했다고 적혀 있었다.

토니가 모아둔 기사들을 더 읽어 보려는데 현관문 열리는 소리가 들렸다. 허겁지겁 기사를 모아 다시 상자 속에 넣고 처마 밑에 끼운 다음, 돗자리로 돌아갔더니 다락문이 열렸다.

◆

"당장 떠나야 돼요." 토니가 말했다. "여기 있는 건 어땠어 요?"

"괜찮았어요." 나는 마음을 가라앉히려 애쓰며 말했다. "무 슨 일이죠?"

"짐을 챙겨요." 그는 문으로 머리만 들이민 채 다락을 둘러보 며 말했다. "당장 마을에서 벗어나야 돼요."

그가 다시 사다리를 타고 내려가 시야에서 사라졌다.

"당신이 기차에 타지 않았다는 사실을 경찰들이 알아냈어 요." 그는 내게 들리도록 목소리를 높였다. "마을을 이 잡듯이 뒤질 모양이에요."

"토니." 내가 외쳤다. "내 생각에는-"

"당신은 위험에 처했어요, 엠마. 경찰들이 엠마 휴잇 때문에 난리도 아니에요. 누구라도 잡아들이려고 잔뜩 벼르고 있다고 요. 그게 당신일 필요는 없잖아요."

나는 짐을 싸서 여행 가방을 아래쪽에 서 있는 토니에게 건 넸다.

"어디로 가려고요?" 내가 다시 물었다.

"숲속에 점 찍어둔 장소가 있어요." 그가 냉장고에서 물병을 꺼내며 말했다. "워낙 건조한 곳이라서 물을 챙겨야 돼요. 제2 차 세계대전 중에 탄약 저장고로 쓰인 곳이거든요."

나는 그를 따라 뒷마당으로 나갔다.

"당신은 짐을 갖고 차 트렁크 안에 숨어야 돼요." 그가 집 뒷문을 잠그며 말했다.

내 심장이 두방망이질 쳤다.

토니는 주위를 슥 둘러보고 낡은 BMW 트렁크를 열었다. 우리는 비좁은 공간을 들여다봤다. 구겨진 형광색 재킷 옆에 빈 녹색 플라스틱 기름통이 뒹굴고 있었다.

"나를 믿어요." 나의 내키지 않는 마음을 감지하고 그가 말했다. "지금 가야 해요."

그가 길 양쪽을 살피는 사이 나는 침낭을 쥐고 트렁크 안으로 들어갔다. 이것이 옳은 결정일까?

"괜찮을 거예요."

그가 트렁크 문을 닫으려고 한 손을 들며 말했다. 그는 미소를 지어보였지만 나는 그럴 수 없었다. 나는 두 다리는 모아 태아처럼 몸을 쪼그렸다.

"몇 시간만 참아요. 하루, 이틀이 될 수도 있어요."

딸깍 소리가 나면서 주위가 깜깜해졌다.

◆

언덕을 넘어 마을로 내려가던 루크는 두려움을 느꼈다. 그의 차가 경광등을 번쩍이는 경찰차 두 대에 추월당했기 때문이다. 저 앞에 다른 경찰차가 서 있었고, 두 명의 제복 경찰이 길에 임시표지판을 세우고 있었다.

그들 뒤편에는 낡은 은색 BMW가 마을에서 나와 언덕을 오르며 경찰에게 다가가고 있었다. 토니의 차 같았다.

루크는 그 차가 속도를 늦추며 경찰차 옆을 지나가는 모습을 지켜봤다. 한 경찰관이 BMW를 쳐다보자, 운전자가 루크에게 손을 흔들며 알은체를 했다.

그 사람이 토니라고 확신한 루크는 뒤에 아무도 없는 것을 확인하고 차를 세운 다음, 다가오는 BMW를 향해 손짓했다. 토니도 차를 세우고 창문을 내렸다.

"멋진 차네요."

토니가 라디오 소리를 줄이며 말했다.

"회사 차예요. 로라는 아직 친정에 있어요?"

"아직 잔뜩 토라져있어요."

루크는 로라에 대해 죄책감을 느꼈다.

오늘 아침 사무실에서 로라와 전화 통화를 하면서 그는 그녀가 자신에게 바라는 것이 있다고 느꼈다. 토니와 이야기를 해보고 상황이 어떻게 돌아가는지, 그녀의 남편이 왜 엠마를 돕지 못해 안달인지 알아봐주길 기대하고 있었다.

그러나 루크는 그들을 돕기 위해 마을로 달려온 것이 아니었다. 무엇보다 엠마와 이야기해 보고, 그녀의 상태가 어떤지 확인하고 싶었다.

"혹시 근처에서 엠마 본 적 있어요?" 루크가 물었다.

"아니요. 다들 그 여자를 찾느라 난리네요." 토니가 뒤편에 있는 경찰들에게 고갯짓을 하며 말했다. "마을 통행로를 전부 차단할 모양이에요. 엠마는 오늘 아침에 자취를 감췄어요."

"당신이랑 같이 있던 거 아니에요?"

"아니요. 그 여자가 우리 집에 있는 걸 로라가 반기지 않았거든요."

"그 여자가 엠마 휴잇이라고 로라가 그렇게 확신하는 이유를 도저히 모르겠네요." 루크가 길 저편에서 차를 세우는 경찰들을 보며 말했다.

"경찰들은 나를 찾고 있나 봐요." 토니가 말했다.

"어쩌면 엠마 휴잇이 이 마을에 돌아올 이유를 알 것 같아요. 나는 엠마에게 그녀의 모친에 대해 해줄 말이 있어요." 루크가 말했다.

"모친이라고요? 엠마는 아직 자기가 누구인지도 모르는데, 그녀의 모친이라니요? 그건 또 무슨 소리예요?"

"엠마는 지금도 그런 상태인가요?"

토니가 고개를 끄덕였다.

"엠마의 어머니가 나랑 학교를 같이 다닌 친구 같아요." 루크가 머뭇거리다 말을 이었다. "엠마는 결국 DNA 검사를 받았나요?"

"제가 듣기로는 끝내 거절했대요."

루크는 사이드미러를 흘끔 보았다. 뒤에서 다른 차 한 대가 언덕을 내려오고 있었다.

"그래도 검사를 받는 게 좋지 않을까요?"

토니에게 그 이유는 말하지 않았다. 자신이 그녀의 아버지임을 증명하려면 그 방법이 유일했다.

"저는 가봐야겠네요." 토니가 다가오는 차를 보고 말했다. "경찰에 체포되기 전에요."

"무슨 문제 있어요?"

토니는 핸들을 두드리며 씩 웃었다. "자동차세를 안 냈거든요."

◆

대화를 전부 알아들을 수는 없었지만, 토니가 루크와 대화하기 위해 차를 멈춘 것은 알 수 있었다.

트렁크 안에서는 휘발유와 썩은 우유 냄새가 희미하게 났다. 두 사람의 대화를 들으면서 차 옆면을 주먹으로 쾅쾅 치고 비명을 지르고 싶은 충동을 느꼈지만 지금은 조용히 있는 수밖에 없었다.

루크는 오로지 나를 만나기 위해 온 듯했다. 방금 자기가 나의 어머니와 같은 학교에 다닌 것 같다는 얘기를 했다. 나는 그와 단둘이 만나서 자세한 이야기를 듣고 싶었지만 지금은 불가능했다.

토니는 대화를 마치고 차의 속도를 높여 5분쯤 더 달렸다.

확실치는 않았지만 우리가 좁은 길을 지나는 것 같았다. 길이 몹시 울퉁불퉁했고 지나가는 차는 거의 없는 듯했다.

차가 멈췄는데도 토니는 나를 곧바로 꺼내주지 않았다. 그는 운전석에 앉은 채 라디오 볼륨을 키웠다. 멀리서 까마귀들이 우리를 위협하듯 우짖는 소리 외에는 사방이 고요했다. 아마도 토니는 주위에 누가 있는지 없는지 확인하는 모양이었다.

마침내 트렁크 문이 열리자 한낮의 태양빛에 눈이 부셨다.

그는 가엾다는 듯이 나를 잠시 바라보다가 말했다.

"다행히 제때 마을을 빠져나왔어요."

"그래서 여기 차를 세운 건가요?" 나는 몸을 펴며 물었다. "경찰은요?"

트렁크에서 나와 바닥으로 뛰어내릴 때 토니가 친절하게 내 팔을 잡아주었다.

우리는 차를 좀 더 타고 도로를 벗어나 좁은 샛길을 내려갔다. 주위의 너도밤나무 숲은 빗물에 흠뻑 젖어 있었고, 비에 씻긴 잎들이 햇빛을 받아 반짝였다. 조금 전 짧은 여름 소낙비가 쏟아진 모양이었다.

"경찰이 우리를 그냥 통과시켜 줬어요. 아직 바리케이드를 치고 있어요. 조금만 지체했으면 당신은 붙잡혔을 거예요. 아까는 루크랑 이야기하려고 잠깐 멈췄어요. 클래식카를 한 대 몰고 왔더라고요. 그 사람이 갑자기 나타나서 좀 놀랐어요."

나는 대화 대부분을 엿들었다는 사실을 토니가 모르게 해야겠다고 생각했다.

"은신처는 여기서 백 미터쯤 떨어진 곳에 있어요."

"당신도 나랑 같이 있는 거예요?" 희미하게 나 있는 길을 함께 걸어 내려가며 내가 물었다.

"나는 카페로 돌아가야죠."

나는 안도했다. 여기서 토니와 단둘이 오래 있고 싶은 생각은 없었다. 아직 준비가 되지 않았다.

좁은 오솔길을 벗어난 우리는 두터운 가시덤불을 지나 깊은 숲속으로 들어갔다.

저 멀리 은신처가 보였다. 잔디와 쐐기풀에 뒤덮인 조그만 흙더미였다. 입구는 풀에 가려져 있었다. 이 장소를 아는 사람이 몇 명이나 될까?

흙더미 속으로 들어가 그를 따라 낙서가 가득한 콘크리트 계단을 내려갔다. 3.5미터 깊이의 지하 바닥에서 그는 찌그러진 맥주 캔과 오래된 담뱃갑을 발로 걷어차서 치웠다. 이곳을 드나든 십 대 연인들이 남긴 쓰레기 같았다.

"여기 오래 있지는 않아도 돼요."

그는 휴대폰 손전등을 켜 우중충한 내부를 내게 보여주었다. 내 두려움을 감지한 눈치였다. 세로 5미터, 가로 2미터 크기의 내부 공간은 꼭 감방 같았다. 반대쪽 끝에는 지붕의 구멍 틈으로 쏟아져 들어오는 햇살이 고여 있었다.

"여기 언제 와봤어요?" 내가 물었다.

"지난 주 일요일에요. 마을 역사 동아리에서 역사 탐방 행사가 있었거든요. 나는 미국인으로 특별히 초청받았고요. 전쟁 중에 이 인근에 주둔했던 미군이 노르망디 상륙 작전에 대비해 이곳을 탄약 저장고로 썼대요."

"그러면 꽤 알려진 곳이겠네요?"

"이곳은 아니에요. 다들 전쟁기념비 근처에 있는 다른 저장고를 찾아갔죠. 여기 있으면 안전할 거예요. 당신과 나 사이의 비상연락용 휴대폰과 라디오 한 대는 가져왔으니, 나중에 음식을 좀 갖다 줄게요. 커피도 마실래요?"

"차가 좋겠어요. 허브차요."

"음, 여기가 별로 좋은 곳은 아니지만 당신은 마을에 있으면 안 돼요."

그는 우리가 첫 보금자리를 구하러 온 신혼부부인 양 갑자기 나를 껴안았다. 나는 아무렇지 않은 척하면서 그가 얼른 돌아가기를 바랐다.

나는 내가 어디에 있는지, 앞으로 어떤 일이 생길지 이해하고 머릿속을 정리해야 했다.

"누가 여기 나타나면 전화해도 돼요?" 내가 그에게서 떨어져 바깥으로 나오면서 물었다.

"여기까지는 아무도 안 와요." 그가 나를 따라 바깥으로 나오면서 말했다. "나를 믿어요. 개를 산책시키는 사람이 있을지 몰라도 지나갈 때까지 잠자코 있으면 돼요. 걱정되면 문자메시지를 보내요. 전화는 하지 말고요. 내가 경찰이랑 같이 있을지도 모르니까."

"여기서 큰 도로까지는 거리가 얼마죠?" 나는 그의 차가 주차된 곳을 보며 물었다.

"1.5킬로가 넘는 거리예요. 멀어요."

느닷없이 토니는 내 쪽으로 몸을 돌려 양 어깨를 붙잡았다. 그의 눈빛이 서늘해지고 손아귀에는 힘이 더 들어갔다. 아까보다 더 공격적으로 내게 몸을 밀착했다. 공포감이 밀려왔다. 손목에 있는 연꽃 문신을 만지면서 마음을 가라앉히고 싶었지만 손이 뻗어지지 않았다.

그 순간 터져 나온 벨소리에 나는 안도했다. 그는 물러서서 호주머니에서 휴대폰을 꺼내 발신자를 확인했다.

"모르는 번호예요." 그가 내게 눈썹을 치켜세웠다. "그러면 형사라는 뜻인데…."

그는 심각한 표정으로 전화를 받았다. "15분 뒤에 카페로 가겠습니다."

그는 전화를 끊고 아까와 똑같은 눈빛으로 나를 돌아봤다. "사일러스 반장이 우리 까페 음식을 더 먹고 싶나 봐요." 그의 목소리에 냉소가 가득했다. "마을로 돌아가야겠네요."

그는 내 어깨에 다시 손을 얹고 잠시 미소를 지었다. "최대한 빨리 돌아올게요."

그리고 내 입술에 진하게 키스했다.

나는 플레어의 얼굴을 힘겹게 떠올리며 그가 멈추기를 기도
했다.

키스 정도는 예상하고 있었지만 이번에 그는 더 많은 것을
원하는 듯했다. 그의 손이 내 셔츠 밑으로 들어가 허벅지를 움
켜쥐었다.

플레어는 이렇게 행동한 적이 없는데. 그녀의 손길은 부드럽
고 배려가 담겨 있었다.

"다음에요." 나는 그의 완력에 놀라 그를 밀쳐냈다. "경찰이
당신을 기다리잖아요."

"염병할 경찰."

그가 속삭이며 내 셔츠를 잡아 뜯었다.

"제발요, 토니." 나는 목소리를 높였다. "아직 준비가 안 됐어
요."

그는 마지못한 듯 행동을 멈추고 나를 보았다. 그의 눈에 담
긴 욕망과 정체 모를 무언가에 나는 질겁했다.

토니는 뒤돌아서서 덤불을 지나 차로 다가갔다.

"문자 보내요." 나는 억지로 힘을 짜내 그에게 소리쳤다. "그
리고 고마워요. 전부 다."

그의 침묵에 나는 당황했다.

"혹시 종이 가져왔어요?" 나는 모든 상황을 원래대로 평범하
게 돌리고 싶은 마음에 물었다. "펜은요? 기록할 게 많아서요."

토니가 가던 길을 멈췄다. 한참 있다 입을 연 그의 목소리에

나는 전율을 느끼지 않을 수 없었다.

"오늘 일은 아무것도 기록하지 않는 게 좋을 거예요."

◆

나는 라디오를 틀어보았다.

뉴스에서는 경찰이 정신병 환자 하나를 쫓고 있다는 내용이 흘러나왔다. 그런 뉴스를 듣고서는 이곳에 더 이상 머물 수 없었다.

다음 몇 시간이 무척이나 중요할 터였다.

'너무 늦게 나서는 건 아닐까?'

내가 보건소 침대 밑에 남겨둔 머리빗이 시간을 조금 벌어줄 테지만, 앞으로의 일이 순조로우려면 약간의 행운이 필요할 것이다.

나는 여행 가방을 은신처 안에 남겨둔 채 바깥으로 빠져나왔다. 필요한 물건은 몸에 지니면 되니까.

저만치 앞에 도로로 이어지는 잔디 길이 보였다. 주위에 차량은 없었지만 조심해야 했다.

내 기억이 옳다면 도로 한쪽은 마을로 이어지고, 다른 쪽은 골짜기에서 간선 도로로 연결된다.

토니는 큰 도로까지는 1.5킬로가 넘는 거리라고 했다. 나는 걸음을 멈추고 귀를 쫑긋 세웠다. 들리는 것은 머리 위에서 너도밤나무를 쓸고 지나가는 산들바람 소리뿐이었다.

토니로부터 문자나 전화는 아예 없었다. 나도 그에게 연락하지 않았다.

그는 지금쯤 다시 경찰에 붙잡혀 이런저런 질문에 대답을 하고 있겠지. 태연한 얼굴로 내 행방을 모른다고 잡아뗄 것이다. 아무래도 문자메시지는 나중에 보내야겠다.

나는 마지막으로 주위를 둘러본 뒤, 도로를 따라 내려가다가 냅다 달리기 시작했다.

◆

"이걸 좀 보셔야겠는데요."

과학수사대원이 사일러스와 스트로버를 맞으러 방에서 나오며 말했다.

"그게 뭐예요?"

"엠마가 머물던 보건소 침대 밑에서 머리빗을 발견했어요."

"엠마의 물건인가요?"

"그렇게 보입니다. 상태를 분석해보니 최근에, 아마도 오늘 아침에 사용된 듯합니다."

"머리 뿌리가 남아 있던가요?"

사일러스 반장은 뿌리가 없는 머리카락은 DNA 분석에 아무 소용이 없다는 사실을 형사가 된 첫날 배웠다.

"그게 이상한데요. 뿌리가 엄청 많이 남아 있었어요. 그것도 새로 빠진 것으로요. 이 빗으로 머리를 필요 이상으로 벅벅 빗은 모양입니다. 빗이 발견된 위치도 특이하네요."

"침대 밑이라고 하셨죠?"

사일러스는 다음 말이 궁금했다.

"네, 보건소 바닥에 떨어진 빗이 발에 걸어차이는 바람에 우연히 침대 밑으로 미끌어져 들어갔다면, 빗에 먼지가 묻어 있거나 바닥에 자국을 남겼겠지요. 먼지투성이 방이었니까요."

과학수사대원들은 왜 항상 아리송한 말만 할까?

"그렇지 않다면, 그 말은 누군가가 일부러 그 방 침대 밑에 고이 모셔뒀다는 뜻인가요?" 사일러스가 물었다.

"네. 이 빗으로 머리를 힘껏 빗고 난 다음에요."

"머리카락을 뿌리째 붙여놓으려는 의도로요?"

과학수사대원이 고개를 끄덕였다.

엠마는 무슨 생각으로 그런 행동을 했을까? 검사를 거부하고 몇 시간 지나지도 않은 시점에 경찰이 빗에서 DNA를 채취하게 한 이유가 뭘까?

사일러스는 자신의 사무실에 전화를 걸었다.

"토니 매스터스의 자택에 대한 수색 영장이 필요해요."

◆

"나는 그 여자가 엠마 휴잇이라고 생각하지 않아요." 사일러스 반장을 찾아온 루크가 말했다. "엠마를 병원에서 처음 봤을 때 꼭 30년 전의 프레야를 보는 기분이었어요."

"그러니까 지금까지 하신 말씀을 종합하면…." 스트로버는 테이블에 놓인 수첩을 들여다보며 물었다. "엠마가 당신 딸이라고 생각하신다는 거군요? 엄마는 프레야라는 인도 여자라는 말씀이고요."

"묘하게 닮았어요." 루크가 자신의 목소리에 실린 감정에 당황하며 대답했다.

프레야는 지금 인도에 살고 있으며, 어제 새벽에 화상통화를 했다는 이야기도 했다. 둘 사이에 아이가 생겼지만 프레야는 아이를 낳자마자 독일에 사는 부부에게 입양시켰다는 등등의 이야기도.

사일러스와 스트로버는 시큰둥한 반응이었다.

"다른 주민들은 다들 그 여자가 엠마 휴잇을 닮았다던데요." 그녀가 수첩의 페이지 한 장을 접으며 말했다.

"형사님 의견은 어때요?" 루크가 물었다.

"그 여자가 당신의 옛 여자친구 딸이라는 증거가 있나요?"

"확실한 증거 말이군요?"

대화를 시작하고 처음으로 스트로버가 루크에게 미소를 지었다.

"그런 게 있으면 큰 도움이 되겠지요."

"엠마를 찾으면 그녀의 DNA 검사 결과를 좀 알려 줄래요?" 루크가 좀 더 진지하게 말했다.

"그럴 수 없다는 거 아시잖아요."

"그냥 핏줄이 어디 출신인지만 알면 돼요. 아시아인지, 아프리카인지, 북미인지."

"그건 그렇고, 혹시 카페를 운영하는 토니라는 미국인을 잘 아세요?" 스트로버가 그의 부탁을 무시하고 물었다.

"이 마을에서 일 년 남짓 살았어요. 이웃들과 잘 지내는 괜찮은 사람이에요."

루크는 퀴즈 팀 동료이자 마을 친구인 토니가 마음에 들었지만 그를 얼마나 알고 있나 싶긴 했다.

그때 루크의 전화 벨소리가 울렸다.

"전화 좀 받아도 될까요? 로라 전화거든요."

스트로버가 고개를 끄덕였다.

"우리도 계속 로라와 통화를 시도했어요."

루크는 스트로버를 흘끔거리며 전화를 받았다. 대화 내용이 스트로버에게 들릴까?

로라는 감정이 격앙된 듯 말이 무척 빨랐다. 그녀는 경찰의 뉴스 보도를 보고, 드디어 사람들이 자기처럼 엠마를 경계하기 시작했다며 기뻐했다.

"로라가 마을로 돌아오는 중이라는군요." 루크가 전화를 끊고 시간을 확인하며 말했다. "30분 뒤에 도착한대요. 기차역으로 마중을 나가야겠어요."

"저희가 같이 가도 될까요?"

♦

엠마는 칼 손잡이를 단단히 쥔 뒤, 칼날을 오른쪽 소매 안에 숨겼다. 조금 전까지는 칼을 쥔 팔을 그냥 밑으로 늘어뜨리고 있었지만, 아무래도 저 앞에서 사람 소리를 들은 것 같았다. 잔가지가 뚝 부러지는 소리에 불과했지만 동물이라기에는 묵직한 소리였다.

엠마는 다시 귀를 기울이다가 오른쪽 대각선 방향에서 어떤 여자 한 명을 발견했다. 여자는 나무 사이를 빠른 속도로 달리고 있었다. 엠마는 그 자리에 얼어붙은 채 그녀를 지켜보지 않을 수 없었다.

여자는 극도의 흥분상태로 보였다. 여자는 엠마가 서 있던 곳을 향해 뛰어오는 듯했다. 그러더니 갑자기 멈춰 서서 숨을 헐떡이며 왔던 길을 뒤돌아보았다.

그 순간 엠마는 거울을 들여다보듯 그 여자의 두 눈과 마주쳤다. 잠시 후 그녀는 숲속으로 다시 달아나 버렸다.

엠마는 십 대 시절, 참을 수 없는 분노가 치밀던 밤마다 언덕을 올랐었다. 꼭대기에 다다를 즈음에는 무척 숨이 찼다. 수많은 기억이 밀려들었다. 당시 그녀는 하늘을 향해 욕설을 쏟아내곤 했다.

하지만 오늘은 그렇게 하지 않았다. 더 이상은 그러지 않을 것이다.

저 밑으로 마을이 펼쳐져 있었다. 그녀가 갔던 보건소와 기차역도 보였다. 공동묘지에 둘러싸인 교회도.

언덕을 내려가던 엠마는 다시 달리기 시작했다.

◆

로라는 숲길을 따라 걷고 있었다.

그녀 앞에서 왜가리 한 마리가 쓸쓸히 날아올라 저 멀리에 내려앉았다.

마을에 돌아오니 기분이 좋았다. 경찰에게 아는 대로 전부 털어놓고 싶었다.

경찰은 언론을 통해 엠마 휴잇에 대한 제보를 호소했다. 이제 그녀를 괴롭힌 의혹이 터무니없는 망상처럼 보이지 않게 되었다.

엠마를 감싸고 도는 토니 때문에 여태 불안감을 꾹꾹 억누른 것도 사실이었다. 로라는 토니가 엠마의 잠적과 어떤 식으로든 관계가 있다는 느낌을 떨칠 수 없었다.

그때 로라의 휴대폰이 울렸다. 루크였다.

"지금 어디 있어요?" 그가 물었다.

"'소원의 나무'라는 푯말이 붙어 있는 나무 옆에 있는 우물 근처에요."

"나도 곧 도착해요. 토니한테 또 연락해봤어요?"

"받지를 않네요."

통화에 실패한 후 그녀는 토니에게 만나자고 문자를 보냈지만 답장이 없었다.

로라는 루크와 만나기로 한 소원의 나무 옆 우물을 향해 낮은 덤불을 헤치며 나아갔다.

그런데 로라가 우물에 다가가자, 앞쪽에서 어떤 소리가 들렸다.

어떤 여자가 중얼거리고 있었다. 말투는 매우 부자연스럽고 절박한 목소리였다.

로라는 그렇게 고통스런 목소리는 처음 듣는다 싶었다. 그녀는 숨을 죽인 채 소리가 나는 쪽으로 살금살금 다가갔다.

"경찰에 꼭 이야기해야 돼요." 목소리의 주인공이 말했다.

로라는 당장 돌아서서 달아나고 싶은 충동을 느꼈지만, 여자의 애원하는 목소리에 멈출 수밖에 없었다.

"내가 무슨 짓을 할지 두렵다니까요. 제발…, 라디오에서 내 이름을 듣고 어떻게 동요하지 않을 수 있겠어요? 경찰이 갑자기 나를 찾는 이유가 뭐죠?"

로라는 몸을 움직일 수 없었다.

"도움이 필요해요. 별의별 노력을 다 해도 전혀 효과가 없었어요. 정말로 나를 도와주셔야 해요. 나는 나한테 처음으로 눈에 띄는 사람을 죽이라고 명령했다고요."

로라는 간신히 정신을 차리고 루크에게 전화를 걸었다.

왜 토니에게 전화하지 않았을까? 며칠 전만 해도 그렇게 했을 것이다. 그는 그녀의 남편이고 가장 사랑하는 사람이니까.

하지만 순식간에 모든 게 변해버렸다. 더 이상 그를 믿을 수 없다는 생각에 로라는 가슴이 미어졌다.

"다 왔어요?" 목소리가 잘 나오지 않았다.

"당신 괜찮아요?" 루크가 물었다.

"그 여자가 여기 있어요. 소원의 나무 옆에요. 우물가에요."

"그게 무슨 말이에요? 누가 있다고요? 잘 안 들려요, 로라."

로라는 말을 멈추고 고개를 들었다.

그러자 손에 커다란 식칼을 든 여자가 우물가에서 오솔길로 내려와 10미터쯤 떨어진 곳에 서 있었다.

"로라?" 루크가 다시 외쳤다. "듣고 있어요? 로라?"

로라는 말을 할 수도 움직일 수도 없었다. 로라의 시선은 고통스러운 눈빛으로 자신을 쏘아보는 여자에게 고정되었다.

"어서 와줘요."

로라가 기어들어가는 소리로 간신히 입을 뗐지만, 휴대폰은 그녀의 손에서 미끄러져 바닥에 떨어지고 말았다.

◆

토니는 마을을 한시바삐 벗어날 수 있기를 바라며 경찰 바리케이드 앞에 줄을 섰다. 그리고 창문을 열어둔 채 낡은 BMW의 천장을 초조하게 두드렸다.

토니가 엠마에게 준 비상연락용 휴대폰으로 전화를 걸어 보니, 곧장 음성 메일로 연결됐다.

사실 엠마가 숲속 은신처에 계속 숨어 있을 수도 없는 노릇이었다. 형사들은 그녀를 찾아낼 때까지 수색견과 헬리콥터를 동원해 마을 주변에 대한 수색에 열을 올릴 것이 분명했기 때문이다.

하지만 현재까지 경찰은 엠마를 코앞에 두고도 놓친 셈이다. 참 멍청한 경찰이다.

사실 토니와 로라 부부가 처음 이 마을에 와서 이 집을 매입한 데는 몇 가지 이유가 있다. 일단 로라가 좋아했다. 그리고 또 한 가지 이유는 전 소유자 명단에서 엠마 휴잇이라는 이름을 발견했기 때문이다. 토니는 언젠가 신문에서 기억상실증에 걸린 살인마에 관한 뉴스를 본 적이 있는데, 그 살인마의 이름이 바로 엠마 휴잇이었다.

물론 그 사실을 로라에게 알리지는 않았다. 토니는 희박하기는 해도 그 엠마 휴잇이라는 여자가 기억을 되찾게 되면 한때 자신이 살던 집에 돌아올지도 모른다는 가능성에 큰 매력을 느낀 것이다.

기억상실증에 걸린 흑발의 여자. 엠마 휴잇이라는 여자는 토니가 좋아하는 조건을 갖춘 완벽한 여자였다. 그는 늘 기억을 잃은 여자들에게 관심이 많았다.

그리고 이사온 후 한 달쯤 뒤에 실제로 그 의문의 여인이 거짓말처럼 나타났다. 토니는 자신의 행운을 믿을 수 없었다. 그녀는 기억상실증에 걸렸다는 엠마 휴잇으로 보였지만, 신문 속 사진에서보다 훨씬 아름다웠다.

그래서 토니는 그녀에게 엠마라는 이름을 제안했다. 그녀에게 기억을 불러일으키고, 망각의 안개를 걷으려는 어쭙잖은 시도였다.

한편으로 토니는 그녀에게 경찰한테 DNA 샘플을 내주지 말라고 구슬렸다. 엠마 휴잇과 일치하는 DNA를 확인하는 순간 경찰은 그녀를 데려가 버릴 테니까. 그리 되도록 두고 볼 수는 없었다.

이제 유일하게 남은 골칫거리는 로라였다. 그는 로라가 런던에 있는 친정에 좀 더 오래 머무르기를 바랐지만 형사들이 그녀의 진술을 원했다. 로라가 토니에게 몇 번이나 전화했지만 그는 아내와 대화할 생각이 없었다. 아직은.

이런 저런 생각을 하면서 경찰 바리케이드를 무사히 통과한 끝에, 엠마를 숨겨둔 은신처 근처에 차를 대는 순간 토니는 뭔가 잘못됐다는 사실을 직감했다.

아무리 외딴 숲속이지만 너무 조용했다. 그는 차에서 내려 주위에 누가 있는지 확인한 다음 덤불을 지나 엠마가 있어야 할 은신처 입구로 다가갔다.

"엠마? 나예요, 토니."

대답이 없었다.

자고 있는지도 모른다. 그는 계단을 내려가 휴대폰 불빛으로 내부를 비춰보았다. 벽 옆에 놓인 여행 가방이 펼쳐진 채 옷가지가 쏟아져 있었다. 엠마는 없었다.

"엠마?" 그는 계단을 올라가며 좀 더 큰 소리로 불렀다. "엠마? 여기를 빨리 떠나야 해요."

침묵이 이어졌다. 그는 은신처로 돌아가 여행 가방 옆에 쪼그리고 앉았다. 블라우스를 코에 갖다 대고 그녀의 체취를 들이마시며 나머지 옷가지를 뒤적였다.

그는 다시 엠마와 통화를 시도하려고 휴대폰에 손을 뻗다가 갑자기 귀를 쫑긋 세웠다.

숲의 적막을 뚫고 다가오는 자동차 소리가 들렸다.

◆

사일러스는 토니의 낡은 BMW 옆에 차를 세우고 토니가 나타나기를 기다렸다. 스트로버는 조수석에 앉아 있었다.

"토니는 틀림없이 우리가 오는 소리를 들었을 거야."

사일러스가 여전히 양손으로 운전대를 잡은 채 앞쪽을 바라보며 말했다.

"반장님은 왜 토니가 거짓말한다고 생각하세요?" 스트로버가 물었다.

"글쎄, 어떻게 설명해야 할까? 이상할 정도로 침착하고, 말이 너무 느리고, 분명히 뭔가 숨기려는 태도가 엿보여."

카페에서 면담을 마친 후, 사일러스는 여러 개의 마을 검문소에 토니의 BMW 번호를 전달하면서 시간을 끌라고 전했다.

결국 그는 바리케이드 대기줄에 서 있는 토니의 차가 발견됐다는 메시지를 받았다.

사일러스는 바리케이드를 통과한 토니의 차량을 뒤쫓아 충분한 거리를 두고 미행해 언덕을 올라갔다. 토니가 엠마를 찾아가리라 확신했기 때문이었다. 사일러스는 엠마가 아직 살아 있기를 기도했다.

"반장님 말씀대로 그 사람이 엠마를 납치한 거라면 동기가 뭘까요?" 스트로버가 물었다.

"혼란에 빠진 가엾은 여성을 성적으로 이용하는 것 아닐까…? 글쎄, 아직은 나도 몰라. 결국 엠마가 어떤 사람으로 밝혀지느냐에 달려 있겠지?"

"그럼 반장님은 그 여자가 정말 살인마 엠마 휴잇이라고 생각하세요?"

"나한테 물으면 어떡해."

사일러스는 수지 박사가 그를 엠마와 만나지 못하게 막았다는 것이 아직도 유감이었다. 그가 직접 엠마를 만나봤다면 훨씬 좋았을 뻔했다. 다만, 지금으로서는 몇 시간 뒤에 나올 머리빗에서 채취한 DNA 검사 결과를 기다리는 수밖에 없었다.

하지만 그 결과와 상관없이 토니는 엠마의 행방을 숨겨서 수사를 방해했다. 더구나 그가 엠마의 의사와 상관 없이 그녀를 감금했을 가능성도 있었다.

"좋아, 어서 가보자고. 토니가 허튼 수작을 부릴 수 있으니

자네는 돌아서 뒤쪽으로 가 봐. 나는 조용히 그 자식이 나오기를 기다릴 테니."

두 사람이 덤불을 헤치고 나아가자, 역시나 저 멀리서 토니의 모습이 보였다.

"엠마는 여기 없어요." 토니가 외쳤다. "여기 있을 줄 알았는데 어딘가로 가 버렸어요. 짐은 전부 버려두고요."

"당신이 그 여자를 여기 데려다놨죠?" 사일러스가 토니의 몸을 수색하며 물었다.

"아니요. 그 여자가 내게 전화해서 이리 와달라고 했어요."

토니가 또 거짓말을 하는 게 분명했다.

"그 여자가 휴대폰을 갖고 있는 줄은 몰랐네요."

"우리 집에 있던 오래된 폰을 빌려줬거든요."

"참 친절도 하시네."

토니는 히쭉 웃었다.

사일러스는 뒤에서 계단을 올라오는 스트로버를 보았다.

"돗자리, 침낭, 여자 옷이 가득 든 여행 가방이 있습니다." 그녀가 두 사람에게 다가오며 보고했다.

"엠마의 흔적은 없고?" 사일러스가 물었다.

그녀는 고개를 저었다.

하지만 그 정도면 충분했다. 토니가 여장에 취미가 있는 타입 같지는 않았기 때문이다.

"토니 매스터스 씨, 당신을 공무집행방해와 납치 및 감금 혐의로 긴급체포합니다."

스트로버에게 고갯짓을 하자, 그녀는 수갑을 꺼내 토니의 손목에 채웠다. 그 사이 사일러스는 토니가 지닌 법적 권리를 고지했다.

"장난해요?" 토니가 차로 걸어가며 말했다. "내가 정확히 무슨 죄를 저질렀는데요?"

"지은 죄야 차고 넘치죠."

그 순간 휴대폰이 울렸다. 경찰 통제실이었다.

사일러스는 전화를 받으러 물러났고, 스트로버가 토니를 차에 욱여넣었다.

"반장님이 계신 지역에서 범죄 신고가 들어와서요. 한 여자가 다른 여성에게 칼을 들이대면서 죽이겠다고 위협하고 있답니다. 무장대응팀이 그쪽으로 이동하고 있어요. 반장님도 아셔야 할 것 같아서요. 그 여자는 자신이 엠마 휴잇이라고 주장하고 있답니다."

◆

저만치 앞에 소원의 나무 옆 우물이 보이자, 루크는 가슴이 점점 답답해졌다. 하지만 젖먹던 힘까지 짜내어 계속 달렸다.

그는 로라가 무사하기를 바랐다. 어서 와달라는 그녀의 전화를 받고 999(119와 같은 영국 긴급구조요청 전화번호 - 옮긴이)에 연락해 그의 친구 로라가 위험에 빠졌다고 설명했다.

우물에 가까워진 루크는 두 사람의 형체를 발견했다. 그는 가던 길을 멈추고 숨을 헉헉댔다. 한 사람은 한눈에 봐도 로라가 분명했고, 다른 사람은 엠마 같았다.

처음에는 엠마가 로라의 뒤에서 상체를 양팔로 끌어안고 있는 줄 알았지만, 자세히 보니 엠마의 한 손에 커다란 칼이 들려 있었다. 칼은 로라의 목을 누르고 있었다.

"가까이 오지 말아요." 로라가 루크에게 외쳤다. "이 사람을 자극하지 말아요. 난 괜찮으니까."

루크는 아직 그 둘로부터 백 미터쯤 떨어져 있었다.

루크가 보기에, 이 상황은 결코 정상적인 상황으로 보이지 않아서 다시 경찰에 연락하고 싶었다. 하지만 괜히 상황이 더 악화될까 두려워 아무것도 할 수 없었다.

그 순간 멀리서 경찰 사이렌 소리가 들렸다.

루크는 칼을 들고 있는 여자가 엠마가 맞는지 확인하고 싶었지만, 저 멀리 로라 뒤에서 반쯤 얼굴이 가려져 있는 여자를 구별하기는 쉽지 않았다. 여자의 행동은 거칠어 보였다. 첫날에 주점에서 만난 조곤조곤한 말투의 여자와는 다른 듯했다.

'대체 그동안 어디에 있다가 지금 나타났을까?'

루크는 무력감을 느끼며 그 자리에 계속 서 있을 수밖에 없었다. 두 사람에게 다가가서 엠마의 손에 들린 칼을 빼앗고 싶었지만, 로라의 목을 겨눈 칼날을 보자 나서고 싶은 충동이 사라졌다.

"저리 가요, 제발, 루크." 로라가 그의 생각을 읽은 듯 애원했다. "당신이 가까이 오면 나는 죽은 목숨이에요."

잠시 후 어디선가 네 명의 무장경찰이 나타났다. 셋은 흩어져서 충분한 거리를 둔 채 로라와 엠마 주위에 자리를 잡았고, 네 번째 경찰은 루크 쪽으로 달려와 그의 앞에서 한쪽 무릎을 꿇고 어깨로 총을 받쳤다.

"물러나세요." 경찰이 루크에게 외쳤다.

그때 루크는 잇따라 도착한 사일러스 반장을 발견했다.

엠마 쪽을 돌아보니 여전히 로라의 목에 칼을 대고 있었다. 엠마가 그의 딸인지 밝힐 수 있을 것이란 희망이 점점 사라지고 있었다.

◆

사일러스는 엠마의 태도를 보고 그녀가 엄포를 놓는 게 아님을 즉시 알아챘다. 엠마는 로라를 뒤에서 꽉 붙든 채 칼로 턱을 겨누고 있었다. 붉은 얼룩을 보니 이미 상처를 낸 모양이었다. 아직은 그저 조금 베인 상처이기를 기도했다.

"맙소사, 이게 무슨 상황이지?" 사일러스가 나직하게 루크에게 물었다.

루크에 따르면, 그 여자가 붙잡고 있는 인질은 토니의 아내 로라였다. 루크는 로라에게서 구조를 요청하는 전화를 받고서 999에 신고했다.

"가까이 오지 마요!" 칼을 든 엠마가 무장 경찰들에게 악을 썼다.

사일러스는 엠마에게서 눈을 떼지 않은 채 무장 경찰들 가운데 상급자에게 다가갔다.

"우선 제가 저 여자랑 얘기 좀 해볼게요. 저는 사일러스 반장입니다."

"저 여자는 지금 극도로 흥분한 상태예요."

"어서 철수하라고 지시해요." 사일러스가 무장경관에게 일렀다.

무장경관은 마지못해 동료들에게 일단 물러서라는 신호를 보냈다.

"5분 뒤에 저희 상관이 오셔서 지휘를 하실 겁니다." 그가 엠마 쪽으로 접근하는 사일러스에게 외쳤다.

너무 긴박한 상황이라 누구라도 신속히 결정을 내릴 필요가 있었다. 사일러스보다 더 적임자는 없었다. 엠마 휴잇에 대해 아는 사람, 그녀가 12년 전에 칼을 들고 무슨 짓을 했는지 아는 사람은 그가 유일했다. 그런 일이 다시 일어나게 내버려둘 수는 없었다.

"저리 가요!"

두 경찰 사이의 알력을 감지한 엠마가 소리쳤다. 두려움으로 날카로와진 목소리였다.

사일러스는 엠마에게 시선을 고정한 채 두 팔을 앞으로 내밀었다. 그녀를 진정시키고, 그 자리에 있는 모두를 진정시키고 싶었다. 12년간 만난 적 없는 여성에게서 그는 눈을 뗄 수 없었다.

엠마는 이 마을에 나타나기 전에 어디서 살았을까? 그녀는 사람들의 감시망 밖에 있었다.

잔뜩 겁에 질린 그녀는 꼴이 말이 아니었다.

"그동안 어디서 살았어요?" 그가 한층 더 겁을 먹은 로라를 흘끔 보며 엠마에게 물었다. "석방된 다음에요."

"무슨 상관이에요?" 엠마가 쏘아붙였다.

"그냥 궁금해서 그래요. 지금까지 잘 해왔잖아요. 잘 회복됐잖아요. 이제 와서 전부 망쳐버리면 안 돼요."

칭찬에 반응하는지 그녀의 입 주위로 긴장된 표정이 조금 누그러졌다.

"내가 얼마나 힘들었는지 당신이 알기나 해요? 그 목소리가 들릴 때마다…"

"그래요, 나는 잘 몰라요. 마을에 무슨 일로 돌아왔어요?" 그가 한숨을 쉬며 말을 멈췄다.

사일러스는 주위를 둘러봤다. 무장경관의 수가 더 많아졌다.

그에게는 시간이 더 필요했다. 엠마가 이번에도 망상에 빠져 어떤 목소리를 듣고 그것이 시키는 대로 행동할까? 12년 전에 대학에서 친구에게 저지른 일을 반복할까? 사일러스는 그녀에게 계속 말을 시켜야 했다.

"라디오에서 뉴스를 듣기 전까지는 별 문제가 없었어요. 아주 잘 살지는 못해도 그럭저럭 지내고 있었다고요." 엠마가 말했다.

"어떤 뉴스를 들었길래요?" 그가 물었다.

"왜 나를 그냥 내버려두지 않는 거죠? 전에도 엄마 기일이 되면 엄마 묘지를 찾아 가끔 이 마을에 왔었다고요."

엠마는 이제 몸을 부들부들 떠느라 로라의 목을 제대로 겨누지도 못했다.

사일러스가 라디오 기자회견을 통해 엠마를 목격한 자가 있으면 제보해달라고 대중에 호소하는 것을 엠마가 들은 모양이었다.

"제발 이러지 말아요." 로라가 사일러스에게 겨우 들릴 만한 소리로 속삭였다.

"반장님, 저희 지휘관님이 오셨습니다." 무장경관이 조급함을 숨기지 못하고 그의 뒤에서 말했다. "즉시 발포하라는 명령이 떨어진 모양입니다."

사일러스는 패배감에 눈을 감았다. 5분만 더 있었으면 이 긴장 국면을 해소할 수 있었을 텐데…. 엠마도 그의 태도에서 변화를 감지한 듯했다. 그는 아직 물러나지 않았지만 체념과 사죄의 눈빛을 숨길 수는 없었다.

로라 역시 그 변화를 눈치챘다.

이제 사일러스가 두 여자를 위해 할 수 있는 일은 더 이상 없었다.

"제발, 안 돼요."

엠마가 칼의 위치를 바꾸자 로라가 훌쩍였다.

사일러스는 마지막으로 엠마를 회유하기 위해 양손을 들어 올렸다.

"반장님, 어서 물러서세요."

무장경관이 한 손을 이어피스에 대고 명령에 귀를 기울이며 반복했다. 경찰 생활을 하면서 처음 겪는 일은 아니었지만 사일러스의 존재는 완전히 무시되었다.

엠마가 사일러스를 쏘아봤다. 그는 그렇게 슬픈 눈을 본 적이 없었다.

"가끔씩 모든 걸 잊어버렸어요. 내가 누구인지도. 그러다 기억이 돌아오면 잊고 싶은 것들이 떠올랐어요. 이번에 내가 이렇게 된 건 당신이 뉴스에서 내 얘기를 했기 때문이에요. 뉴스를 들은 순간부터 다시 목소리가 들리기 시작했다고요. 그 목소리가 나더러 여기로 가라고 했어요. 또 누구를 죽이라고 했다고요."

사일러스도 엠마를 마주봤다. 또 한 번의 죽음을 막으려면 엠마에게 계속 말을 시켜야 했다.

"반장님!"

무장경관이 더 초조해진 목소리로 사일러스를 불렀다.

사일러스는 아드레날린이 온몸으로 퍼지는 것을 느꼈다. 말을 잘못했나? 너무 멀리 나갔나? 엠마가 또 사람을 죽인다면 그는 제정신으로 살 수 없을 것 같았다.

그때였다. 별안간 그녀가 칼을 떨어뜨렸다. 그와 동시에 푸근한 여름 공기 속에서 두 발의 총성이 울렸다.

엠마는 상체를 때린 총알의 충격으로 바닥에 털썩 쓰러졌다. 그녀의 공허한 눈으로 나무를 올려다보았다. 로라도 곧 고통이 찾아오기를 기다리는 듯 그 자리에 멍하니 서 있었다. 하지만 총에 맞지 않았다는 사실을 인식하는 순간 곧장 사일러스에게 달려왔다.

사일러스는 두 팔로 로라를 받았지만 그의 시선은 엠마의 축 늘어진 몸에 머물렀다. 그의 생각은 엠마를 런던에서 이곳으로 이끈 경로를 헤매고 있었다. 그녀는 분명 회복 중이었다. 국가의 도움을 받지 않고 나름의 방식으로 잘 살고 있었다.

그런 엠마를 자극해 결국 벼랑 끝으로 내몬 장본인이 바로 자신이란 말인가.

◆

루크는 조용히 서서 자신이 방금 목격한 장면을 곱씹었다. 현장에서 100미터 이상 떨어진 위치에 있었지만 이 곳에서 일어난 일 전부를 또렷이 목격했다. 사람들 사이에 오간 대화도 빠짐없이 들어서 사흘 전에 마을에 나타난 여자가 엠마 휴잇이라는 사실을 알게 됐다.

로라가 두려워한 일이 그대로 일어났다. 엠마는 로라의 목에 칼을 겨누고 있다가 루크가 보는 앞에서 총에 맞았다. 루크는 제발 엠마가 죽지만은 않았기를 바랐다.

풀밭에 쓰러진 엠마는 여러 경찰과 구급대원에게 둘러싸여 있었다. 그중 한 명이 담요를 펼치기 시작했다.

루크는 영화 감독이 '컷!'을 외칠 때처럼 엠마가 먼지를 툴툴 털고 부스스 일어나기를 고대했다. 그러나 그곳에는 카메라도 어수선한 영화 세트장도 없었다. 숲속의 적막함과 이미 기억 속에 묻혀버린 총성만이 남아 있었다.

엠마는 그의 딸이 아니었고, 인도에서 독일인 부모에게 입양된 적도 없었다. 엠마는 오랜 세월 멀리 떠나 있다가 고향으로 돌아온 정신병 환자일 뿐이었다. 그는 자신의 어리석음에 얼굴이 화끈 달아올랐다.

여태 무슨 생각을 한 걸까? 로라의 말이 줄곧 옳았다. 엠마가 주점에서 돌아오고 부엌칼 하나가 없어졌다고 걱정하던 바로 그날 밤부터.

그는 현장을 떠날 수 없었다. 경찰이 진술을 요구할 것이다.

로라는 아직 충격에서 헤어나지 못한 듯했다.

"괜찮아요."

루크가 로라를 다독였다. 그녀가 흐느껴 울자 두 사람의 몸이 동시에 들썩였다.

"이제 안전해요."

잠시 그렇게 서 있던 루크가 다시 입을 열었다. "미안해요, 당신 말을 들었어야 했는데."

그녀의 흐느낌이 잦아들다가 뚝 그쳤다.

"당신은 저 여자가 처음 마을에 도착했을 때부터 알고 있었지만 아무도 당신을 믿지 않았죠." 그가 말을 이었다.

로라는 루크에게서 몸을 떼고 의아하다는 듯 그를 응시했다.

"뭐라고 했어요?" 그녀가 작은 소리로 물었다.

"우리가 당신 말을 들었어야 했다고요. 당신은 저 여자가 집에 찾아왔을 때부터 엠마 휴잇이라는 살인마라고 했잖아요."

"그 여자가 아니에요."

그녀의 목소리에 점점 힘이 들어갔다.

"누가 아니라는 거죠?"

"같은 여자가 아니에요."

"무슨 뜻이에요?"

루크는 그녀의 말뜻을 단박에 알아차렸지만 믿을 수가 없었다.

로라는 이제 빨간 담요에 덮여 있는 시신을 힐끔 돌아봤다. 그들의 대화를 엿들은 사일러스 반장이 다가왔다.

"저 여자는 우리 마을에 찾아온 그 엠마가 아니에요." 로라가 형사더러 들으라는 듯 더 큰 소리로 말했다. "우리 집 문간에 나타난 사람이 아니라고요."

"미안합니다. 힘드신 거 알지만…" 사일러스 반장이 그녀의 말을 잘랐다. "자세히 좀 말씀해주셨으면 좋겠어요. 당신도요."
그가 루크를 보며 덧붙였다.

루크는 방금 로라가 한 말이 사실임을 확인할 수 있다면 기꺼이 경찰에 협조하고 싶었다.

그러나 바로 옆에 죽은 여자의 시신이 싸늘하게 식어가고 있는데도 갑자기 행복감을 느꼈다는 사실에 죄책감이 느껴졌다. 자신의 딸이 아직 가까운 어딘가에 멀쩡히 살아있을 수 있다는 기대감에 기뻐할 수밖에 없었다.

◆

"나와서 신원 확인 좀 해 줘요."
사일러스가 자기 차 안을 들여다보며 말했다.

그곳에는 아직 수갑을 차고 있는 토니가 앉아 있었다. 스트로버는 차 밖에서 무장경관들과 이야기를 나누고 있었다.

토니는 아무 말도 하지 않았다. 아까 드러내던 적개심은 온데간데없이 시무룩하고 착잡한 표정으로 앞만 보고 있었다.

우물가에서 엠마 휴잇 때문에 사고가 일어났다는 말은 이미 사일러스에게서 들은 후였다. 토니 역시 틀림없이 총소리를 들었을 것이다.

"그 여자가 무슨 짓을 하고 있었든 나였다면 잘 타이를 수 있었을 텐데요." 토니가 조용히 말했다.

"나도 노력했어요. 엠마 휴잇은 다른 여자한테 칼을 겨누고 있었고요."

토니가 고개를 들었다. "누구한테요?"

사일러스는 잠시 망설였다. 아직 토니에게 모든 것을 알려주고 싶지는 않았기 때문이다. 그렇다고 계속 사실을 숨길 이유도 없었다.

"당신 아내요."

"로라?" 토니는 진심으로 놀라고 걱정하는 표정이었다. "제 아내는 무사한가요?"

"괜찮아요. 놀랐지만 다치지는 않았어요."

"아내를 만나볼 수 있을까요?" 토니가 물었다.

어쩌면 전부 사일러스의 오판이었는지도 모른다. 토니는 자기 아내를 사랑하는 사람이고, 엠마를 납치하거나 감금한 적이 없었는지도.

"지금은 의료진에게 보살핌을 받고 있어요. 좀 있다가 경찰에 진술을 할 테고요."

"그럼 나를 계속 붙잡아 두는 이유가 뭡니까?"

"아시다시피 그 여자가 살인마였던 엠마 휴잇인 것은 분명합니다. 다만, 죽은 여자가 사흘 전에 당신 집에 나타난 여자와 동일인물인지 확인해야겠죠."

5분 뒤, 사일러스는 토니와 함께 응급대원의 빨간 담요 밑에 선명히 드러난 시신의 윤곽을 내려다봤다.

"그 여자가 아니에요." 토니가 곧바로 선언했다. 그의 목소리에 안도하는 기색이 담겨 있는 듯도 했다.

"정확히 말해봐요. 누가 아니라는 뜻인지?"

사일러스가 충격으로 비참하게 일그러진 엠마의 눈을 바라보며 물었다. 누가 그 눈이라도 감겨주면 좋으련만. 그는 담요로 그녀의 얼굴을 다시 덮었다.

"이 여자는 이틀 전에 우리 집에 찾아온 여자가 아니에요."

"하지만 이 여자는 자신이 엠마 휴잇이라고 주장했어요." 사일러스가 토니를 데리고 자신의 차로 돌아가며 말했다. "20년 전에 그랬듯이 사람을 죽이겠다고 경고했다는군요."

"그러면 그 여자가 틀림없겠네요."

"그렇다면 마을에 찾아온 여자는 누구죠?"

"그게 더 이상 무슨 의미가 있겠어요? 이런 사건까지 일어난 마당에."

토니는 분명 아내인 로라가 런던 친정집에 갔을 때 엠마를 집으로 초대했다. 그쯤 되면 이웃 간의 온정이라고만 보기는 어렵다. 그는 기억상실증에 걸려 공황상태에 빠진 엠마를 성적으로 유린하려고 했던 것이 아닐까. 사일러스는 토니가 시신을 처음 보고 내뱉은 말투에 안도감이 담겨 있었다고 확신했다.

"그러니까 그 다른 엠마는 지금 어디에 있죠?"

"모른다고 말씀드렸잖아요. 혼자 달아났다가 숲속에 들어가서 내게 전화한 거예요."

"당신이 그 여자를 숨기고 있죠?"

사일러스는 토니가 거짓말을 하고 있다는 확신이 점점 강하게 들었다.

"아닙니다."

"어쨌든 그 여자한테 DNA 검사를 받지 말라는 충고는 했죠?"

"저는 그 여자가 엠마 휴잇으로 오해받을까 봐 걱정했을 뿐이에요. 이런 상황에서는 그럴 만하지 않나요?"

토니가 시체가 누워있는 쪽을 돌아보며 주장했다.

"내가 아직도 이렇게 붙잡혀있어야 합니까?"

그 여자는 기억상실을 앓고 있는 연약한 미혼 여성이었다. 토니가 그 여자를 강간했을까? 그녀가 자기 힘으로 숲속에 은신처를 마련했을 가능성은 낮았다. 수지 박사에 따르면 그녀의 정신 상태는 아주 위태로웠으니까.

"스트로버! 토니 매스터스를 경찰서로 데려가서 진술을 받아. 그리고 과학수사대에 연락해서 그의 집을 다시 수색하라고 전해. 이번에는 철저히 해야 돼."

◆

"이상하게 내가 죽을 거라는 생각은 전혀 안 드는 거예요."

루크와 나란히 앉아 있던 로라가 말했다.

멀리서 한 여자 경찰이 그녀를 지켜보고 있었다.

로라는 아직 충격에서 헤어나지 못해서인지 말이 지나치게 빨랐다.

"당연히 무섭긴 했어요. 엠마 말로는 누가 자기한테 나를 죽이라고 명령했다는 거예요. 나무 꼭대기에서 다른 목소리가 들리면 그 말에 따르겠다고 했거든요."

그녀는 말을 멈추고 뜨거운 눈물을 펑펑 쏟았다. 루크가 그녀에게 팔을 두르자 그녀는 그의 어깨에 머리를 기댔다.

사흘 전만 해도 그녀의 삶에는 아무런 문제가 없었다. 요가 수업은 순조로웠고 임신할 가능성에 대해서도 낙관적이었으며 결혼생활도 무탈했다. 그런데 상황이 이렇게 돌변할 줄은 몰랐다.

그녀의 집 앞에 난데없이 낯선 여자가 나타나면서 부부는 전에 없던 말다툼을 했다. 토니는 그들의 집에 불쑥 찾아온 여자에 대해 아내가 어떻게 생각하는지, 얼마나 걱정하는지에 관심이 없어 보였다. 그러다 결국 이런 일이 터지고 말았다.

그녀의 목 피부에 와 닿던 싸늘한 칼날의 감촉, 경찰의 총소리, 엠마의 느슨해진 손아귀 힘, 쓰러지던 그녀의 몸을 다시 떠올렸다. 로라는 몸서리를 치며 눈을 감았다.

"이제는 안심해도 돼요." 루크가 그녀를 끌어안으며 말했다.

"과연 그럴까요?" 로라가 한숨을 쉬었다. "그 여자가 아직 나돌아 다니는데요, 루크."

"경찰이 그 여자를 찾고 있을 거예요."

"경찰이 토니를 얼마나 붙잡고 있을까요?"

"24시간 이상 잡아둘 수는 없을 거예요. 어떤 이유로 체포됐는지에 따라 다르겠지만요."

"토니가 그 여자를 감췄을까요?" 로라가 물었다.

"토니가 뭐 하러 그런 짓을 하겠어요?"

그녀는 아직 답을 몰랐다. 사랑하는 남편이 왜 아내보다 낯선 여자를 챙기는지.

"그 여자 보셨잖아요. 예쁜 여자니까요." 다시 눈물이 쏟아졌다.

"그 여자가 엠마 휴잇이 아닌 건 확실하죠?" 루크가 물었다.

사실 루크의 중대 관심사는 그것이었다.

"절대 아니에요."

차라리 그 여자가 살인마 엠마 휴잇이었다면 상황이 훨씬 단순해졌을 것이다. 하지만 그 여자는 살아서 어딘가를 돌아다니고 있다.

머리 위의 붉은솔개처럼 로라의 남편 주위를 맴돌면서.

◆

남의 차를 얻어 탄 게 실수였는지 몰라도 돈 한 푼도 없는 처지에 선택의 여지는 없었다.

나는 숲속에서 경찰로부터 벗어나기 위해 쉬지 않고 이동해야 했다. 내가 엠마 휴잇으로 오해받았다는 사실에 몸서리가 쳐졌다.

토니는 자기 집 문 앞에 나타난 나를 본 순간 나를 살인마 엠마 휴잇으로 착각한 것이 틀림없다. 그것은 그가 다락과 숲에서 내게 라디오를 맡긴 사실로 설명된다. 살인마 엠마 휴잇에 관한 기사에 따르면, 엠마 휴잇은 혼자 있을 때 늘 라디오를 몸에 지녀야 하는 사람이었기 때문이다.

한편, 내가 엠마 휴잇이 아니라는 사실을 경찰에게 납득시키기 위한 조치는 충분히 했다. 그들은 조만간 내 머리빗을 찾아 내 DNA 검사를 할 것이다.

토니가 아직까지 나를 포기하지 않았기를 기도했다. 히드로 공항에 도착하면 나는 그에게 전화를 걸 생각이다.

이 차의 운전자는 무척 친절한 사람이다. '멍고'라는 이 남자는 팰머스에서 DJ로 일하다가 내일 학교 수업 때문에 런던으로 돌아간다고 했다.

"이해가 안 돼요." 멍고가 나를 넘겨보며 말했다.

까까머리에 미소가 아름다운 청년이었다. 스물한 살, 어쩌면 더 어릴지도 몰랐다.

"필름이 끊기도록 술을 마신 것도 아닌데 사흘 전까지 일어난 일을 전혀 기억하지 못하다니요. 뭔지 몰라도 약을 먹은 게 틀림없어요. 무슨 약인지 궁금하네요."

"진짜 아무 약도 하지 않았어요."

"비행기 안에서 마신 음료수에 누가 미리 약을 타놓은 건 아닐까요?"

또다시 플레어의 이미지가 나타났다가 사라졌다. 한 손은 롱 아일랜드 아이스티를, 한 손은 내 손을 쥐고 바에서 춤을 추는 자유롭고 행복한 모습을.

"그럴 리가요."

그가 나를 돌아봤지만 나는 눈물을 쏟지 않으려고 앞만 똑바로 보았다. 우리 둘은 침묵에 빠졌다.

"그렇다면 마지막으로 기억나는 게 뭔가요?"

음악에 맞춰 고개를 까딱거리는 그의 모습이 아주 유쾌해 보였다.

"독일 발 항공기를 타고 히드로 공항 제5터미널에 도착한 거요."

"그곳에서 전부 잃어버렸군요." 멍고가 나를 흘끔 보며 말했다.

멍고가 길이나 좀 제대로 보면서 운전했으면 싶었다.

"여권이며, 현금카드며, 전부 다. 몽땅 없어졌어요."

"저런." 그가 리듬에 맞춰 운전대를 손으로 탁탁 치며 나를 돌아봤다. "경찰에 신고는 했나요?"

"신고해서 어쩌려고요. 내 이름도 모르는 마당에 뭐라고 얘기하겠어요?"

"믿을 수가 없네요. 당신 이름이 '메디'인 건 확실해요?"

메디Maddie.

나는 흠칫 놀랐다. 내가 차에 타자마자 멍고에게 내 진짜 이

름을 알려줬던 것이다. 고작 사흘 간 '엠마'라고 불렸을 뿐인데
도 어느새 '메디'라는 내 본명이 낯설게 느껴졌다.

"확실해요."

나는 오랜만에 환히 웃으며 말했다.

◆

나는 멍고에게 호주머니에서 발견한 기차표를 이용해 마을
을 찾아갔고, 토니와 로라라는 친절한 부부가 나를 돌봐줬다
는 이야기도 이미 했다.

그러나 내가 그 마을을 떠난 이유, 엠마 휴잇이라는 정신병
자, 그리고 살인자로 오해받을까 두려웠다는 이야기는 하지 않
았다.

대신에 오늘 아침에 잠을 깼더니 사흘간의 기억상실 상태가
호전되어 기억이 일부 돌아왔다고 거짓말을 했다. 마을에 도착
했을 때처럼 그냥 몰래 떠나는 편이 모두에게 좋으리라 판단했
다는 말을 덧붙였다.

'상황이 실제로 그렇게 단순한 상황이었다면 얼마나 좋을까.'

멍고는 고개를 가로저었다.

"그리고 분실물 센터에서 당신 물건이 전부 들어있는 핸드백
을 보관하고 있다는 거죠?"

"틀림없어요." 이번에는 소소한 거짓말을 했다. "오늘 아침에
내 이름이 떠오르자마자 히드로 공항 분실물 센터에 전화했어

요. 입국장 카트에 놓아 둔 핸드백이 없어지고, 얼마 후에 분실물 센터로 넘어간 모양이에요. 입국 수속을 하느라 지체하는 사이에 벌어진 일이었어요."

"또 분실할지도 모르니 현금은 찾을 생각은 말아요. 뉴스 좀 들어도 괜찮을까요?" 그가 물었다.

"괜찮아요."

"누가 경찰이 쏜 총에 맞았나 봐요."

내 몸이 굳어졌다. "어디서요?"

"이 인근 같았어요."

◆

"오늘 밤에는 우리 집에서 잘래요?"

수지 박사가 로라의 팔에 손을 얹으며 물었다. 둘은 로라네 거실 소파에 앉아 있었다.

"그이한테는 그런 면이 있어요." 경찰이 나가고 문이 닫히자 로라가 말했다.

"어떤 면이요?"

"엠마 같은 여자한테 잘 홀린달까요. 그 여자의 처지나, 기억 상실증 따위에 매력을 느꼈을 거예요. 그이가 알츠하이머에 걸려 기억을 전부 잃는 걸 얼마나 겁내는지 잘 아시잖아요."

"토니의 아버지 때문이죠?"

로라가 고개를 끄덕였다.

"한번은 그 일로 보건소에 찾아온 적이 있어요. 알츠하이머의 초기 증상에 대해 알고 싶다면서요. 하지만 토니가 나보다 더 잘 알고 있더군요."

"차 한 잔 더 드려요?" 로라가 천천히 일어서며 물었다.

"고마워요." 수지가 그녀를 지켜보며 대답했다. "괜찮은 거죠?"

"괜찮아요."

로라는 주방에 주전자를 내려놓고 두 개의 머그잔에 페퍼민트 티백을 담근 다음 꿀 한 스푼을 탔다.

"이 집이 엠마 휴잇이 살던 집이라니요. 믿을 수가 없어요."

"무슨 뜻이에요?" 수지가 거실에서 물었다.

"토니는 우리가 선생님을 만나러 보건소에 가기 한참 전부터 그 여자를 '엠마'라고 불렀어요. 그 여자가 우리 집에 나타나서 자기가 이곳에 살던 사람이라고 주장한 직후부터요. 그 여자가 이 곳에 살았던 사람이라고 하는 바람에 토니가 다락에 올라가서 이 집 등기부를 봤었거든요. 그이는 엠마 휴잇이라는 이름이 이 집 과거 소유자 명단에 없었다고 했었어요. 그런데 어떻게 토니는 하필 '엠마'라는 이름으로 그녀를 불렀을까요?"

"당신이 직접 등기부를 본 건 아니죠?"

로라는 고개를 저으며 자신이 어리석었다고 생각했다.

"네. 아니에요. 토니가 확인했어요."

잠시 후, 로라는 위태위태한 사다리의 양쪽을 붙잡고 현기증을 참으며 다락으로 올라갔다. 수지가 대신 올라가겠다고 제안했지만 무엇을 찾아야 할지 정확히 아는 사람은 로라였다. 그녀는 협소한 공간을 기어 다니며 토니의 상자를 하나하나 살펴보았다.

"괜찮아요?" 수지가 밑에서 외쳤다.

"괜찮아요."

로라는 처마에 끼인 상자로 다가갔다. 그것을 열고 부동산 등기 서류를 훑어보았다. 그녀와 토니의 이름이 적혀 있었다. 결혼 후 마련한 첫 집이었다.

그 다음에는 과거 소유자들을 확인해 나갔다. 그런데 위에서 네 번째 줄에 '엠마 휴잇'이라는 이름이 있지 않은가.

토니가 그녀에게 거짓말을 한 것이 분명했다.

그는 그 여자가 이 집 앞에 나타나 자기가 이곳에 살던 사람이라는 말을 듣고 다락에서 등기부를 본 순간부터 그녀를 엠마 휴잇이라고 믿었던 것이다.

그럼에도 자기 아내인 로라가 자기 집에서 잠을 이루지 못할 만큼 겁을 먹었는데도 아무 조치를 취하지 않았다. 도저히 이해할 수 없는 태도였다.

다락에 있는 다른 상자도 눈에 들어왔다.

그녀는 그쪽으로 기어가 상자를 열고 오래된 신문 기사들을 뒤적였다. 엠마 휴잇과 그녀의 기억상실증, 그녀가 살았던 윌트셔 마을, 그녀가 가장 친한 친구를 죽인 사건에 대한 내용이었

다. 그리고 기사마다 토니가 손으로 쓴 메모가 잔뜩 붙어 있었
다.

"아무래도 전 오늘 밤에 선생님 댁으로 가야겠어요."

로라가 밑에 있는 수지를 향해 외쳤다.

◆

"차 좀 세워줄래요?"

"괜찮아요?"

멍고가 나를 돌아봤다.

오후 세 시. 히드로 공항에 도착하려면 아직도 한 시간쯤 더
가야 한다.

"속이 좀 매스꺼워요."

나는 방금 라디오에서 들은 뉴스를 믿을 수 없었다.

"운전이 좀 험했나 봐요. 미안해요. 내 여자친구도 이 차만
타면 토해요."

"운전 때문이 아니에요."

그가 정차 구역에 차를 대자, 나는 신선한 공기를 쐬러 밖으
로 나갔다. 멍고도 차에서 내려 내 옆으로 왔다. 그는 차에 기
대선 채 들판을 둘러보며 담배 한 개비를 말았다. 경찰차 한
대가 경광등을 번쩍이고 사이렌을 울리며 지나갔다.

"경찰 총격으로 사망자가 생기다니 예사 사건이 아니네요."

그가 모퉁이를 돌아 사라지는 경찰차를 지켜보며 말했다.

"끔찍한 일이에요." 내가 들릴락 말락 한 소리로 말했다.

교통이 한산해지자 사방은 더없이 고요했다.

"그 여자를 본 적이 있는 것 같아요."

"총에 맞은 여자 말인가요?"

나는 그의 담배를 받아 한 모금 빨았다. 오랫동안 담배를 피우지 않아서인지 목구멍이 턱 막혔다.

"엠마 휴잇이요. 분명 그 여자가 숲속에서 달리고 있었어요. 우리 둘 다 멈춰 서서 잠시 마주봤어요."

"맙소사, 그랬으면 신고했어야 하는 거 아니에요? 그 여자는 왜 달리고 있었을까요?" 그가 물었다.

"모르죠. 당시엔 그 여자가 누구인지도 몰랐어요."

나는 오늘 아침 숲속에서 사람의 형체와 맞닥뜨린 순간을 떠올렸다. 우리는 몇 초간 서로를 응시했다. 그녀는 조깅을 하거나 개를 산책시키러 나온 사람이 아니었다. 허둥대는 여자. 사람들 말마따나 그녀는 또 살인을 저지르러 자기가 살던 마을에 돌아왔던 걸까?

"여기 그 여자 사진이 있네요." 멍고가 말했다.

그는 자기 휴대폰 화면에 띄운 기사를 들여다보다가 쭈뼛거리며 내게 내밀었다.

나는 사진 속 여자를 응시했다.

"가엾어라." 나는 그에게 휴대폰을 돌려주었다. "아픈 사람이었는데…"

"12년 전 대학 기숙사에서 사람을 죽였대요." 멍고가 기사를 읽으며 말했다. "부엌칼로 목을 갈랐대요. 세상에, 경찰이 총을 쏠 만도 하네요."

나는 멍고의 말을 듣고 있지 않았다.

나는 그 마을에 있는 내내 엠마 휴잇으로 오인받았다. 맙소사, 그렇다면 총에 맞은 사람은 내가 될 수도 있었다! 가엾은 엠마와 로라. 나는 두 사람이 모두 안쓰러웠다.

"이제 갈까요?" 내가 물었다.

"분부대로 하겠습니다요, 메디 님." 그가 미소 지으며 대답했다.

다시 메디가 되어 기뻤다. 내 자신에게 하는 거짓말이 한 가지 줄었다.

내가 내 이름을 기억하지 못한다는 거짓말.

◆

사일러스의 휴대폰이 울렸다. 경찰서로 돌아간 스트로버의 전화였다.

"DNA 분석실에서 방금 연락을 받았는데요. 머리빗을 분석한 결과가 나왔답니다."

"그런데…?"

"엠마 휴잇이 아니랍니다."

당연한 소식이었다.

로라와 토니 모두 총을 맞은 여자가 기억을 잃은 채 마을에 나타난 여자와 동일 인물이 아니라는 사실을 확인해주었으니.

"그 여자 신원은 밝혀졌나?"

"그 여자에 대한 기록은 전혀 없고 그 가족으로 추정되는 인물도 찾지 못했답니다."

"지문은?"

"지문으로는 아무것도 밝힐 수 없었답니다."

"진짜 수수께끼의 여인이군."

사일러스는 목소리에서 냉소를 숨기지 않았다.

"점점 불길한 예감이 드네요." 스트로버는 진지했다. "토니 집 다락에서 발견된 머리카락 샘플과도 비교했는데 동일 인물이었답니다. 오늘 아침에 우리가 그 여자를 찾아 헤매고 있을 때 토니가 그 여자를 다락에 숨긴 모양이에요. 바리케이드를 치기 직전에 여자를 숲에 데려다놨을 테고요. 지금은 토니의 차 트렁크를 확인하고 있습니다."

토니는 엠마의 의사에 반해 그녀를 붙잡고 있었을까? 만약에 그랬다면 그 여자에게 무슨 짓을 했을까?

"토니가 그 여자한테 준 휴대폰을 추적하고 있습니다." 스트로버가 말을 이었다.

"지금은 숲을 수색할 인력이 충분치 않아. 여기 남은 떨거지들로는 불가능해." 사일러스가 분주한 현장을 둘러보며 말했다. "그리고 스트로버?"

"네?"

"나 좀 데리러 와 주겠어?"

◆

멍고는 히드로 공항 제5터미널 출발 정차 구역에 차를 댔다.

"여기는 무료예요. 다른 데 차를 대면 요금을 뜯어가거든요."
그가 내게 설명했다.

"비행기를 자주 타나 봐요?"

"작년 여름에 베를린에 간 게 마지막이에요."

"베를린?"

"런던에서 학교를 졸업한 다음에 베를린으로 뜨는 게 내 계
획이에요. DJ로 성공하려면 그곳으로 가야죠. 당신도 베를린을
잘 알겠네요?"

"네, 그래요." 나는 머뭇거렸다. "하지만 내 기억력이 별로 좋
지 못해서요."

"기억력이 나쁜 거예요, 아니면 아예 기억을 못하는 거예
요?"

경찰관 한 명이 차창을 두드리며 멍고에게 차를 빼라는 손
짓을 하는 바람에 나는 그의 질문에 대답하지 않아도 되었다.

"이제 가시는 게 좋겠어요. 만나서 반가웠어요, 메디."

"나도요. 태워 줘서 고마워요." 나는 그의 뺨에 입을 맞췄다.

나는 시꺼먼 매연을 내뿜으며 멀어져가는 그의 차를 바라보

왔다.

지금부터는 신속히 움직일 필요가 있었다. 이제는 경찰이 엠마 휴잇 때문에 나를 찾을 일은 없겠지만, 내가 토니의 집 다락과 숲속에 은신했었다는 사실은 금방 밝혀낼 것이다. 결국 토니는 곤란에 처할 테고, 그리되면 내게도 좋을 게 없다. 나는 멍고의 차창을 두드린 경찰의 시선을 피하며 서둘러 그 자리를 떠났다.

잠시 후에 토니에게 전화할 생각이었다.

1층에서 엘리베이터를 타고 입국장으로 갔다. 히드로 공항에 다시 돌아오니 기분이 묘했다. 베를린 발 항공기를 타고 이곳에 도착한 이후 사흘 동안 많은 일이 일어났다. 잘 풀린 일도 있었고 어그러진 일도 있었다.

토니가 나를 강제로 붙잡아둔 것이라고 믿어주지 않는 한 경찰이 더 이상 나를 찾을 이유는 없었다.

이제 나는 영국 히드로 공항에 온 날 방문했던 보관센터로 갔다.

창구에서 내 앞에 줄을 선 가족이 불룩한 짐 가방 여러 개를 다 내려놓을 때까지 한참을 기다렸다. 모든 짐은 보관을 의뢰하기 전에 스캔을 거쳐야 했다.

그리고 내 차례가 됐다.

"여기 있습니다."

직원이 내게 핸드백을 건넸다.

"감사합니다."

나는 핸드백을 받아들고, 그 안에 든 여권, 휴대폰, 현금카드를 확인한 다음 만족스런 미소를 억지로 누르며 위층 출국장으로 올라갔다.

드디어 내 계획이 정상 궤도를 되찾았다.

◆

"이럴 시간 없어요." 사일러스가 말했다.

경찰서 뒤편에 있는 유치장 면회실이었다. 맞은편에는 토니가 앉아 있었다.

"그러면 나를 보내 주시면 되겠네요. 나는 잘못한 게 없어요." 토니가 말했다.

"당신은 경찰 수사를 의도적으로 방해했어요. 당신 집 다락이랑 차 트렁크, 숲속 탄약 저장고에서 그 여자의 DNA가 발견됐고요. 우리가 찾고 있다는 사실을 뻔히 알면서 그 여자를 숨긴 이유가 뭡니까?"

"그 여자 안전이 걱정됐을 뿐입니다." 토니가 한결 풀이 죽은 목소리로 말했다.

작은 진전이라고 해야 할 것이다. 토니도 점점 쌓여가는 법의학적 증거를 반박하기는 쉽지 않을 터였다.

"엠마한테 육체적으로 끌린 건가요?" 사일러스가 물었다.

"무슨 질문이 그래요?"

"예쁜 아가씨잖아요."

엠마를 묘지에서, 멀찍이 떨어져서 봤을 뿐이라는 사실을 토니가 알 리 없었다.

"당신이 그 여자를 경찰로부터 보호하려고 그렇게 애쓴 이유를 이해할 수 없네요."

"그건 뻔하지 않나요? 우물가에서 발생한 총기 사건을 생각하면 쉽게 알 수 있을 텐데요? 그런 일은 총기 소지가 자유로운 미국에서나 일어나는 줄 알았어요. 당신네 언론에서도 늘 그걸로 미국을 손가락질하잖아요. 그 여자는 엠마 휴잇으로 오해받아 체포될까봐 전전긍긍했어요. 나도 마찬가지였고요. 그 여자가 총질에 환장한 경찰들의 손에 죽을 위험에 처했었다는 건 우리 둘 다 꿈에도 몰랐지만요."

사일러스는 그 말을 무시했다. 그것은 무장대응팀이 저지른 잘못이기 때문이다.

"당신은 그 여자가 당신 집에 살았던 살인마 엠마 휴잇이라고 생각했잖아요?"

"아니요, 저는 그 여자가 살인마라고 생각하지 않았습니다."

이 말도 거짓말이 분명했다. 토니가 저도 모르게 보일 듯 말 듯 어깨를 숙여 몸을 움츠렸기 때문이다. 그는 그 여자가 자기 집에 살았던 적이 있는 살인마 엠마 휴잇이 돌아온 것이라 믿었던 것이 틀림없다.

"그런데 왜 그 여자를 '엠마'라고 불렀죠?"

그의 아내 로라는 아까 경찰서에 와서, 그 이름을 토니가 생각해냈다고 진술했다.

"내가 기사에서 본 엠마를 닮았기 때문에 별명으로 붙여준 것뿐이라고요. 그리고 아시다시피 그 여자도 별로 정상은 아니었잖아요?" 토니가 말을 이었다.

"엠마 휴잇이 한때 당신 집에 살았던 것은 알고 있었죠?"

"패터슨 박사가 알려주기 전까지는 그것도 몰랐어요. 이제 집으로 돌아가도 되나요?" 토니는 의자 등받이에 기대면서 이어서 말했다. "아내 외의 어떤 사람한테도 내 개인사를 설명할 의무는 없겠지만, 분명히 말하는데 엠마와 나는 아무 사이도 아니에요. 나는 그 여자의 기억상실증에 흥미를 느꼈을 뿐이라고요. 아버지가 알츠하이머로 일찌감치 돌아가신 이후로 나는 그런 분야에 늘 관심이 많았어요."

토니의 진술은 그가 기억에 집착한다는 로라의 진술과 일맥상통했다.

"그러니까 엠마를 억지로 붙잡아 둔 것은 아니라는 뜻이죠?"

"절대 아닙니다."

"당신 집 다락방 출입문에 자물쇠가 있더군요. 엠마가 원하는 때 밖으로 나올 수 없겠던데요."

"내가 엠마한테 나에게 연락할 휴대폰을 줬습니다."

"그리고 요강으로 쓰라고 양동이도 맡겼죠. 정말 자상하시네요. 옛날 교도소에서도 그렇게 했었잖아요. 변기 대용으로 쓰라고요."

"그렇게 말씀하시니 제가 엄청나게 나쁜 놈처럼 들리네요. 다락에는 내가 엠마를 숲으로 데려가기 전에 고작 몇 시간 있었을 뿐인데요."

"당신 차 트렁크 안에도 들어가야 했죠. 별로 편안한 공간은 아닐 텐데요. 그 안에서는 꼼짝도 못하잖아요? 지금은 그 여자를 숲속 깊숙이 숨겼겠죠?"

"절대 아니에요. 그 여자가 어디 있는지 모르는 건 나도 마찬가지라고요."

스트로버가 안으로 들어오자, 두 남자는 고개를 들었다.

"방해해서 죄송하지만 휴대폰 위치추적을 통해 엠마가 있는 곳을 찾았습니다. 방금 전원을 켰어요."

"그게 어디지…?" 사일러스가 물었다. 적어도 죽지는 않은 모양이었다.

"히드로 공항입니다. 제5터미널이요."

토니는 사일러스만큼이나 놀란 표정이었다. 어쩌면 토니 역시 그 여자에 대해 별로 아는 바가 없을지도 모른다.

"압수해놨던 토니의 전화기를 받아와. 우리 앞에서 토니가 자기 전화로 엠마한테 전화를 걸게 할 테니까. 그 여자 상태가 어떤지 확인해야지. 우리가 직접 들어봐야 돼."

◆

루크는 왁자지껄한 마을 주점 안에 들어섰다.

그는 초저녁에 션과 조용히 맥주 한 잔을 할 생각이었다.

"토니 소식은 들었어?" 션이 물었다.

"경찰이 내일 점심때까지 루크를 잡아둘 참인가 봐. 그 자식이 무슨 소리를 하느냐에 달렸겠지."

루크도 이제 토니가 그 여자를, 아니 그의 딸일지도 모를 엠마를 자기 집 다락방에 숨겼다는 사실을 알았다. 이제는 마을 사람이 다 아는 사실이었다.

"토니 부부 결혼 생활이 끝장났다고 수군대는 사람이 많아." 토니 집에 찾아갔을 때 느낀 그의 이상한 변화를 떠올리면 루크도 션의 말에 동의하고 싶었다.

"로라가 런던으로 피신한 거 너도 알았어? 둘이서 엠마 때문에 다툰 게 틀림없어."

"하지만 로라는 토니와 화해하려고 돌아왔어."

루크는 마을 사람들이 로라를 두고 입방아를 찧는 것이 못마땅했다.

"그나저나 너는 옛 사랑 프레야랑 계속 연락을 주고받는 거야?" 션이 물었다.

"화상 통화 한 번 했을 뿐이야. 그건 왜?"

"생각 좀 해봤는데…." 션이 이렇게 진지하기는 오랜만이었다. "내가 입양아였대도 사는 게 녹록치 못하고 정체성 위기에 시

달렸다면 생물학적 뿌리를 찾고 싶을 거 같아. 그 여자는 기억
상실증을 앓고 있었고, 자기가 누군지도 몰랐잖아. 어쩌면 무
의식이 발동해 그 여자를 이 마을로 이끌었는지도 몰라."

"글쎄, 자신의 뿌리를 찾고 싶었다 쳐도 제 아비가 누구인지,
어디서 찾아야 할지를 그렇게 쉽게 알 수 있었을까?"

"너도 프레야를 꽤 쉽게 찾아냈잖아. 인터넷 덕분에 세상이
참 좁아졌지. 그 여자도 어쩌면 그런 식으로 자기 아버지가 사
는 지역을 알아냈는지도 모르지. 일단 이 마을만 찾아오면 네
가 자기를 알아볼지 모른다는 희망을 품었을 지도 몰라."

"결국 내가 알아본 셈이네." 루크가 말했다.

그때 루크의 휴대폰이 진동했다. 페이스북 메신저 알림이었
다.

안녕, 루크. 속히 전화 좀 해줘.

프레야 랠이었다.

◆

토니는 스트로버와 사일러스가 지켜보는 가운데 토니가 엠
마에게 준 비상연락용 휴대폰의 전화번호를 누르고 기다렸다.
역시 경찰은 지독했다.

"전화기를 테이블에 내려놓고 스피커 모드로 바꿔요." 사일
러스가 지시했다.

토니는 시키는 대로 했다. 한시 빨리 이 지저분한 면회실을 벗어나고 싶은 생각뿐이었다. 토니 역시 엠마가 히드로 공항에 있는 이유가 무척이나 궁금했다.

"여보세요?" 엠마가 전화를 받았다.

그 목소리를 다시 들으니 뛸 듯이 기뻤다.

"토니예요. 괜찮아요?"

"나는 괜찮아요. 안 그래도 당신한테 전화하려던 참이었어요."

사일러스 반장은 경찰이 위치추적을 통해 그녀가 히드로 공항에 있다는 사실을 이미 알고 있다는 내색을 하지 말라고 토니에게 당부했다.

"지금 어디 있어요?" 토니가 물었다.

"히드로 공항에요. 미안해요. 경찰이 두려워서 달아나는 수밖에 없었어요." 그녀가 말을 이었다. "오늘 어떤 사건이 있었는지 들었어요?"

"우물가에서요?"

"네. 그 여자가 너무 가여워요."

"나는 그게 당신인 줄 알았어요. 이제 내가 왜 당신을 보호하려 했는지 알겠죠?"

"알아요. 그동안 고마웠어요. 나를 숨겨주고 제때 마을을 빠져나가게 도와주신 것도요. 당신이 없었으면 내가 어떻게 됐을지 모르겠네요."

토니는 의기양양한 표정을 억누를 수 없었다.

"히드로 공항에서 뭐 하고 있어요?" 토니가 물었다.

"당신이 나를 탄약 창고에 두고 간 다음에 산책을 나갔어요. 멀리는 아니고 도로까지 내려갔는데, 그 즈음에 갑자기 기억이 돌아왔어요. 내가 누군지 떠올랐어요."

"기억이 전부 돌아왔다고요?"

"그냥 내 이름만 생각났어요."

토니는 안도감을 숨기려고 눈을 감았다. 기억 전부가 돌아왔다면 골치였다.

그는 이제 그녀가 엠마 휴잇이 아니고, 과거에 살았던 자기 집으로 돌아온 것도 아니라는 사실은 받아들였다.

하지만 그녀가 더 이상 기억상실증 환자가 아니라면 감당할 수 없을 것 같았다.

"덕분에 여기 돌아와서 분실물 센터를 찾아갈 수 있었어요. 핸드백을 잃어버린 당일에 그곳에 맡겨진 모양이에요."

"없어진 물건은 없던가요?"

"여권이랑 현금카드, 휴대폰, 현금까지 그대로 들어있었어요. 담당자한테 내 이름만 얘기하고 다른 신상정보는 밝히지 못했지만, 그 사람이 자기 상관에게 물어보더니 여권에 있는 내 사진을 확인하고는 물건을 전부 내줬어요."

"잘됐네요." 토니는 이곳 취조실에 있는 경찰이 지금 무슨 질문을 하길 기다리는지 잘 알았다. "그러면 당신 진짜 이름은 뭔가요?"

그녀가 잠시 머뭇거렸다.

"메디요. 내 이름은 메디였어요."

"그러면 엠마는 아니었네요."

"아니에요." 또 말이 끊겼다. "당신은 정말 내가 엠마 휴잇인 줄 알았어요?"

토니는 그녀에게만큼은 솔직하고 싶었지만 그럴 수 없었다. 여기서는 안 될 일이었다.

"난 그저 당신한테 엠마라는 이름이 어울린다고 생각했을 뿐이에요." 그가 껄껄거렸다.

"토니? 지금 혼자 있어요?"

"네. 나 혼자예요." 그는 목소리를 조금 낮췄다. "왜 그래요?"

"당신을 다시 만나고 싶어요."

"나도 그러고 싶네요."

빌어먹을 경찰들.

이제는 경찰이라고 그를 막을 수는 없다. 모든 혐의를 벗었으니까. 이 대화를 들었다면 누구도 그녀가 자기 의사에 반하여 그에게 붙잡혀 있었다고는 생각하지 못할 것이다.

"내가 쓴 일기를 다시 읽어봤어요. 당신이 내게 무엇을 해주었는지 적혀 있더라고요. 우리가 같이 저녁을 먹은 얘기까지요. 오늘 숲속 은신처에서 있었던 일은 적어두지 않았지만 아직 기억하고 있어요."

"내가 좀 앞서나갔죠."

맙소사, 오늘 아침에 토니는 그녀를 간절히 원했다. 그 생각에 토니는 다시 흥분한 나머지 의자에서 자세를 고쳐 앉았다. 그녀를 지금 당장 다시 만나 그녀의 기억상실증과 두 사람 사이에 존재하는 기억력의 불균형을 마음껏 이용하고 싶었다. 토니는 그녀의 정신, 그녀의 기억을 소유하고 싶었다.

"아침에는 내가 좀 마음의 준비가 덜 됐나 봐요." 잠시 정적이 흘렀다. "지금 문제는 내 휴대폰에 저장된 연락처를 전부 살펴봐도 아는 이름이 전혀 없다는 거예요."

사일러스 반장은 몸을 앞으로 기울여 종이 한 장을 내밀었다. 토니는 형사들이 그 자리에 있다는 사실조차 거의 잊고 있었다.

종이에는 이렇게 적혀 있었다. '휴대폰에 어머니든 아버지든 가족의 번호가 저장돼 있는지 물어봐요.'

"휴대폰에 가족 연락처도 저장돼 있겠네요. 어머니나 아버지 번호는 없던가요?" 토니가 시키는 대로 물었다.

"전부 다 확인했는데 못 찾았어요." 그녀가 울먹였다. "이제 이름은 알지만 내가 어떤 사람인지는 여전히 몰라요. 그래서 말인데…, 너무 염치없는 부탁 같지만…, 혹시 저랑 같이 베를린에 가 주실 수 있어요?"

"베를린에요?"

그는 놀라움을 숨길 수 없었다. 고개를 들어보니 경찰도 그 제안에 똑같이 당황한 듯하여 안도했다.

"내 생활과 정체성을 되찾을 수 있게 도와주세요. 지금까지는 업무상 회의에 참석했다가 히드로 공항에 돌아온 줄 알았는데, 원래 집이 베를린이었나 싶기도 해요. 핸드백 안에 베를린으로 돌아가는 비행기표가 들어있더라고요."

베를린?

제법 구미 당기는 제안이었지만 그는 지금 공무집행방해 혐의로 체포된 상태였다. 사일러스 반장을 힐끔 봤지만 그의 얼굴에서는 어떤 실마리도 읽을 수 없었다. 메디는 분명 토니의 혐의를 전부 벗기고도 남을 말을 했는데.

"너무 주제 넘는 부탁을 했나 봐요. 미안해요." 메디가 말을 이었다. "아무래도 거기서 살았던 거 같아서요. 그리고 핸드백 안에 집 열쇠도 여러 개 들어 있더라고요."

"우리 집 열쇠 아니고요?" 토니가 웃으며 물었다.

메디가 웃음을 터뜨렸다. "아니에요. 하지만 여전히 내가 그저께 왜 그 마을에 왜 갔는지, 기차표를 왜 갖고 있었는지는 모르겠어요."

"그리고 당신은 우리 집 구조를 빠삭하게 알고 있었잖아요."

"이제는 그것도 잊어버렸네요."

토니는 절대 잊지 못할 것이다. 메디가 온 첫날, 그의 집 구조를 설명하는 그녀를 보고 얼마나 짜릿한 흥분을 느꼈던지. 그녀가 그의 집에 살았던 적이 있으나 기억상실증에 걸린 엠마 휴잇이라는 강한 확신을 얻었기 때문이었다.

"당신은 한때 우리 집에 살았던 게 틀림없어요." 그가 말했다.

사실은 그랬든 아니든 지금은 조금도 관심이 없었다. 그녀와 함께 베를린에 가고 싶다는 욕심뿐이다.

"베를린에 돌아가면 무척 혼란스러울 거예요." 메디가 말을 이었다. "당신이 같이 가 준다면 정말 좋겠어요. 내게 베를린을 안내해 줄 사람이 꼭 필요해요."

자기한테 베를린을 안내해 줄 사람.

그게 무슨 의미일까? 그녀는 토니가 베를린을 잘 안다는 사실을 어떻게 알고 있을까? 토니는 여지껏 그 누구에게도 베를린에 관한 얘기를 한 적이 없었다. 심지어 로라에게도.

베를린은 그의 비밀이었다. 기억의 도시, 금단의 과일이었다. 떠나온 지도 꽤 오래되었다. 그는 눈을 감았다. 그저 무심코 나온 말일까? 아니면 메디가 뭔가를 알고 있을까?

그녀에게서 베를린에 출장 갔다가 돌아왔다는 말을 들은 후 그는 베를린에 대한 자신의 지식을 드러내지 않으려고 각별히 조심했다.

"이제 끊어야겠어요. 나중에 전화해요. 전 오늘 공항 근처 호텔에서 묵을 예정이에요." 메디가 말했다.

사일러스 반장이 '성이 무엇인지 물어봐요'라는 쪽지를 내밀었지만 이미 너무 늦어버렸다. 전화는 끊겨 있었다.

나는 잠시 휴대폰을 응시했다.

토니 옆에는 사람들이 있는 게 분명했다. 틀림없이 스피커폰으로 통화하는 소리였다.

충분한 정보를 흘렸나? 너무 많이 쏟아낸 건 아닐까?

TV를 끄고 공항 인근에 잡은 호텔방을 둘러보았다. 침대에 걸터앉아 지금 상황이 어떻게 진행되고 있는지 다시 한번 찬찬히 점검했다.

보건소 침대 밑에서 내 머리빗을 발견한 경찰은 DNA 검사를 거쳐 내가 엠마 휴잇이 아니라는 사실을 확인했을 것이다. 나를 찾기 위해 마을 전역을 수색하던 경찰은 토니를 취조하다가, 로라가 그와 다툰 끝에 런던으로 떠났음을 알게 될 것이다. 경찰은 토니를 의심한 채 그를 미행하다가 숲속의 탄약고에서 내 물건들을 발견한다. 그리고 토니는 나를 납치 감금한 인물로 낙인찍힌다.

나는 휴대폰으로 마을 보건소의 대표 번호를 검색해 전화를 걸었다.

"수지 패터슨 박사님과 통화할 수 있을까요?"

"누구시죠?"

"그냥 환자 엠마라고 전해주세요. 아침에 선생님을 뵀는데 말씀도 못 드리고 떠났거든요."

잠시 대기하자 패터슨 박사가 연결되었다. 그녀를 다시 내 일에 끌어들이고 싶지는 않았지만 대안이 없었다.

"엠마?" 그녀가 조심스럽게 물었다.

"오늘 아침에 그렇게 달아나서 죄송해요."

"지금 어디에요?"

나는 그녀의 상담실과 의료 도구를 보고 진저리를 친 내 모습을 떠올렸다. 그곳에 있기는 무척 힘들었지만 피할 수 없었다.

"지금 히드로 공항이에요. 설명하자면 길지만 분실물 센터에서 제 핸드백을 되찾았어요. 제 진짜 이름은 메디고요. 그냥 선생님께 알려드리고 싶었어요. 감사 인사도 하고요. 내일 독일로 돌아가거든요."

"몸 상태는 좀 어때요?" 박사가 내 태도에 당황하며 물었다.

"이제 제 이름은 생각났잖아요. 그게 시작이겠죠. 그리고 저 아무래도 원래 베를린에 사는 거 같아요. 솔직히 나머지는 아직 가물가물해요."

"거기 돌아가면 도움을 줄 사람이 있나요?" 그녀가 물었다. 패터슨 박사는 역시 따뜻한 사람이었다.

"그럴 거예요."

"경찰한테는 얘기했어요? 사일러스 반장한테?"

"아직 안 했어요."

토니와 통화할 때 틀림없이 그가 듣고 있었겠지만.

나로서는 패터슨 박사와의 통화 내용이 다시 사일러스의 귀에 들어가게 할 필요가 있었다.

"오늘 숲속에서 일어난 일은 참 안됐어요."

"같은 생각이에요." 그녀의 목소리에 갑자기 감정이 잔뜩 실렸다.

"저를 위해 그렇게 애써주셔서 감사해요. 오늘 저녁에 그동안 쓴 일기를 전부 읽어봤거든요."

"별로 한 게 없는데요." 그녀는 잠시 망설였다. "나는 분명히 생각을 바꿨어요. 둘째 날부터 당신을 살인마 엠마 휴잇이라고 생각하지 않았어요."

"저 때문에 선생님 입장이 너무 곤란해지지 않았으면 좋겠어요."

그녀가 웃으며 말했다. "보건소에서 그런 식으로 줄행랑을 쳐서야 되겠어요? 경찰이 당신 찾느라고 난리도 아니었어요."

"그러니까 제가 달아날 수밖에요." 나는 보건소 대기실에서 내게 쏟아지던 시선들을 떠올렸다. "저는 살인마 엠마 휴잇으로 오해받고 싶지 않았어요. 그 여자 일은 참 안됐지만요."

"그럼 몸조심해요." 패터슨 박사의 말투가 사무적으로 바뀌었다. 그녀의 마음이 상한 것도 당연했다.

나는 할 말은 다 했다는 생각에 전화를 끊으려다가 한 가지 질문이 떠올랐다.

"로라는 괜찮나요?"

"로라요? 괜찮을 리가 없죠. 그런 무서운 일을 겪었는데요. 오늘 밤에 우리 집에서 자기로 했어요."

역시 묻지 말걸 그랬다.

"로라에게 미안하다고 전해주세요."

나는 전화를 끝내고 아플 때까지 입술을 깨물었다. 박사에게 내가 무사하고 안전하며, 원래는 개념 없는 사람은 아니라는 사실을 충분히 각인시켰기를 바랐다.

그녀는 경찰에 연락해 나와 통화한 사실을 알릴 것이다. 그런 다음에는 이 일을 잊고 더 절박한 환자들에게 관심을 돌리겠지. 나는 이미 그녀의 시간을 너무 많이 빼앗았다.

오늘 겪은 온갖 사건들로 만신창이가 된 기분이었다. 아래층 호텔 레스토랑에서 뭘 좀 먹고 일찌감치 돌아와서 다시 뉴스를 볼 생각이었다.

충격 사건은 저녁 내내 주요 뉴스로 다뤄졌다. 내 계획은 토니가 내일 아침에 나를 찾아올 때까지 이곳에 머무르는 것이다. 그 다음에는 그와 함께 베를린으로 뜰 예정이다.

내가 이미 저지른 일들과 앞으로 일어날 일들에 대해 로라가 언젠가는 용서하기를 기도했다.

◆

루크는 아래층으로 내려가 프레야의 인도 전화번호로 통화를 시도했다.

"루크?" 프레야였다.

"그래, 나야. 잘 있지?"

그는 손목시계를 확인했다. 인도 편자브 지방은 지금 새벽 두 시일 터였다. 그녀는 언제든 연락 달라고 했다. 그녀의 목소리를 다시 들으니 좋았다. 그녀와 더 끈끈해진 느낌이었다.

"너랑 대화하고 나서 조사를 좀 했어." 그녀가 말문을 열었다. "내 부모님 말고 이모한테 이것저것 물어봤어. 가족 중에 늘 내편이 되어주신 분이거든. 우리 딸을 입양 보낼 때 그분이 아이를 넘겨주는 일을 도맡아 처리해주시기도 했고…" 프레야는 감정을 억누르기 힘든 듯 잠시 말을 멈췄다. "…그 부부를 만났을 때 이모는 만약에 무슨 문제가 생기거나 아이가 커서 생모 소식을 궁금해 하면 꼭 연락을 달라고 하셨대."

'우리 딸'이라는 표현을 듣자 루크도 괴로웠다. 프레야가 왜 이런 말을 꺼내는지 궁금했다. 그는 식기세척기를 켜고 유리문으로 다가가 컴컴한 정원을 내다봤다.

"그런데 그 애 양부모가 10년쯤 전에 이모한테 연락을 했다는 거야. 아이가 없어졌다고. 실종됐대. 그 부부는 아이가 인도로 여행을 떠났을지도 모른다고 생각하더래. 그 애가 열여덟 살이 됐을 때 출신 배경을 자세히 설명해줬다면서. 이모는 여태 내게 그런 얘기를 해주지 않았어. 내가 속상할까봐 그랬겠지. 당신 연락을 받았다고 하니까 그제야 그 말을 털어놓으신 거야."

"아직도 실종 상태래?" 루크가 물었다.

"그런가봐. 그런데 대체 어떤 상태를 실종이라 해야 할까? 그 애는 이미 성인인데. 지금은 스물아홉이잖아. 어디든 못 갈 이유가 있어? 당시에 그 양부모도 경찰에 신고를 했다가 다 큰 성인은 원하는 대로 살 자유가 있다는 소리만 들었대." 프레야의 말이 끊겼다.

루크는 그녀가 딸의 실종에 애써 의연한 척하고 있다고 느꼈다.

"그런데 양부모에 따르면 그렇게 말도 없이 달아나는 건 그 애답지 않다는 거야." 그녀가 차분히 말을 이었다. "이렇게 오랫동안 연락도 없이. 가족을 무척이나 사랑하는 착한 딸이었다는데."

"양부모가 그 아이 이름은 알려줬대?" 루크가 천장을 올려다보며 물었다.

"아니. 하지만 이모가…" 그녀는 심호흡을 했다. "우리 아기를 넘겨줄 때 프레야라고 불러줄 수 있냐고 물었대. 실제로 그 이름을 붙였는지는 모르지만."

우리 아기.

루크는 갑자기 울컥했다. 힘겨운 하루였다.

"얘기해줘서 고마워." 루크가 말했다.

"이 소식이 도움이 될지 모르겠다. 난 그냥 네게 알려주고 싶었어. 그 애가 너희 마을에 나타났다는 아가씨랑 동일 인물일

가능성이 조금이나마 있는 거잖아. 그 아가씨는 아직 그 마을에 있어?"

"사라졌어."

그는 다시 천장을 올려다보며 말했다.

"우리 딸처럼."

◆

"다행히 워드 경감이 우리가 토니 매스터스를 풀어준 걸 흡족해하고 있어."

위층에서 회의를 마친 후 사일러스가 스트로버와 함께 강당으로 돌아가며 말했다.

"그런데 문제는-"

그는 스트로버와 함께 빈 책상에 앉았다.

"반장님은 흡족하지 않으신가 봐요?"

"그래, 절대 아니지. 토니에 대한 정보를 샅샅이 찾아봐." 그가 노트북을 열며 말했다.

상관이 뭐라고 했든 그는 토니가 그렇게 쉽사리 감시망을 빠져나가게 내버려 둘 생각이 없었다.

메디가 히드로 공항에서 전화를 걸어 토니와 주고받은 말을 듣고 나서는 토니를 풀어주는 수밖에 없었다. 메디가 만약 토니의 사전 지시대로 행동한 것이었다면 메디는 여우주연상 감이었다.

메디가 수지 패터슨과 전화로 나눴다는 대화에서도 토니를 잡아 둘 구실은 찾을 수 없었다. 수지는 메디가 자신의 진짜 이름을 알고 나니 기분이 훨씬 나아 보이더라고 했다.

결국 그녀가 토니의 지시에 따라 움직인다고 보기는 어려웠다.

그러나 토니가 거짓말을 하고 있다는 느낌을 지울 수 없었다. 사일러스는 확신했다. 엠마 휴잇이 어릴 때 그의 집에 살았다는 사실을 알면서도 모른다고 잡아뗀 점이 특히 수상했다. 사일러스는 이미 로라로부터 과거 소유자 명단에서 토니가 엠마 휴잇이라는 이름을 찾았다는 말을 들었다.

그런데 토니는 왜 그 사실을 부인했을까? 로라는 다락에서 엠마 휴잇 관련 기사를 비롯해 기억상실증에 대한 신문기사 스크랩도 한 뭉치 발견했다고 진술했다.

"메디에 대해 좀 더 알아내야 돼. 성을 알면 좋을 텐데."

"반장님이 경감님이랑 계실 때, 히드로 출입국관리소에서 스캔한 여권 목록을 받았어요."

"참 빨리도 보내주는군."

스트로버가 자기 노트북을 사일러스 쪽으로 돌려주자, 그는 몸을 기울여 화면을 들여다봤다.

"그날 베를린에서 날아온 모든 항공기의 승객 정보와 그 목록을 대조했어요."

"그랬더니…?"

"베를린에서 온 메디는 단 두 명이었습니다. 그중 한 명이 이 여자 같아요." 그녀가 여권 사진을 확대했다.

"메디 설로."

사일러스가 화면에 뜬 이름을 읽었다.

◆

"이 여자에 대해 간단히 조사를 해봤는데요." 스트로버가 말을 이었다. "유명한 아일랜드인 여행 작가 제임스 설로의 딸이더군요."

"제임스 설로라면 1990년대에 TV 프로그램을 진행한 적도 있잖아."

스트로버는 그 말을 무시하고 컴퓨터 화면을 소리 내어 읽기 시작했다.

"위키피디아에 따르면, 설로는 메디의 인도 출신 어머니와 이혼한 직후 십 년 전에 음주 과다로 사망했답니다. 그의 전 아내는 결혼이 파탄난 후에 영국 시민권을 포기하고 다시 인도로 돌아갔다는군요."

"그러면 메디는?"

"수녀원에라도 들어갔는지 페이스북도, 링크드인도, 인스타그램도 하지 않네요."

"그냥 그런 데다 인생을 낭비할 생각이 없는지도 모르지."

"유일하게 찾은 게 10년 전 여행 블로그예요. 제목만 있고 내용은 전혀 없지만요." 스트로버가 말했다.

"여행 목적지가 어디지?"

"베를린이요. '지난 주 코치(인도 케랄라 주의 도시 – 옮긴이) 국제공항에서 아랍 에미레이트 항공을 타고 이 도시로 왔다'고 적혀 있네요. 메디는 비자와 인도 여권을 갖고 여행을 했어요. 그 말은 쭉 인도에 거주했다는 뜻이잖아요. 여권국에 확인해 봤더니 9년 전, 그러니까 모친이 영국 시민권을 포기하고 1년 후에 메디 역시 그 뒤를 따라 인도인이 되었더군요."

"그러면 독일에 살지 않는다는 뜻이군."

반면, 그 여자는 수지와 토니에게 자신이 베를린에 사는 것 같다고 얘기했다.

"어쩌면 우리가 메디 본인보다 그녀에 대해 많은 사실을 알고 있는 거네."

"토니에 대해서도 우리가 그렇게 말할 수 있으면 좋겠네요."

국가경찰컴퓨터시스템을 처음 뒤졌을 때 스트로버는 토니에 대해 아무것도 찾지 못했다. 토니는 전과 기록이 전혀 없고 경찰 수사의 대상이 된 적도 없었다. 속도위반 세 건이 전부였다.

"한 가지 의심스러운 게 있습니다. 과학수사팀 동기한테 들었는데요. 토니의 노트북을 조사한 디지털 포렌식 결과, 컴퓨터 안에 숨은 파일이 몇 건 있었답니다."

"파일을 열어봤대?"

"아직은요. 개인 시간을 할애해서 자세히 살펴보겠다고 했어요. 파일을 일부러 숨겨놓은 것 같다면서요."

"거기서 뭐가 나오는지 내게도 알려줘." 사일러스가 흐뭇하게 대답했다. "토니가 영국 시민권자인 건 확실한가?"

"2년 전에 로라와 결혼하면서 이중 국적을 취득했어요. 미국을 떠난 지 20년은 됐고요."

"로라를 만나기 전에는 어디 살았대?"

사일러스는 로라가 다락에서 찾아냈다는 오래된 신문 기사 스캔 파일을 살피며 물었다. 두 사람이 결혼하기 여러 해 전의 기사들이었다.

"유럽이 아닐까요? 특이하게도 프랑스, 독일, 이탈리아에서 클럽 DJ들을 촬영했던 흔적도 있더군요. 사진 작가로 활동해서 그런가 봐요. 연락처는 없었고요."

그때 스트로버의 휴대폰이 진동하기 시작했다. 둘 다 소리를 들었지만 그녀는 전화를 받지 않았다.

"어서 받아."

그녀는 상관의 앞에서 전화를 받는 것을 쑥스러워하며 전화기를 귀에 댔다.

"고마워." 수화기에 대고 그렇게 말한 그녀가 사일러스에게 말했다. "토니의 컴퓨터에서 재미있는 걸 찾았답니다."

◆

"어디예요?" 내가 물었다.

토니가 내게 주었던 휴대폰으로 나에게 전화를 걸어왔다.

"스윈던요. 경찰이 혐의를 찾지 못하고 나를 풀어줬어요."

"잘됐네요."

나는 호텔 방의 TV 소리를 줄였다. 또 총격에 대한 뉴스였다.

"오전 11시 비행기 표를 살 거예요. 당신도 시간을 바꿀 수 있어요?"

"해볼게요."

전화 저편에서 시끄러운 차 소리가 들렸다.

"몸 상태는 좀 어때요?" 그가 물었다. 일종의 유도 심문이었다.

"기억이 조금씩 돌아오나 했는데…" 나는 그의 기대감을 자극하고 싶은 마음에 뜸을 들였다.

"그런데요?"

"아직 내 이름밖에 모르겠어요."

안도의 한숨 소리가 들린 듯했다. 아니면 내가 들었다고 상상했거나.

"오늘 밤에는 일기를 쓰지 말아요. 그냥 내일 아침에 당신이 참고할 내용만 간단히 적어 놔요. 원래 베를린에 살았던 것 같아서 그곳으로 갈 예정이고, 지금 기억상실을 앓고 있어서 내 도움을 받고 있다는 정도만 남기는 거예요."

"다른 말은 다 빼고요?"

"네, 그렇게 해요."

나는 TV에서 흘러나오는 엠마 휴잇의 모습을 보며, 토니의 제안을 어디까지 따를지 고민했다.

"당신의 기억상실증이 어느 정도인지 확인해야죠. 이름 이외의 정보를 떠올릴 수 있는지 지켜보자는 거예요."

그런 시험을 해볼 필요는 있겠지만 그리하면 나는 더 힘들어질 수밖에 없었다.

"일기가 내게 얼마나 중요하다고요. 기록을 남기지 않으면 나는-"

"알아요. 힘들겠죠. 하지만 이 문제에 관한 한 나를 믿어야 해요."

나는 TV를 껐다.

아니, 이제는 그가 나를 믿게 만들어야 한다.

◆

루크는 스트로버와 전화 통화부터 해야 했다.

침실에 들어가 스트로버의 사무실 번호를 누르던 그는 취하지도 않았는데 왠지 주눅이 들었다. 경찰 앞에서는 늘 그런 느낌이었다.

지난번 대화를 나눈 다음 스트로버는 루크에게 명함을 건넸다. 루크는 자기 딸일지도 모르는 여자에 대해 그녀와 상의를 할 참이었다.

"지난번에 뵌 루크입니다. 우리들이 엠마라고 불렀던 여자에 대해 드릴 말씀이 있어서요."

"그 여자 이름은 엠마가 아니에요. 메디라더군요."

"메디? 어떻게 아셨죠?"

"저는 경찰청 형사랍니다, 루크. 그런 걸 알아내는 게 제 일
이지요. 우리가 하는 일이 그거예요. 제가 뭘 도와드릴까요?"

루크는 엠마의 바뀐 이름을 듣고 당황하여 시간이 필요했다.

"사실은 인도에 사는 친구와 통화를 했는데요."

"아직 메디를 딸이라고 생각하시는군요?"

스트로버는 에둘러 말하는 법이 없었다. 그는 자신이 너무
감정적으로 대응할까 두려워 그녀의 반응을 무시했다.

"네, 우리 딸이 오래전에 실종된 모양입니다. 자기가 입양아
라는 사실을 알고 나서요."

"그렇다면 도와드리기 어렵겠는데요, 루크. 우리가 그 여자
에 대해 아는 사실도 그 여자 이름이 메디라는 것뿐이에요."

"성도 아세요?"

그녀가 망설이다 대답했다.

"메디 셜로."

"철자가 어떻게 되죠?"

인터넷에서 검색하기 좋은 이름이었다. 메디 셜로는 흔한 이
름이 아니다.

스트로버가 철자를 불러주었다.

"참고로, 메디라는 여자는 지금 잘 있나 봐요. 베를린으로

돌아갈 예정이래요."

"그러니까 마을에 붙잡혀 있는 건 아니라는 뜻이네요?" 루크는 일부러 토니의 이름을 언급하지 않았다.

"사일러스 반장님이 메디에 대해 조사를 더 해보라고 하셨어요. 지난 10년간 인도에서 이상할 정도로 조용히 살았나 봐요. 메디의 영국인 아버지가 여행 작가로 유명한 고 제임스 설로 씨더군요."

루크는 그의 책을 읽은 적이 있었다.

일단 메디의 법적 부모가 서로 다른 인종이라는 사실은 반가웠다. 물론 제임스 설로 부부가 30여 년 전에 인도에서 태어난 혼혈 여자 아이를 입양했는지는 좀 더 알아봐야겠지만.

◆

토니는 달빛이 쏟아지는 거리의 이쪽저쪽을 살핀 다음 집 안에 들어갔다.

집은 썰렁했다. 로라의 흔적은 없었다. 과학수사팀의 흔적도 없었다. 그들이 아까 다녀갔다는 사실은 사일러스 반장에게 들어서 알고 있었다. 모든 게 있어야 할 자리에 있었다. 주방 찬장 위 칼꽂이 옆에 놓인 노트북 컴퓨터만 제외하면. 심장이 털썩 내려앉았다. 정원 사무실에 놓아둔 줄 알았는데.

그는 피어나는 공포를 애써 무시하며 그쪽으로 다가가 컴퓨터를 열어보았다. 무엇보다 숨은 파일이 걱정이었다. 경찰이 하드 드라이브를 통째로 복사해갔을 가능성도 있었다.

토니가 숨겨둔 파일을 얼마나 빨리 발견하느냐가 관건이었다. 물론 그 파일 안에 위법행위의 증거는 없다. 그는 치밀한 인간이니까. 하지만 그가 감추고 싶은 과거의 흔적들은 많이 담겨 있었다.

염병할 짭새들.

그들이 무엇을 찾고 있는지, 얼마나 아는지에 따라 결과는 달라질 것이다. 그는 테이블 위를 손으로 내려쳤다.

그는 노트북을 가지고 위층으로 올라가, 메디가 첫날 묵었던 손님방을 들여다봤다.

둘은 내일 베를린에서 재회할 것이다. 토니는 그녀의 침대에 누워 눈을 감았다. 오늘 메디가 전화로 한 말 때문에 기분이 찝찝했다.

'자기한테 베를린을 안내해 줄 사람.'

어쩌면 그가 그 말을 너무 확대 해석 하고 있는지도 모른다. 베를린에 안 가본 사람이 몇이나 된다고? 가봤다면 길도 어느 정도 알 테고? 메디는 아무것도 기억하지 못하니 도와줄 사람이 필요할 뿐이다.

하지만…, 만약 메디가 자기 입으로 누설한 것보다 그에 대해 훨씬 더 많은 것을 알고 있다면? 메디가 얼마나 아는지 확인하기 위해서라도 그는 그녀와 함께 베를린에 가야 했다. 그녀에게 오늘 밤에는 일기를 쓰지 말라고 당부한 것도 그 때문이었다. 지금 당장은 자기 이름밖에 기억하지 못하지만 그녀의 신경 네트워크가 일부만 활성화된 것이 아닐까봐 걱정이었다. 두고 보면 알 것이다.

그때 아래층에서 딸깍 소리가 났다. 그는 창문쪽으로 몸을 돌려 귀를 기울였다. 누가 뒷문을 통해 집 안으로 들어왔다. 로라가 틀림없었다. 아니면 경찰이 또다시 먹잇감을 찾아 나타났는지도 모른다. 노트북을 가져가려다가 잊은 건 아닐까? 오늘 하루만 해도 경찰은 그를 어지간히 괴롭혔다.

그는 침대 옆 협탁에 놓인 노트북을 흘끔 보고는 문 앞으로 다가가 귀를 쫑긋 세웠다. 누가 계단을 올라오고 있었다. 그는 어둠 속에 몸을 숨기고 기다렸다.

"오늘은 수지 집에서 자는 줄 알았는데?"

계단 맨 위 칸까지 올라온 로라를 보고 토니가 말을 걸었다.

"깜짝이야, 토니!" 그녀가 돌아봤다.

그는 손님방의 어둠 속에 몸을 반쯤 숨긴 채 그녀와 거리를 두고 서 있었다.

"경찰이 당신을 풀어줬구나."

그녀는 실망감을 감추려고도 하지 않았다.

"그런가 봐." 그는 자신의 존재를 확인시키려는 듯 팔을 앞으로 내밀었다. "혐의가 없으니까."

"여기서 자려고 온 거 아냐." 그녀는 부부 침실로 들어갔다. "내 물건 가지러 왔지."

◆

토니는 세면도구와 잠옷을 챙겨 다시 층계참으로 나오는 로라를 지켜봤다. 그녀는 고개는 숙여 그의 시선을 피했다.

"기다려."

그가 로라의 팔을 잡았다.

"이거 놔."

로라가 팔을 흔들어 뺐다.

"내 말 좀 들어봐."

"너무 늦었어."

계단을 내려가려는 로라의 앞을 토니가 막아섰다. 그녀가 밀치고 지나가려 하자, 토니는 로라의 팔을 더 꽉 잡았다.

"내 말 좀 끝까지 들어보라고."

토니가 그녀를 노려보며 차분히 말했다. 자신을 두려워하는 아내의 모습은 처음이었다.

"놔, 아프단 말이야."

마주보고 있으니 로라의 입에서 술 냄새가 났다. 그는 아내의 팔을 놓았다.

"나는 할 말 없어. 당신은 다락에 있는 등기부를 보고 이 집 과거 소유자 중 엠마 휴잇이라는 이름이 있다는 사실을 확인했어." 그녀는 머리 위의 다락 출입구를 턱으로 가리켰다. "당신, 그 여자에 대한 기사도 잔뜩 모아놨더라."

"저런 데는 올라가지 말았어야지."

"엠마는 올려 보냈잖아."

"그 여자 이름은 메디야."

"그 여자가 처음 찾아왔을 때부터 당신은 엠마라고 불렀지. 지금껏 엠마 휴잇이 옛집으로 돌아올 거라 생각하면서 내내 기다렸다니 정말 어이가 없다. 정말 그래서 이 빌어먹을 집을 산 거야?"

"꼭 그 때문만은 아니야."

그는 머릿속으로 다른 이유를 궁리했다.

로라는 못 믿겠다는 듯 고개를 저었다.

"당신 제 정신이 아니구나."

"제 정신이 아니라니, 그냥 흥미를 느꼈을 뿐이야. 아직은 정신이 나가지 않았어. 내게 시간을 좀 줘. 내 뇌 상태가 어떤지는 당신도 알잖아. 그 여자는 특이한 유형의 기억상실증 환자야. 해리성 기억상실. 그래서 호기심이 동했던 것뿐이야."

"당신은 아내의 안전보다 자기 호기심 채우는 게 더 중요한가 보지? 절대 용서 못해."

그는 앞으로 아내를 다시 볼 수 있을까.

볼 수 없다 해도 신경이 쓰이기나 할까 싶었다. 하지만 계단을 내려가는 그녀를 지켜봤다. 현관문이 쾅 닫히고 발자국 소리가 점점 멀어져갔다. 달음박질 소리였다.

어차피 그의 인생에서 용서받는 것은 큰 의미가 없었다.

◆

"무슨 일이에요?"

사일러스가 강당에 들어온 디지털 포렌식 수사관을 보고 물었다. 캐주얼한 옷차림의 그녀는 한 팔에 노트북을 끼고 있었다.

"토니 매스터스의 노트북에서 복사한 하드 드라이브를 확인해봤습니다."

둥그스름하게 자른 새까만 앞머리 밑에서 그녀의 두 눈이 스트로버를 흘끔거렸다.

"말해 보세요. 대충 얘기는 들었어요."

그가 의자에 앉자, 세 사람은 사일러스의 책상 위에 펼쳐놓은 노트북을 함께 들여다봤다.

"숨은 파일을 찾았습니다." 수사관이 말했다.

"뭘 발견했어요?"

수사관은 이미지 하나를 열어 사일러스에게 더 잘 보이도록 화면 각도를 조절했다.

"20년 전 뉴멕시코 지방법원에 제출된 개명 신청서입니다."

사일러스는 서류에 적힌 두 개의 이름을 자세히 보았다. '토니 드 스탈'을 '토니 매스터스'로 바꾸겠다는 내용이었다.

"개명 허가의 구체적인 내용이 담긴 공고문도 있습니다. 지역 주간지에 실린 그대로예요."

"뉴멕시코 주 법에 따르면, 사람이 개명을 할 경우 신문에 두 차례 공고를 해야 한답니다." 스트로버가 덧붙였다. "그리고 개명 신청의 이유를 받아들여 신청자에게 새 이름을 허락하는 법원 결정문도 있습니다. 판사가 서명한 문서죠."

"개명을 신청한 이유가 뭐였죠?"

"드 스탈'이 워낙 특이한 성인데, 토니의 부친이 사망할 때 언론의 관심을 많이 받았나 봐요. 미국에서 알츠하이머로 가장 이른 나이에 사망한 사람이었거든요. 토니 매스터스는 그 이름이 주는 선입견 때문에 자신에게 불이익이 생길 수 있다고 주장했습니다."

"알츠하이머를 유전으로 보고 보험사에서 그의 보험 가입을 거부할 가능성 따위를 말하는 건가?"

스트로버가 고개를 끄덕였다.

"쳇. 법원이 그런 구실을 곧이곧대로 받아들여야 하나? 범죄 같은 걸 저질러 놓고 신분 세탁을 위해 핑계를 댄 게 아닐까요?" 사일러스가 물었다.

"재판관은 토니를 믿었나봅니다. 물론 말씀하신대로 토니에게 다른 동기가 있었을 수도 있지요. 그래서 제가 간단히 조사를 해 봤습니다."

사일러스는 귀를 기울였다.

"개명 신청 한 해 전에 토니 드 스탈은 뉴멕시코 대학 의대에서 무기정학을 당했습니다."

스트로버는 지역 일간지 〈산타페 뉴멕시칸〉 웹사이트에서 지역 뉴스를 떠웠다.

"1868년 이후에 발행된 신문을 전부 인터넷에 올려놨더라고요. 결제만 하면 모든 기사를 확인할 수 있어요."

사일러스는 기사를 읽다가 '토니 드 스탈'이라는 설명이 붙은 사진 속에서 앳된 모습의 토니 매스터스를 보았다.

그는 의대 해부학 수업에서 시신을 훼손하는 불미스러운 행동을 했다는 이유로 의대 1학년 때 정학을 당했다. 해부실에서 뇌를 손에 든 채 폴라로이드 사진을 찍고 나중에 그 일부인 해마를 제거하려 했다는 것이다.

"토니 드 스탈!"

사일러스는 그 이름을 되뇌었다.

"당시에는 상당한 뉴스거리였나 봅니다. 20년 전이라 SNS는 없었겠지만요. 있었다면 널리 소문이 퍼졌을 텐데요."

"그의 아내 로라는 아마 그 사실을 모를 거야. 의대를 관두고 이름을 바꾼 다음에 유럽에 와서 사진작가가 됐을 테니까. 시체 대신 나이트클럽 사진을 찍기 시작한 거야."

"그리고 해마 사진도요."

사일러스는 토니의 갤러리에 걸린 사진 액자를 떠올리고는 말했다.

"그건 그렇고 뇌에 해마가 있다는 건 무슨 뜻이지?"

그는 손가락을 현란하게 움직여 타이핑을 하는 스트로버를 지켜봤다.

"해마Hppocampus란, 사람의 뇌 중앙 측두엽에 있는 부위를 말하는 거예요. 해마는 뇌 양쪽에 하나씩 있는데, 새 기억이 뇌의 다른 부위에 영구적으로 저장되기 전에 거쳐가는 통로 역할을 한답니다. '해마가 손상되면 새 기억을 형성하지 못하는 전행성 기억상실이 생길 수 있다.'는 말 들어보셨나요?"

"우리가 아는 메디가 딱 그 증상이잖아."

사일러스는 다음 내용을 계속 읽었다.

"'해마는 그리스어로 '말' 또는 '바다 괴물'을 뜻하는 단어이다. 대뇌 변연계의 일부인 해마는 독특한 곡선 형태 때문에 해양 생물인 해마에서 그 이름을 따왔다.'"

"동물 해마와 뇌 속 해마 이미지를 비교해볼 수 있을까?" 사일러스가 주문했다.

그들은 나란히 배치된 두 사진을 들여다봤다. 모양이 매우 흡사했다.

"맙소사."

사일러스가 나직이 탄식을 내뱉었다.

알츠하이머, 뇌 속 해마, 바다 생물 해마, 기억상실증.

사일러스는 이것들 외에도 토니와 메디 사이의 또 다른 연결고리가 있을 수 있다는 생각이 들었다.

"당장 토니의 집으로 다시 가서 사진들을 자세히 봐야겠어. 오늘밤에 토니 드 스탈의 새로운 비밀을 밝힐 수 있을지도 몰라."

◆

"자요?" 토니 전화였다.

나는 침대에서 일어나 앉아 방 안을 두리번거리다가 내가 어디에 있는지, 누구 행세를 하고 있는지 떠올렸다. 내 이름은 메디이고, 히드로 공항 인근의 호텔에 있다.

"아직요."

나는 휴대폰을 고쳐 쥐고 얼른 졸음을 떨치려고 애썼다.

'토니가 나를 떠보고 있나?'

"출발 시간을 좀 앞당겨야겠어요." 그가 말했다.

그의 목소리에 긴장이 느껴졌다. 이유를 묻고 싶었지만 위험을 무릅쓸 수는 없었다.

"그래요."

"내일 최대한 일찍 호텔로 갈게요." 그가 덧붙였다.

나는 그가 내게서 무슨 말을 듣고 싶어 할지 궁리했다.

"오늘은 일기를 쓰지 않았고, 우리가 같이 베를린으로 갈 예정이라고만 적어뒀어요."

"잘했어요. 당신한테 그곳을 안내해 줄 일이 기대되네요."

나는 눈을 감았다.

"나도요."

그러다 깜짝 놀라서 퍼뜩 눈을 떴다.

'그곳이라고? 토니가 지금 뭐라고 한 거지?'

"그리고, 메디…?"

"네?"

나는 그가 무슨 질문을 할지 두려웠다. 내가 무슨 실수를 했나?

"너무 일찍 체크아웃하지는 말아요."

◆

루크가 막 잠들려는 순간 문자메시지가 도착했다. 그의 새 친구 스트로버가 보낸 짧고 아리송한 메시지였다.

토니 드 스탈.

이게 무슨 뜻일까? 둘이 공통으로 아는 토니는 단 한 명뿐이었다.

인터넷 검색 중독자인 그는 벌써부터 '메디 설로'라는 이름이 마음에 들었다. 그는 메디 설로에 대한 정보를 더 찾으려고 저녁 시간을 온전히 쏟아 부었지만 아무 성과가 없었다. 그녀의 아버지에 대해서는 많은 정보를 얻을 수 있었지만, 제임스 설로의 아내와 외동딸은 언론에 거의 노출되지 않았다.

루크는 메디가 10년 전에 시작했다가 방치한 베를린 여행 블로그 외에는 아무것도 찾을 수 없었다. 블로그 내용도 실망스러웠다. 유명 여행 작가의 딸이라는 이유로 그녀의 글 솜씨에 대해 지나치게 기대를 품은 모양이었다. 하지만 그 나이대의 여자가 디지털 발자국을 전혀 남기지 않은 점은 아무리 생각해도 이상했다.

'토니 드 스탈'을 다시 검색하던 루크는 뉴멕시코의 의대생에 대한 오래된 기사를 접하게 됐다. 지역 신문 사이트였기에 결제가 필요했다. 차라리 구글에서 이미지를 검색하기로 생각을 바꾼 그는 얼마 지나지 않아 자신을 쏘아보는 듯한 앳된 얼굴의 토니와 마주쳤다.

사진 밑에 설명이 붙어 있었다. '뉴멕시코 의대 1학년생 토니 드 스탈, 해부학 수업에서 시신 훼손으로 정학'

루크는 20년 전의 그 사진을 응시했다.

'시신을 훼손'했다니.

누구에게나 비밀은 있는 법이지만 루크는 큰 충격을 받았다. 철없는 학생의 짓궂은 장난이라 쳐도 역겨운 짓이 분명했다.

로라는 자기 남편이 이름을 바꿨다는 사실을 알까? 미국에서 꺼림칙한 과거를 갖고 있다는 사실은? 그의 뉴욕 억양은 또 뭐란 말인가? 그는 뉴멕시코 주 출신이 분명한데….

그런데 스트로버가 루크에게 이 문자메시지를 보낸 이유는 무엇일까? 지난번에 그녀는 루크에게 메디 설로에 대해 뭔가 알게 되면 전부 공유해 달라고 당부했다. 그렇다면 메디와 토니가 어떤 관계가 있는 것일까?

토니는 지금 메디와 함께 있을까? 무혐의로 풀려났지만 마을에 돌아온 토니를 목격한 사람은 아무도 없었다.

루크는 휴대폰에 저장된 연락처를 뒤져 네이선이라는 대학 동창을 찾았다. 루크는 고전 문학을, 네이선은 의학을 공부했지만 그들은 같은 대학을 다녔고 지금까지도 가끔 소식을 주고받는 친구 사이였다. 네이선은 의사이니 어쩌면 토니 드 스탈의 부도덕한 행동에 대해 들은 바가 있을지도 모른다.

루크는 네이선에게 문자메시지를 보내 가족의 안부부터 묻고, 페이스북에 시체를 훼손한 사진을 게시하는 의대생들에 대한 기사를 쓰고 있다고 설명했다.

네이선이 뉴멕시코 출신인 토니 드 스탈에 대해 뭔가를 알고 있을까? 그가 토니의 20년 전 비행에 대해 상세히 알려주면 고마울 텐데…. 알려줄 것이 있으면 아무리 한밤중이라도 곧바로 전화를 달라는 말도 덧붙였다.

◆

나는 토니와 통화한 이후로 잠이 오지 않았다.

그는 뭔가를 의심하고 있다.

침대에서 나와 봉투에 든 알약이 놓인 탁자로 다가갔다. 강력하고 효과가 빠른 벤조디아제핀 계열의 항불안제 알프라졸람 2밀리그램, 다시 말해 진정제다.

나는 약을 지갑에 넣어 두었고, 오늘 아침 핸드백을 되찾았을 때 그것이 아직 그 안에 들어 있는 것을 보고 기뻤다. 옛날에 플레어와 나는 약을 가루 내어 보드카와 함께 마시곤 했다.

나는 의자에 앉아 비닐봉지에서 꺼낸 약을 갈기 시작했다. 나이프와 스푼으로는 쉽지 않은 작업이었지만 결국에는 고운 가루가 되었다. 원래는 내일 아침에 할 작정이었지만 생각난 김에 해치우는 편이 낫겠다 싶었다. 나는 그것이 기억상실, 무기력, 순종 등 원하는 효과를 내기를 기도했다.

가루를 내려다보며 나는 전부 잘될 거라고 혼잣말을 했다. 이제 요가도 좀 해야 할 것 같았지만 너무 피곤했다. 대신에 눈을 감고 만개한 연꽃을 떠올리며 명상을 시작했다.

◆

사일러스는 스트로버가 퇴근하기를 기다렸다가 수지 패터슨 박사에게 전화를 걸었다. 너무 늦은 시간이었다. 낮에 그녀에게 연락하겠다고 다짐했지만 늘 그렇듯이 일 때문에 뜻대로 되지 않았다.

이제는 토니 드 스탈이 문제였다. 그자를 놓쳐서는 안 된다는 예감이 강하게 들었다. 메디 설로라는 여자의 속내를 읽기는 더 어려웠다. 그녀는 인도 여권 소지자로, 지난 주 인도 남부에서 독일로 날아갔으면서도 토니에게는 자신이 원래 베를린에 살았던 것 같다고 했다.

"나예요."

사일러스가 경찰서 밖을 창문을 통해 내다보며 말했다. 순찰차 한 대가 경광등을 번쩍이며 주차장을 쌩하니 벗어나고 있었다.

"지금 몇 시죠?" 그녀가 잠이 덜 깬 목소리로 물었다.

"시간이 많이 늦었네요. 미안해요." 전화를 하지 말았어야 했다. "내일 다시 통화할래요?"

사일러스는 자신이 못 견디게 싫을 때가 있었다. 아니, 정말 싫은 것은 그의 직업인지도. 그가 이렇게 행동하는 이유는 다 직업 탓이었다.

"괜찮아요."

"미스터리의 여인 메디에 대해서 어떻게 생각해요?"

"그런 걸 나한테 물어서 되겠어요? 알다시피 나는 처음에 그 여자를 살인마 엠마 휴잇으로 착각했잖아요."

"다들 그랬죠."

"그랬다가 생각을 바꿨죠."

그 말은 이미 들었다.

수지가 메디를 만나지 못하게 막는 바람에 가뜩이나 골치 아픈 사일러스의 삶이 더 힘들어졌지만 그는 이미 수지를 용서했다.

"그 여자의 상태가 앞으로 나아지겠냐고 묻는 거라면, 저는 그렇다고 대답하겠어요. 오늘 통화할 때는 메디가 평소와 많이 다르다고 느꼈어요. 훨씬 침착해졌달까요?"

"지나치게 침착하지 않던가요?"

"무슨 뜻이죠?"

수지가 갑자기 경계심을 드러냈다.

사일러스는 다시 볼펜을 돌렸다. 담배 생각이 간절했다.

"그 여자가 없는 기억상실증을 꾸며냈을 가능성은 없을까요?"

지나친 억측 같았지만, 사일러스로서는 메디의 행동을 그렇게밖에 설명할 수 없었다.

"글쎄요. 그 여자가 마을에 나타난 첫날 저녁에 보건소로 나를 찾아 왔었잖아요. 그때는 무척이나 비참해 보였어요. 가끔 남의 관심을 끌려고 일부러 기억을 잃은 척하는 사람들이 없진 않지만, 그 여자가 그렇지는 않았어요. 나는 메디가 해리성 정체성 장애 상태였다고 거의 확신해요."

"하지만 토니의 관심사를 생각해보면 모든 게 너무 수상해요." 그가 말했다.

"어떤 관심사 말이에요?"

"뇌나 기억상실증 따위요."

"알츠하이머에 너무 집착하는 경향이 있긴 해요. 그 때문에 나를 찾아온 적도 있거든요. 토니 아버지가 그 병으로 아주 이른 나이에 사망했다니 불안할 만도 하죠."

사일러스는 수지가 한 말을 가늠하며 그녀에게 어디까지 이야기를 해야 할지 고민했다.

"토니가 그 여자랑 같이 베를린에 간대요. 내일요."

"아, 맙소사, 정말이에요? 로라는 이미 마음이 상할 대로 상했을 텐데요."

사일러스는 로라에 대해, 그리고 이 일이 그녀에게 줄 영향과 로라가 수지의 친구라는 사실에 대해 까맣게 잊고 있었다.

"혹시 오늘 저녁에 로라를 만났어요?"

"지금 우리 집에 있어요. 손님방에서 자고 있어요."

"메디가 일부러 이런 상황을 만든 모양이네요."

"그게 무슨 뜻이죠?"

그는 아직 누구에게도 이런 추측을 털어놓지 않았다. 스트로버에게도.

사일러스는 스피커폰으로 들은 메디의 제안을 떠올렸다. 토니에게 베를린에 함께 가자고 요구한 사람은 틀림없이 메디였다.

"이 마을에 도착했을 때, 메디가 딴 집이 아니라 하필 그 집 문을 두드린 이유가 뭘까요? 실제로는 엠마 휴잇도 아닌 사람인데 말이에요."

"그건 나도 모르죠, 사일러스. 내가 아는 건 지금이 너무 늦은 시간이라는 것뿐이에요. 만약에 그 여자가 내 앞에서 기억 상실증에 걸린 것처럼 연기를 한 거라면 과연 내가 눈치를 못 챘을까요?"

물론 사일러스도 내심으로는 모든 것이 자신의 오해였고, 메디가 실제로 정체성 장애 상태이기를 바라는 마음도 있었다.

하지만 만약 그의 지금 추리가 옳다면 수지가 심각한 오진을 한 것이 분명했다. 세간의 관심도 문제였다. 언론도 이미 총에 맞은 엠마가 아닌 또 다른 엠마에 대해 냄새를 맡은 모양이었다.

"내일 같이 저녁 먹을래요?"

사일러스가 얼른 화제를 바꾸고 싶은 마음에 물었다. 그녀에게 지나간 일을 상기시키고 싶지 않았다. 누구나 실수를 하게 마련이니까.

◆

루크는 벨이 울리자마자 전화를 받았다.

"언제든지 전화해도 된다고 했지?" 네이선이었다.

루크는 전등을 켜고 라디오 시계를 보았다. 새벽 2시 30분이었다.

"괜찮아." 그가 침대에 일어나 앉아 정신을 추스르며 대답했다. "잘했어."

"목소리 들으니까 완전 반갑다, 친구. 진짜 오랜만이야."

네이선은 현재 미국 스탠퍼드 의대 흉부외과 교수로, 지금까지는 루크의 대학 동창 가운데 가장 잘 나가는 인물이었다.

"멕시코 산타페 지방에 있는 옛 동료한테 연락을 해봤어. 네 친구 토니가-"

"친구는 아니야."

"그렇다면 다행이다. 슬슬 네 걱정이 되던 참이야. 다들 그러던데 그 토니라는 사람이 의대 1학년 때 망나니로 악명을 날렸대."

"무슨 짓을 하고 다녔길래? 뒷주머니에 뇌 조직 일부를 숨겨서 해부실을 나온 거 말고 또?"

"그건 알고 있구나?"

"인터넷에서 옛날 신문 기사를 찾아봤지."

루크는 토니가 해부용 시신을 훼손했다는 이유로 의대에서 쫓겨났다는 기사를 다시 떠올렸다.

"그렇다면 동일 인물이 확실하겠다. 내 동료가 더 자세한 사정을 알 만한 사람들 연락처를 보내줘서 전화를 돌리기 전에 확인을 하고 싶었거든. 전부 연락해보려면 시간이 꽤 걸리겠더라."

루크는 옛 친구의 도움이 고마웠다. 네이선은 절대 일처리를 허술하게 하는 법이 없었다.

"그런데 그렇게까지 애쓸 건 없어."

"에이, 나도 궁금해서 그래. 그리고 너한테 빚진 것도 있잖아. 또 연락할게."

루크는 까맣게 잊고 있었다. 작년에 루크는 네이선의 아들이 한 주 동안 영국의 신문사에서 기자 업무를 체험할 수 있게 힘써주었다. 그 경험 덕분에 그 아이는 언론에 대한 관심을 완전히 접고, 자기 아버지의 뒤를 이어 의학의 길을 택했다고 한다.

넷째 날

◆

토니는 자다 깨다를 반복하며 베를린에 대한 악몽에 시달리다가, 새벽녘에 일찌감치 일어났다. 잠꼬대를 하다가 비명을 지르면서 깨어났지만 집에는 그걸 들을 사람이 없었다.

그는 꿈속에서 5년씩이나 꼭 잠긴 채 휑뎅그렁하게 방치된 자신의 옛 사진 스튜디오를 보았다. 스튜디오의 이름은 '해마 스튜디오'였다. 그는 이번에 베를린에 갈 때 스튜디오 열쇠를 꼭 챙겨가야겠다고 생각했다.

그러다 그는 무엇 때문에 비명을 질렀는지를 생각해봤다. 다른 사람들에게 저지른 잘못에 대한 죄책감 때문이었을까? 아니면 그의 위축된 뇌에 닥칠 미래에 대한 두려움 때문이었을까? 뜬눈으로 밤을 지새우며 경찰이 그가 숨겨둔 파일을 얼마나 많이, 얼마나 신속히 찾아냈을지 속을 태웠다. 빌어먹을 경찰들.

그의 계획은 두 사람이 최대한 빠른 항공편으로 히드로 공항을 빠져나가는 것이었다.

지금 당장 카페 일부터 처리할 필요가 있었다. 다른 사람들 특히 경찰에게는 그가 베를린에 갔다가 마을로 다시 돌아올 거라는 인상을 남기는 게 필요했다. 마을 주점 주인의 십 대 딸이 주말이면 가끔 카페에서 일손을 돕곤 했다. 어젯밤에 그 아이에게 전화를 해봤더니 오늘 와서 가게를 봐 줄 수 있다고 했다.

◆

토니는 조그만 여행 가방을 꾸려 여명에 잠긴 거리를 내려 갔다. 동틀 녘에는 늘 컨디션이 좋았다. 상태가 안 좋다고 느낄 때는 주로 해 질 녘이었다. 저녁이면 그는 혼란스럽고 초조하고 불안해졌다. 초기에서 중기 알츠하이머 환자에게서 나타나는 일몰증후군이라는 증세였다.

카페에 도착하니 잠이 덜 깬 게슴츠레한 눈의 아르바이트생 이 가게 앞에서 기다리고 있었다. 시계를 보니 새벽 다섯 시였 다. 그는 아이를 가게 안으로 데리고 들어가 열쇠를 건넨 다음 오늘의 특별 메뉴에 대해 간단히 설명하고, 혹시 경찰이 찾아 오면 친절히 응대하라고 당부했다. 사람들이 토니는 어디 갔냐 고 물으면 런던에서 열리는 푸드 쇼에 갔다고 대답하라는 말도 덧붙였다.

아이는 미심쩍은 눈으로 토니의 여행 가방을 살폈다.

"얼마나 있다 오실 거예요?"

아이가 눈 앞으로 내려온 머리가닥을 쓸어 넘기며 물었다.

"며칠 뒤에 올 거야."

그는 커피 머신을 가동시키러 카운터 뒤로 들어갔다.

"내일도 일하러 올 수 있지?"

"내일은 일찍 가봐야 해요."

"그래도 괜찮아."

토니는 냉장고 속을 확인했다.

"그냥 가게만 깨끗하게 정리해놓고 가면 돼."

그는 이 카페가 그리울 것 같았다. 어쩌면 베를린에서 다른 카페를 차릴지도 모른다.

"진짜로 경찰이 가게를 기웃거리면 문자로 좀 알려줘."

"왜요?" 그녀가 갑자기 경계하며 물었다.

"내가 어제 부당하게 체포당했다가 무혐의로 저녁에 풀려났거든. 형사들이 얼마나 끈질긴지 너도 알잖아."

그가 눈을 찡긋했다.

◆

네이선이 새벽 5시 30분에 또 전화를 걸어왔다.

이번에 루크는 깊이 잠들어 있다가 벨이 한참이나 울린 다음에야 전화를 받았다.

"네가 말한 토니 드 스탈 있잖아, 대학 때 명성이 자자했나봐."

네이선은 조금 전까지 이야기를 나누던 사람처럼 곧장 말을 꺼냈다.

"산타페에서 아직 그를 기억하는 사람이 많더라고."

"명성이라니 무슨 명성?"

루크는 기자 수첩을 펼치기 위해 시간을 좀 벌 요량으로 물었다. 그는 힘겹게 잠을 쫓았다.

"토니 드 스탈이 '윌리엄 비처 스코빌'이라는 신경외과 의사 한테 푹 빠졌었나봐. 코네티컷 출신 미치광이 의사였는데 1950년대에 주로 정신병원 환자들을 상대로 뇌엽절제술을 실시했어. 당시는 수술을 통해 정신병을 치료할 수 있다고 믿던 시대였으니까. 정신병을 치료하겠답시고 뇌 조직 일부를 파괴하거나 제거하는 시술이 심심찮게 있었지."

"지금도 그게 가능해?"

루크는 수첩에 '윌리엄 비처 스코빌'이라고 적으며 물었다.

"대부분의 나라에서 금지됐어. 요즘은 뇌심부 자극술 정도만 시술되는 편이야. 어쨌든 스코빌이라는 의사는, 뭐랄까, 실험을 상당히 즐겼나봐. '헨리 몰레이즌'이라는 뇌전증 환자한테 한 수술이 가장 유명하지. 해마를 포함한 양쪽 중앙측두엽을 절제했대."

"절제라고?"

루크가 최악의 상황을 두려워하며 물었다.

"수술로 제거했다는 뜻이야. 그 결과 뇌전증은 없어졌지만 그 가엾은 환자의 기억도 싹 지워졌나봐."

"세상에."

루크는 메디의 기억상실에 대해 로라가 했던 말을 떠올렸다. 머리에 빈 공간이 있는 것 같다고.

"몰레이즌이라는 사람은 새 기억을 쌓아갈 수도 없었대. 옛 기억도 대부분 사라졌고. 늘 현재 속에서만 살면서 같은 말을 하고 또 했다지. 조금 전에 식사를 한 사실조차 기억하지 못했고, 아버지는 세상을 떠났고 어머니는 요양원에 있다는 사실을 적은 쪽지를 지갑에 넣고 다녀야 했대."

"그 남자 이름이 헨리 몰레이즌이라고?"

루크가 수첩을 확인하며 물었다. 잠을 깨고 보니 글씨가 못 알아볼 만큼 엉망이었다.

"H. M.이라고 알려져 있는데 인지신경심리학자 사이에서는 모르는 사람이 없어. 몰레이즌이 죽고 난 뒤에 그 사람의 뇌는 더 유명해졌지. 2천4백 조각으로 잘려서 캘리포니아 대학 샌디에고 캠퍼스에 전시돼 있어. 그것을 잘게 써는 영상도 인터넷에서 찾을 수 있지."

"고마워."

찾아보고 싶은 생각은 전혀 없었다. 루크는 원래 비위가 약했다.

"토니 드 스탈은 벤조 계열 약물에도 관심이 많았대. 처음에는 법원 판사도 토니를 동정했나봐. 부친이 아주 이른 나이에 알츠하이머로 사망했으니까. 부친이 돌아가신 건 토니의 첫 가을 학기가 시작되기 직전이었지. 이쪽에서는 꽤 유명한 사건이었대. 그런데 사실 토니는 시신 훼손이 아니라 데이트 강간으로 학교에서 쫓겨났나봐. 피해자의 부모가 쉬쉬한 거지. 그 후로 오랫동안 아무도 토니 소식을 듣지 못했대."

나는 천장을 올려다보며 호텔 안에서 들리는 메마른 소음에 귀를 기울였다. 에어컨이 웅웅대는 소리와 바깥의 자동차 소리가 들렸다. 공항에 대한 기억이 휙 스쳐갔다.

나는 토니가 곧 도착한다는 생각에 괴로워하다가 꼭두새벽에 잠을 깼다. 새벽 여섯시니 머잖아 그가 이곳으로 올 것이다. 오늘은 정신을 똑바로 차려야 했지만 토니와 전화를 나눈 이후 계속 불안감에 시달렸다.

어제 일은 아무것도 기록하지 말라며 내 기억을 테스트하려 들다니. 사실 나에게 메모는 애초에 필요 없었다.

오늘 토니와 함께 베를린에 간다는 사실을 어떻게 잊을 수 있을까? 몇 주 전부터 계획한 일인데.

그때 토니의 문자메시지가 들어왔다. 다른 설명은 없고 버스를 타고 히드로 공항 쪽으로 가고 있으니, 30분 뒤에 호텔에 도착한다는 내용이었다.

나는 답장을 보내려다 그만두었다. 토니가 분명했지만 또 나를 시험하려는 수작인지도 몰랐다. 나는 지난밤에 그가 쓰라고 요구한 간단한 메모를 힐끗 보고는 답장을 보냈다.

누구세요?

나는 다시 모든 걸 잊어야 했다. 칠판을 지우듯 말끔히 지우자. 나는 내 이름을 기억하지 못한다.

답장이 곧바로 도착했다.

토니예요. 침대 옆에 놓인 쪽지를 읽어요.

나는 샤워를 하고 어제 공항에서 산 새 옷으로 갈아입었다. 호텔방을 마지막으로 한 번 둘러본 다음 핸드백을 들고 문을 나섰다. 토니는 내게 퇴실을 하지 말라고 했지만 그의 수작에 말려들 수는 없었다. 그에게 잊어버렸다고 우길 작정이었다.

프런트로 가는 엘리베이터를 기다리던 나는 너무 겁이 나서 플레어가 곁에 있으면 얼마나 좋을까 생각했다. 내가 앞으로 할 일은 나를 위한 일이 아니라 그녀를 위한 일, 나머지 모든 사람들을 위한 일이다.

◆

사일러스와 스트로버는 토니가 운영하는 '해마 갤러리 & 카페'가 이른 아침부터 열려 있는 것을 보고 놀랐다. 평소에는 없던 일이기 때문이다. 그들은 곧장 안으로 들어갔다.

토니는 어디 있는지 알 수 없었다. 이미 공항으로 달아나서 메디와 함께 베를린으로 가는 중인지도 모른다. 구체적인 증거 없이 그에게 출국금지명령을 내릴 방법은 없었다.

사일러스와 스트로버는 카운터에 있는 여자아이에게 주문을 했다.

사일러스는 주문한 음료가 나오는 동안 까페 내부를 둘러보았다.

'해마 갤러리 & 카페'라는 이름에 걸맞게 까페 내부에는 바다 생물인 해마 사진이 여럿 걸려 있었다. 사일러스는 벽에 걸려 있는 해마 사진을 하나씩 찬찬히 보며 이름표를 읽어보았다.

"히포캄푸스 데니스Hippocampus denise."

사일러스와 스트로버는 마치 박물관을 찾아온 학생들처럼 다음 해마 사진 앞으로 자리를 옮겼다. 사진은 총 여덟 점이었다.

"히포캄푸스 플로렌스Hipocampus florence."

사일러스가 또 다른 해마 사진 액자의 이름표를 읽었다. 이번에는 해마 한 쌍의 사진이었다.

"해마에는 총 24종이 있답니다."

스트로버가 휴대폰으로 해마에 관해 검색한 결과를 스크롤하며 말했다.

"히포캄푸스 피셔리Hippocampus fisheri, 히포캄푸스 푸스쿠스 Hippocampus fuscus…."

스트로버는 또 다른 해마 사진의 이름표를 보다가 말을 멈췄다. 그리고 잠시 후 훨씬 심각해진 목소리로 말을 이었다.

"그런데 히포캄푸스 플로렌스Hipocampus florence라는 종은 없어요."

사일러스는 그녀의 어조 변화를 감지하고는 몸을 숙여 '히포

캄푸스 플로렌스'라는 이름표가 달린 해마 사진을 자세히 들여
다봤다.

다른 해마 사진과 달리 '히포캄푸스 플로렌스'라는 이름표가
붙은 해마의 몸은 왠지 온전해 보이지 않았다. 마치 사진 두
장을 겹쳐 놓은 듯한 이미지였다. 그는 이 이미지가 실물을 그
대로 찍은 것인지 포토샵 처리된 것인지 헷갈렸다. 해마의 색
조와 산호의 질감을 강조하기 위해 채도를 낮춘 것은 분명했
다.

"자네가 주문한 두유 모카가 나왔나봐." 사일러스가 스트로
버에게 말했다. 스트로버는 음료를 받아서 돌아왔다.

"보건소에서 수지가 한 말 기억해? 메디한테 죽은 친구가 있
다는 말?"

스트로버는 고개를 끄덕였다.

"죽은 친구 이름이 뭐였지?"

이미 알고서 하는 질문이었지만 수첩을 꺼내는 스트로버를
만류하지는 않았다.

그녀가 수첩을 뒤적이는 사이 사일러스는 형사 생활을 하면
서 늘 간절히 기다리면서도 두려워하는 순간이 오고 있음을
느꼈다. 사건이 곧 해결될 거라는 기대감 때문에 솟구친 아드
레날린이 조만간 희생자와 마주해야 한다는 불안감으로 억제
되는 순간.

"플레어요." 스트로버가 수첩에서 눈을 떼며 말했다. "메디

의 죽은 친구 이름은 플레어였어요."

그는 다시 '히포캄푸스 플로렌스'라는 이름표가 붙은 해마 사진을 자세히 들여다보며 파충류를 닮은 해마의 특징을 면밀히 살폈다.

"'플레어'는 '플로렌스'라는 이름의 애칭으로도 쓰이는 이름이지?" 그가 말했다.

◆

토니가 나를 보기 전에 내가 그를 발견했다. 알은척도 반가운 척도 하지 말아야 했다. 나는 호텔 로비 한쪽 구석에 있는 테이블에 앉아 무릎에 핸드백을 놓은 채 한 손에는 어제 쓴 쪽지를 쥐고 있었다.

"메디."

그가 내게 다가왔다.

나는 생판 모르는 사람을 보듯 그를 올려다봤다. 그의 집 앞을 찾아간 첫날에 그랬듯이.

"토니예요. 내 문자메시지 받았어요?"

나는 고개를 끄덕이며 애매한 미소를 지었다.

그가 내 손에 든 쪽지를 흘끔 보았다.

"오늘 베를린에 가기로 했잖아요."

그가 내 입술에 키스하려고 허리를 숙였다. 내가 본능적으로 몸을 피하자 그의 입술이 내 뺨을 스쳤다.

"미안해요."

그가 차분히 사과하며 내 옆에 앉았다.

이래도 괜찮을까? 다른 사람이 나와 같은 상황에 놓여있다면 어떻게 행동할까?

"어제 적어둔 메모는 확인한 거예요?"

그가 내 손에 들린 쪽지를 다시 흘끔거렸다.

"오늘 아침에 이걸 읽었어요. 상황이 어떻게 돌아가고 있는지 당최 모르겠어요."

토니는 내 무릎에 손을 얹었다.

나는 불안한 눈빛을 숨기지 않았다.

"다 괜찮아질 거예요. 나를 믿어요." 그는 휴대폰을 꺼내 우리 둘의 사진을 찍으려고 내 쪽으로 다가왔다. "오늘의 사진이에요."

나는 당황한 표정으로 그를 보았다.

"지금까지 쓴 일기를 읽어봐요. 거기 다 적혀있을 거예요."

그가 내 핸드백에 턱짓을 했다.

나는 무엇을 찾는지도 모르는 사람처럼 핸드백 안을 뒤지다가 글씨가 적힌 A4 용지 세 장을 꺼냈다.

"어제는 별일이 없었기 때문에 그 부분은 비어있을 거예요." 그가 일기를 읽는 나를 지켜보며 말했다. "그냥 힘든 하루였죠. 그 전에 쓴 일기들이 전부 설명해줄 거예요. 우리는 같이 베를린에 가기로 했잖아요. 당신 기억을 되찾으러요. 비행기 표는 갖고 있어요? 더 이른 시간으로 바꾸는 게 좋겠어요."

그는 자기가 마실 커피와 내가 마실 페퍼민트 차를 주문했다. 나는 마을에서 보낸 며칠을 정리한 일기를 읽으며, 간간이 그와 이야기를 나눴다. 내가 지금껏 빈틈없이 행동했다는 사실이 뿌듯했다.

◆

"이제 좀 상황 파악이 돼요? 당신이랑 내가 여기 같이 있는 이유를 알겠어요?"

"당신은 되게 친절하신 분 같아요."

"내 아내도 같은 생각일지는 의문이네요."

로라 얘기가 나오자, 순간 나는 움찔했지만 일기를 계속 읽었다.

"경찰이 엠마 휴잇을 찾았나요?"

"네, 찾았어요."

"나는 왜 마을을 떠났죠?"

"경찰한테 엠마로 오해받을까 두려워서였죠. 잘한 거예요. 체크아웃은 했어요?"

나는 일기에서 눈을 떼지 않고 고개를 끄덕였다.

"내가 하지 말라고 했을 텐데요."

나는 갑자기 변한 그의 말투에 놀라 고개를 들었다.

"어젯밤에 분명히 얘기했잖아요."

"기억이 안 나요."

그는 기분이 상한 듯 고개를 홱 돌렸다.

"괜찮아요. 내가 잘못했네요. 그 말도 기록해두라고 일렀어야 했는데…." 그가 머뭇거렸다. "당신 방 청소가 끝났을까요?"

"모르겠어요."

하지만 토니는 내 대답에 관심이 없었다. 이미 안내데스크로 걸어가고 있었다. 왜 그러는 걸까? 그가 안내데스크의 여자에게 말을 걸자, 여자는 내 쪽을 흘끔 보았다. 토니가 손짓으로 나를 불렀다.

"이분한테 당신이 방에 가방을 놓고 왔다고 말씀 드렸어요. 당신이 깜박하고 빠뜨렸다고요. 지금 뭐든지 깜박깜박하는 상태라고 설명했어요."

걱정스러운 표정을 지어서는 안 된다.

하지만 이제 그가 어찌할 작정인지는 정확히 알 것 같았다. 그는 나와 함께 다시 룸으로 올라갈 심산이다. 나와 단 둘이 있고 싶어서.

나는 안내데스크 뒤에 있는 여자에게 간절한 눈빛을 보냈지만 그녀는 내게 방 열쇠를 내밀었다. 30분 전에 내가 반납한 열쇠였다. 여자들 사이의 배신처럼 느껴졌지만, 그렇다고 그녀에게 분노할 수도 없는 노릇이었다.

◆

잠시 후 우리는 호텔 방으로 들어왔다.

"좋네요." 그가 비좁은 공간을 둘러보며 말했다. "나는 깨끗하기만 하면 아무리 작은 방이라도 상관없어요."

그는 협탁을 손가락으로 쓸어 먼지가 있는지 확인하더니 이만하면 됐다는 듯 고개를 끄덕였다.

"우리 여기 왜 왔어요?" 내가 물었다.

그는 나를 돌아보더니 숲속에서처럼 내 어깨를 붙들었다. "아무 기억도 안 나죠? 우리가 어제 뭘 했는지?"

"어제 뭘 했는데요?"

나는 그의 눈을 차마 들여다볼 수가 없었다.

그는 나를 잡았던 손을 놓고 재킷을 벗어 의자 등받이에 걸쳤다.

나는 올라오는 욕지기를 힘겹게 눌렀다. 계획에 없던 상황이었다.

"비행기를 타러 가야 하지 않나요?" 내가 물었다.

그는 몸을 앞으로 기울여 내 입술에 키스를 하더니 나를 침대로 밀쳤다. 이미 한 손으로는 내 청바지 앞섶을 더듬고 있었다.

하나, 둘, 셋.

나는 필사적으로 머리를 굴려 한정된 선택지를 탐색했다. 연꽃 무늬 문신이라도 만지며 마음을 가다듬고 싶었지만 그럴 수도 없었다.

전부 악몽이었다. 내가 방을 퇴실한 이유도, 토니와 함께 베를린으로 돌아가야 하는 이유도.

"욕실을 좀 써야겠어요." 갑자기 그가 나를 침대에 내버려두고 일어섰다. "여기서 기다려요."

"너무 오래 기다리게 하지는 말아요."

욕실로 이동하면서도 아직 내 몸을 더듬는 그의 손을 뿌리치며 내가 말했다. 토니에게 결벽증이 있어서 정말 다행이다 싶었다. 그는 욕실 문을 닫았다.

너무 긴장해서 숨을 쉴 수가 없었다. 나는 핸드백 속을 뒤져 작은 향수병을 꺼냈다.

방을 둘러보니 출입문 옆 옷장 위에 연기 감지기가 눈에 띄었다. 기회는 지금뿐이다. 나는 까치발로 서서 연기 감지기에 향수를 뿌렸다. 미세한 향수 입자가 감지기를 작동시키기를 바랐지만 아무 반응이 없었다. 나는 욕실 문 쪽을 흘끔거리며 다시 향수를 연기 감지기에 뿌렸다. 변기 물 내리는 소리가 들려 향수를 다시 한번 뿌렸다.

제발.

◆

잠시 후 방 안에 요란한 경고음이 울리기 시작했다. 나는 침대로 달려가 향수를 핸드백 안에 쑤셔 넣고 상의를 벗었다.

"염병, 이게 무슨 일이야?"

그가 욕실에서 나왔다. 알몸에 흰 호텔 가운만 느슨하게 걸치고 있었다.

"그냥 화재 훈련인가 봐요."

나는 태연하게 보이려 애쓰며 거짓말을 했다.

"정신 사나워 죽겠네."

그가 내 브래지어를 힐끔거리며 말했다. 귀가 찢어질 듯한 소음이 내 귀에는 음악처럼 들렸다. 그의 욕망이 내 앞에서 사그라들고 있었다.

전화기가 울리자 그는 침대로 다가와 수화기를 들었다.

"여기 불 안 났어요." 그가 호통을 쳤다. "연기, 불꽃, 아무것도…."

그는 나를 빤히 쳐다보며 잠시 수화기에 귀를 기울였다.

"수증기고 나발이고 아무것도 없었다니까요. 아직 샤워기를 틀지도 않았다고요."

그가 수화기를 쾅 내려놓는 순간 누가 문을 두드렸다.

"내가 나가볼게요."

나는 다시 상의를 걸쳤다.

얼른 침대를 벗어나 문 옆에 남아있는 향수 안개 속을 지나쳤다.

그에게서 멀어지고 싶은 생각뿐이었다.

지금쯤이면 그도 방 안에 퍼진 향수 냄새를 맡았을 것이다. 내가 그를 받아들일 준비를 한 것이라 생각하기만을 바랄 뿐이었다. 물론 그 가능성은 희박했지만.

"방을 좀 확인해봐야겠습니다." 제복 입은 남자가 말했다.

"그러세요."

나는 옆으로 비켜섰다.

문 앞에 누군가 나타난 것이 그렇게 반가울 수 없었다.

◆

루크는 오늘 아침에만 세 번째로 스트로버와 통화를 시도했다. 하지만 이번에도 자동응답기로 연결될 뿐이었다. 토니 드 스탈에 대해 알려줄 정보가 있으니 신속히 연락 달라는 메시지를 다시 남겼다.

루크는 캘리포니아에 사는 네이선으로부터 두 번째 전화를 받은 이후로 잠을 이룰 수 없었다. 'H. M.'과 코네티컷 출신의 신경외과 의사 윌리엄 비처 스코빌이 자꾸만 그를 괴롭혔다. 스코빌이 H. M.에게 어떤 실험을 했는지 검색해 본 것은 실수였다. 아침 식사 전에는 하지 말았어야 했다.

그의 휴대폰이 울렸다. 스트로버였다.

"하실 말씀이 있으시다고요?" 그녀가 물었다.

"토니가 드 스탈이라는 성을 쓰던 시절에요, 당신이 문자로 알려줬듯이-"

"저는 아무것도 알려드리지 않았는데요." 스트로버가 평소보다 퉁명스럽게 말을 잘랐다. 공식적으로는 경찰이 수사정보를 누설하지 않은 걸로 해달라는 취지였다.

루크는 간신히 다시 진정했다.

"당신이랑 하도 오랜만에 연락을 하는 바람에 착각했네요. 카페 사장 토니 매스터스가 옛날에는 토니 드 스탈이었잖아요."

"우리도 압니다."

"미국에 살던 20년 전에 멕시코 산타페에서 의대를 다녔어요. 거기서 해부용 시신을 훼손했다는 이유로 크게 혼쭐이 났고요."

"구글에서 찾을 수 없는 정보 좀 말씀해 주실래요? 거기까진 저희도 다 알고 있어요."

루크는 잠시 뜸을 들였다.

그는 스트로버가 마음에 들었고 이제 어떤 인물인지도 대충 파악이 되었다.

"제가 미국 웨스트코스트에서 일하는 옛 친구랑 통화를 했는데요."

"이제야 감을 좀 잡으셨네요."

"토니가 스코빌이라는 1950년대 유명 신경외과 의사한테 비상한 관심을 보였대요. H. M.이라는 뇌전증 환자를 수술한 의사였다죠? 핸드 크랭크와 드릴 톱으로 양쪽 해마를 제거해서 그 환자의 기억을 깡그리 없애버렸대요. 아, 맞다. 그리고 토니가 의대에서 쫓겨난 진짜 이유는 데이트 강간이었다는군요."

"확실해요?"

이제 스트로버는 루크의 말을 경청하면서 받아 적고 있을 터였다. 그는 기자로서 은퇴한 이후 아주 오랜만에 경찰보다 한 발 앞서는 쾌감을 느꼈다.

"이름을 바꾼 이유도 그 때문이 아닌가 싶네요." 그가 덧붙였다.

"지금 어디 계세요? 우리는 조금 전에 토니의 카페를 나왔어요. 여기서 일곱 시에 만날까요?"

루크는 스트로버가 마을에서 벌써 현장 수사 중이라는 말에 놀라지 않을 수 없었다.

◆

5분 뒤 루크는 카페 앞에 도착했다.

스트로버는 보이지 않았지만 길 건너편의 차 한 대가 눈에 들어왔다. 스트로버가 조수석 창문을 내렸다.

"타세요."

그녀가 뒷좌석 쪽으로 고갯짓을 하며 외쳤다.

루크는 그쪽으로 다가가 차에 올라탔다.

스트로버는 백미러로 그에게 눈인사를 했지만, 사일러스는 운전대에 손을 얹은 채 시큰둥하게 앉아 있을 뿐이었다.

"우리가 허락할 때까지 아무것도 신문에 내지 말아줘요." 사일러스가 정면을 응시하며 말했다.

"메디한테서 플레어라는 친구에 대해 들은 말이 있습니까?"

이제 그는 손가락으로 운전대를 탁탁 두드리며 한결 진지하게 물었다.

"들은 기억이 없네요."

메디와 이야기를 좀 더 나눌 기회가 있었으면 좋았을 텐데….

"메디는 지금쯤 베를린에 도착했을까요?" 루크가 물었다.

"가는 중일 겁니다. 어제 저녁에 히드로 공항에서 토니한테 전화를 했으니까요." 사일러스가 대답했다.

"그렇다면 지금은 토니랑 같이 있겠죠?"

"그럴 거라고 봅니다. 메디가 토니에게 같이 가달라고 했으니 어쩌겠어요."

"걱정도 안 돼요? 토니의 과거를 뻔히 알면서?" 루크가 걱정스런 눈빛으로 물었다.

사일러스는 말없이 룸 미러로 루크와 눈을 맞췄다.

"우리도 고민 중입니다."

"토니는 대학 때 데이트 강간을 저질렀다고요."

루크는 네이선에게서 이 말을 들었을 때 큰 충격을 받았다.

"뇌와 기억에 대해 좀 아시나요?" 사일러스가 물었다.

"뇌에 바다 생물 해마를 닮은 해마라는 부위가 있는데, 기억을 저장하고 처리하는 데 중요한 역할을 한다는 정도는 압니다. 20년 전에 뉴멕시코의 해부실에서 토니 드 스탈이 빼돌리려 했던 부위죠. 스코빌이라는 의사가 H. M.이라는 환자의 뇌에서 해마를 제거했더니 환자는 기억을 모조리 잃어버렸고요."

"이걸 좀 보시죠."

사일러스가 스트로버에게 고갯짓을 하자, 그녀는 루크에게 인쇄된 종이 한 장을 건넸다.

"왼쪽은 동물 해마, 오른쪽은 뇌 해마예요." 스트로버가 설명했다.

"반대로 말해도 얼마든지 믿겠죠?" 사일러스가 룸 미러로 루크를 보며 덧붙였다.

사진을 들여다보던 루크의 눈이 뇌 해마 쪽으로 쏠렸다. 이 부위만 분리된 모습은 처음 보았다. 그동안 그가 본 모든 이미지는 뇌 안쪽에 있는 해마였다.

"사진 작가로 활동하는 토니가 바다 생물 해마를 찍은 사진을 전부 분석해볼 생각입니다. 하지만 더 많은 증거가 필요해요. 사진 속에서 결정적인 증거를 발견하지 않는 한 토니에 대한 구속영장을 받기에는 부족해요."

"정확히 어떤 증거를 찾으시려는 거죠?"

루크의 입안이 바짝 마르기 시작했다.

"토니가 찍은 사진 속 해마들 모두에 다른 이미지가 덧씌워진 것 같아서요. 인간의 해마가요."

루크는 저도 모르게 사진을 쥔 손에 힘을 주어 가장자리를 우그러뜨렸다. 아무래도 직접 베를린으로 가야 할 것 같았다.

◆

기내 안전 교육을 실시 중인 스튜어디스에게 집중해 보려고 애를 썼지만 내 마음은 콩밭에 있었다.

내 옆에 앉은 토니가 내 손을 잡았다. 그의 옆자리 승객에게 양해를 구해 자리를 바꾼 것이다.

호텔 관리 직원이 전부 우리 방으로 모이고 나서야 화재경보 기가 꺼졌다. 방을 나오면서 토니는 틀림없이 향수 냄새를 맡았겠지만 별다른 말은 하지 않았다.

호텔 직원 중에 그 말을 꺼내는 사람은 없었지만 내게 던지는 시선을 보니 여자인 내가 위기를 모면하기 위해 구조 신호를 보낸 사실을 눈치챈 듯했다.

나는 토니가 나를 침대에 밀어붙이던 순간이 떠올라 몸서리를 쳤다.

"괜찮아요?" 그가 내 손을 토닥였다. "긴장한 거 같은데…"

"나는 원래 비행기 타는 걸 싫어하는 사람이었나 봐요."

나는 눈을 감고 좌석에 등을 기댔다.

예상보다 훨씬 힘들었다.

어제 일기를 쓰지 말라고 한 것은 오늘 각별히 조심스레 처신해야 한다는 뜻이었고, 지난 24시간 사이에 일어난 어떤 사건도 언급해서는 안 된다는 뜻이었다. 숲속의 탄약고에서 생긴

일, 멍고의 차를 히치하이킹한 일, 카드와 여권을 되찾은 일을 전부 없었던 일로 가정하고 행동해야 했다.

만약 마을에 있었을 때 기억상실증 환자가 기억할 수 없는 일을 기억했다면 일기를 핑계 삼아 실수를 덮을 수 있었겠지만, 지금은 더 이상 그런 안전망이 없었다. 나에게는 기억하지 말아야 할 것들이 많다.

다른 승무원이 지나가면서 신문을 나눠주었다.

토니는 한 부를 받아들고 첫 페이지를 들여다봤다. 헤드라인을 내게 숨기려 하지 않고 기사를 읽기 시작했다. 엠마 휴잇의 충격을 다룬 내용이었다. 나는 몸을 기울여 그의 무릎에 한 손을 얹었다. 우리도 유럽으로 휴가를 떠나는 연인처럼 보여야 했다.

"무슨 내용이에요?"

나는 애써 아무렇지 않은 목소리를 내며 물었다.

그는 나를 응시했다.

내 기억이 돌아오거나 시냅스 연결이 회복되고 있다는 징후를 찾는 걸까?

그가 입가에 미소를 지었다.

"독일로 떠나야 할 이유가 또 생겼네요. 월트셔에 있는 숲속 우물가에서 어떤 여자가 총에 맞아 죽었대요. 뉴욕 시내도 아닌 영국 시골마을도 이렇게 위험하다니…. 게다가 범인으로 잡힌 여자한테 정신 병력도 있었나 봐요."

"끔찍한 사건이네요."

"누구에게나 일어날 수 있는 일이죠." 그가 신문을 접으며 말했다.

또 나를 떠보려는 게 분명했다. 그가 다시 내 눈을 들여다봤다.

내가 총에 맞았을 수도 있었다고 생각하니 여전히 몸서리가 났지만 그런 기색을 숨겨야 했다.

"경찰들이란 원래 그 모양이잖아요?" 잠시 후 그가 덧붙였다.

나는 무사히 시험에 통과한 모양이었다.

지금은 오로지 베를린에 도착한 이후의 일이 걱정이었다. 계획에 차질이 생겨서는 안 된다. 토니는 모든 혐의를 벗었고, 나도 필요한 여행 비자와 유효한 인도 여권으로 여행을 하고 있으니 아무런 제약이 없었다.

영국의 시골 마을에서 선량한 사람들의 시간을 낭비한 것 말고는 내가 크게 잘못한 것도 없다. 남의 결혼을 파탄내긴 했지만.

"꽉 잡아요."

비행기가 활주로에서 속도를 높이자 토니가 또 내 손을 잡았다.

"음료를 한 잔 마시면 긴장이 좀 풀릴 거 같은데요." 내가 말했다.

그가 시계를 보며 말했다.

"맞아요. 이제 축배를 들 시간이에요."

◆

비행기가 이륙한지 20분쯤 지났을 무렵 기내에서 음료가 제공되었다.

딱 적절한 시간이었다.

메디는 점점 더 불안해했다. 토니는 그녀의 그런 모습이 처음이었다.

승무원이 수레를 밀고 그들의 앞에 와 있었다. 앞줄 승객에게 음료를 건넨 그녀는 토니에게 환히 웃으며 무엇을 마시고 싶은지 물었다. 눈이 예뻤지만 그의 취향은 아니었다.

토니는 신용카드 한도가 아직 남아 있기를 바라면서 샴페인을 구입한 다음, 뚜껑을 딴 술병과 술잔 두 개를 메디에게 건넸다.

토니는 인내심을 발휘해야 한다고 다짐했다. 호텔 방에서 너무 서두르는 바람에 그녀에게 겁만 주었다. 베를린에서도 기회는 얼마든지 있을 것이다. 그녀에게 잊지 못할 기억을 남길 기회가 찾아올 것이다.

메디의 기억상실 상태는 여전히 유지되고 있는 듯했다. 아직도 자기 이름밖에 떠올리지 못했다. 어제 그에게 베를린을 안내해 달라고 한 말은 별 뜻 없이 던진 소리라는 생각이 들기 시작했다. 이륙 전에 메디에게 일부러 기사를 보여줘도 그녀는 딱히 반응이 없었기 때문이다.

"지금 따를까요?"

메디가 병을 들고 물었다.

"좋을 대로 해요. 나는 화장실 좀 갔다 올게요."

토니는 복도를 지나 기내 화장실로 향했다. 이것저것 하느라 손이 더러웠기 때문이다. 그에겐 결벽증이 있었다.

샴페인을 마시면 메디도 조금 진정될 것이다. 다만, 토니는 비행이 두렵다는 메디를 이해할 수 없었다. 메디는 비행기를 탄 기억조차 사라졌을 텐데 어떻게 비행에 대한 두려움이 남아 있을까. 절단된 팔다리에서 고통을 느끼는 환각과 유사한 현상일까.

그는 화장실 칸막이로 들어가 잠금장치를 걸고 손을 씻기 시작했다. 세정제를 최대한 많이 짜서 손가락을 서로 비볐다. 절대 완벽하게 깨끗해질 수는 없겠지만 손을 씻고 기분이 상쾌해진 그는 거울을 들여다봤다.

기억이 없는 메디는 아무것도 아니다. 그는 이제 무엇이든 할 수 있고, 그녀를 어떻게든 조종할 수 있다. 그녀는 이제 그의 꼭두각시이자 노리개에 불과했다. 매일 아침잠을 깨면 두 사람이 전날 함께 겪은 경험은 그에게만 남게 된다. 그녀의 삶은 온전히 그의 것이 된다.

적어도 당분간은.

◆

토니가 화장실에 있는 사이 나는 샴페인을 따랐다.

손이 파들거려서 몇 방울을 흘렸다. 신속히 움직여야 했다. 옆자리 승객이 딴 데를 보는 순간을 틈타 술잔 하나에 가루로 만든 알프라졸람을 넣었다. 작은 약 봉지는 미리 브래지어 속에 숨겨 두었었다.

호텔 방에서 브래지어를 벗어야 할 상황이 오기 전에 화재 경보가 울려서 얼마나 다행이었는지 모른다.

볼펜으로 술잔 안을 휘저으며 그가 돌아오기를 기다렸다. 샴페인이 분필 가루 같은 알프라졸람 가루의 맛을 가려주기를 기도했다. 기억은 잘 나지 않지만 쓴 맛일 것이다.

가루는 술에 완전히 용해됐다.

잠시 후, 자리로 돌아온 토니가 내 테이블에 놓인 술잔 두 개를 보고 씩 웃었다. 나는 한 잔을 그에게 건넸다.

"베를린을 위하여."

그가 잔을 부딪치며 말했다.

"베를린을 위하여."

우리는 샴페인 잔을 동시에 내려놨다.

◆

사일러스는 자신보다 열 살이나 젊은 워드 경감 밑에서 일해야 한다는 현실에 이미 초탈했다.

"우리가 중요한 사실을 밝힌 것 같습니다."

사일러스가 스트로버의 메시지 내용을 곱씹으며 말했다.

"메디 설로라는 이 여자는 이제 영국 국민도 아니잖아요. 그리고 토니 매스터스인지 토니 드 스탈인지는 미국 이중국적자라고요."

"그래서요…?"

사일러스는 상관의 말에 집중하기 어려웠다.

"일에 우선 순위를 좀 따져보라는 말입니다, 사일러스. 지금 서장실에서 나한테 30분마다 전화를 걸어 어제 있었던 충격 사건에 대해 묻고 있다고요."

"저는 보고서를 쓰고 있어서―"

"만약에 당신 추리가 옳고, 이것이 예사 사건이 아니라 쳐도 토니가 이름을 바꿨거나 신체 부위 사진을 찍는 예술을 한 것이 범죄는 아니잖아요."

"맞습니다. 하지만…." 사일러스가 말을 이었다. "토니는 지금 자기 사진을 통해 메시지를 전달하고 있어요. 죽음을 노골적으로 드러내지 않을 뿐입니다. 사진을 본 대부분의 사람들이 그 메시지를 읽지 못할 뿐입니다."

"그 메시지란 게 대체 뭡니까?"

"그자는 과시를 하는 겁니다. 기억을 처리하는 뇌 부위인 해마를 사진에 담아 교묘하게 빈정대고 있어요. '네가 언젠가 죽

는다는 사실도 기억할 능력이 있을 때만 기억할 수 있다'는 뜻
이랄까요."

"내가 알기로 빈정대는 건 범죄가 아닐 텐데요."

"누구 해마인지에 따라 다르겠지요."

워드 경감은 사일러스가 보고서에 첨부한 사진을 보았다.

경찰청 영상분석실에서 토니의 사진 속 이미지를 동물 해마
와 뇌 해마로 분리한 자료였다.

"이런 사진은 인터넷에서도 얼마든지 구할 수 있을 텐데요."

"시중에서 구할 수 있는 동물 해마 사진들과 대조해보니, 토
니가 직접 찍은 게 아니라 다양한 해양 사진 웹사이트에서 따
온 것들이더군요. 하지만 인간의 뇌 해마 사진은 어디서도 찾
을 수 없었습니다."

"불법 사이트 같은 데서 인간의 뇌 해마 사진을 구했을 수도
있잖아요?"

"물론 그렇습니다. 그래서 그건 스트로버가 확인 중입니다.
하지만 만약 토니가 찍은 해마 사진이 진짜 인간에게서 분리
한 해마 사진이라면 그 인간들은 좀비처럼 되어 기억 없이 돌
아다니고 있거나 죽었겠죠."

"내가 어떻게 하길 바라는 겁니까, 사일러스?"

"시간을 하루만 더 주십시오. 인터폴에 연락해 국제 행방불
명자 명단을 확인해야 하니까요."

"명단이 꽤 많을 텐데요."

"베를린에서 발생한 실종자부터 시작해야겠지요."

"그나저나 메디라는 여자가 위험에 처했다는 근거는 뭡니까?" 워드가 물었다.

사일러스는 심호흡을 했다.

"토니의 컴퓨터에서 사진 파일을 여러 개 발견했습니다."

"뇌 해마 사진 말이에요?" 워드는 책상에 놓인 보고서를 다시 집으며 말했다. "여기에는 언급이 없었잖아요."

"동물 해마 사진이요. 컴퓨터 파일명이 그자의 카페에 걸린 해마 사진 제목들과 일치했습니다. 최근에 만든 하나만 빼고요."

"그 제목이 뭐죠…?"

사일러스는 메디가 아직 무사하기를 다시 한번 기도했다.

"히포캄푸스 마들렌Hppocampus madeleine입니다."(메디Maddie는 마들렌Madeleine, 메디슨Madison, 매들린Madelyn 등의 이름을 가진 여자의 애칭 - 옮긴이)

◆

알프라졸람의 약효가 나타나기까지 시간이 정확히 얼마나 걸릴지는 알 수 없다. 효과가 빠른 벤조계 약물이니, 15분에서 30분 사이가 될 것이다. 그렇다면 약효가 나타나는 것은 우리가 베를린에 닿기 전이 분명하다.

아직 졸음의 징후가 뚜렷이 나타나지는 않았지만 우리는 조금 전 두 잔째 샴페인을 마셨으니 약이 퍼지는 속도가 빨라질 것이다. 알코올이 벤조의 효과를 극대화하면 치사량에 이를 수도 있다.

나중에 생길 기억상실은 가루약을 섭취하기 최소 30분 전까지의 기억을 앗아갈 것이다. 어쩌면 그보다 훨씬 더 이른 시점의 기억도 뺏어갈 수도 있다.

"좀 진정됐나요?"

토니가 내 손에 자기 손을 얹으며 차분히 물었다.

"훨씬 낫네요."

그의 말투가 듣기 싫었다.

"두려움이란 묘한 거예요."

"무슨 뜻이죠?"

"우리가 샴페인을 마시기 전부터 당신은 이미 느긋했어요."

"그랬나요?"

갑자기 내 뱃속이 뒤틀렸다.

"화장실에서 돌아왔더니 당신 표정이 완전히 달라졌더라고요. 긴장이 풀렸는지…."

내가 자리에서 꿈지럭대자, 그는 힘을 주어 내 손을 좌석 팔걸이에 눌렀다.

"당신이 돌아오니까 반가워서 그랬겠죠. 화장실 안에서 한참이나 있다 왔잖아요. 나는 옛날에 좁은 화장실에 갇힌 적이 있거든요." 나는 가벼운 웃음으로 긴장을 풀려 했다. "얼마나 무서웠다고요."

순간 나는 웃음기가 사라졌다. 실수를 한 것이다. 토니도 눈치챘을까? 나는 비행기 화장실에 갇힌 적이 없고, 설사 그랬다 쳐도 기억하고 있어서는 안 된다.

"내 차 트렁크에 들어가는 건 별로 두려워하지 않았잖아요."

나는 속으로 안도의 한숨을 쉬었다. 그는 눈치채지 못했다.

"그건 문제가 다르죠."

나는 그를 향해 미소 지었다.

그는 웃지 않았다. 나를 뚫어져라 응시하는 파란 눈동자 속에는 분노밖에 보이지 않았다. 분노와 실망. 이번에는 그냥 넘어가지 않을 것이다.

"차 트렁크에 들어간 건 어제 있었던 일인데요?" 그가 누르고 있던 내 손에서 힘을 빼며 말했다. "어제는 일기를 쓰지 않았잖아요?"

나는 고개를 끄덕였다.

"당신이 쓰지 말라고 했으니까요." 내가 조용히 대답했다.

입안이 바짝 말라서 말이 잘 나오지 않았다.

"내 샴페인에 뭘 넣었어요?" 그가 물었다.

"넣긴 뭘 넣어요?"

약효가 나올 때가 됐다.

그는 한 손을 들더니, 지나가는 승무원을 불렀다.

"블랙커피 큰 잔으로 둘이요. 최대한 진하게 타줘요."

그의 말이 어눌해지기 시작했다.

"나는 커피를 안 마시는데요?"

"두 잔 다 내가 마실 거예요. 졸음이 와서 카페인을 섭취해야겠어요."

토니는 커피 두 잔을 따르는 승무원을 찬찬히 지켜봤다. 나를 보는 그의 눈꺼풀은 졸음으로 묵직해졌고, 목소리는 거의 속삭임에 가까웠다.

"당신이 누군지, 무슨 수작을 부리는지 모르겠네요." 그가 커피 한 잔을 홀짝이며 말했다. "하지만 절대 당신 뜻대로 되지는 않을 거예요."

◆

루크는 베를린에 최대한 빨리 도착할 수 있는 비행기 표를 예약했다.

메디와 토니가 어느 비행기를 탔는지 미지수였다. 그저 당장 베를린으로 날아가야 한다는 생각뿐이었다.

구미가 당기는 사건을 추적하려는 기자 근성 때문일까? 그는 그렇지 않다고 확신했다. 메디가 자신의 딸이라고 믿기 때문일까? 그럴 수도 있지만 그저 충격적인 사실을 알게 됐으니 그녀를 보호해야겠다는 마음뿐이었다.

경찰차 안에서 들은 사일러스의 말이 머릿속을 떠나지 않았다.

'사진 속 해마들에 전부 다른 이미지가 덧씌워진 것 같아요. 인간의 해마가요.'

그 말에 따르면, 메디의 목숨이 위태로웠다.

스트로버와 사일러스는 인터폴에 도움을 요청하고 입수되는 정보를 공유하겠다며 그를 안심시켰지만, 스트로버가 늘 강조하듯이 경찰은 늘 중요한 업무에 파묻힌 바쁜 사람들이었다. 화창한 오후 월트셔의 숲속에서 엠마 휴잇이 총에 맞아 죽은 사건을 해명하는 일 따위만 봐도 그렇다.

히드로 공항에 도착한 그는 주차장에 차를 댔다. 공항 보안 검역대를 거치면서도 메디와 토니 생각이 머리를 떠나지 않았다.

어쩌면 둘 사이는 단순한 불륜관계에 불과하고, 그는 베를린으로 사랑의 도피를 하는 커플을 공연히 뒤쫓고 있는지도 모른다. 그렇다면 여간 민망한 상황이 아니다.

루크는 이곳으로 출발하기 전 로라에게 이 사실을 알리지 않아 마음이 불편했다.

루크는 스트로버가 문자메시지를 보낼 경우에 대비해 이륙하는 동안에도 휴대폰을 켜두었다. 휴대폰을 막 끄려는 순간 외국 전화번호로 메시지가 들어왔다. 프레야랑 통화하면서 알게 된 인도 국가 코드 91로 시작되는 번호였다.

베를린으로 와 주실 수 있어요? 오늘요? 드릴 말씀이 있어요. 메디.

루크는 문자메시지를 읽고 깜짝 놀랐다.

메디가 그에게 무슨 이야기를 들려주겠다는 말인가? 살아온 인생에 대해서? 어떻게 입양되었는지에 대해서?

그보다도 메디가 루크의 번호를 어떻게 알아냈을까? 그 순간 그는 첫날 보건소에서 만난 메디에게 명함을 건넨 기억을 떠올렸다. 그것을 보관하고 있었나 보다. 이번에도 경찰을 앞서 가고 있는 것 같아 뿌듯했다.

메디는 루크가 딸을 찾겠다는 일념으로 베를린으로 날아올 거라 이미 확신한 걸까? 문자메시지에 공포심 따위는 담겨 있지 않았다. 메디는 침착해 보였다.

답장을 보내려는 순간 승무원이 그에게 휴대폰을 꺼달라고 요구했다. 루크는 문자메세지 하나만 보내게 해달라고 항의했지만 승무원은 완강했다. 그녀는 폰을 뺏어가 전원을 꺼버렸다.

그는 되돌려 받은 폰을 들여다봤다. 신호는 이미 사라지고 없었다.

베를린에 도착하려면 두 시간이 남았다.

◆

"이이가 갑자기 비행 공포증에 시달리고 있어요."

나는 승무원에게 설명했다.

"어릴 때부터 비행기만 타면 어쩔 줄 모르던 사람이거든요."

승무원은 반쯤 의식을 잃은 채 좌석에 널브러진 토니를 보았다.

"전에도 이런 일이 있었는데…, 미안해요, 그동안 치료를 받아서 좀 나아졌다고 생각했어요. 약을 먹고 있는 줄 알았으면 같이 술을 마시지 않는 건데…."

"착륙하면 의사를 만나야 하지 않을까요?"

승무원이 동요하는 주변 승객들의 얼굴을 훑어보며 물었다.

"승객 중에 의사가 있는지 물어볼까요? 보통 꼭 한 분씩은 있더라고요."

"아니, 괜찮아요."

나는 그 제안을 재깍 물리쳤다.

"착륙하면 이용할 휠체어만 하나 준비해주세요. 통로를 내려갈 때 도와주시면 더 좋고요."

"어떻게 도와드릴 수 있을지 확인해볼게요. 휠체어를 쓰려면 보통은 48시간 전에 통보해야 하거든요. 정말 괜찮으실까요?"

"이이는 괜찮아요. 다만 옆자리에 계신 분한테 죄송하네요. 남편이 코를 심하게 골 수 있어서요."

승무원은 안됐다는 듯 내게 미소를 지었다. 내가 왜 비행기 안에서 졸도나 하고 요란하게 코나 골아 대는 늙은 남자와 같이 사는지 의아해 하는 눈치였다.

히드로 공항에서 비행시간을 바꿀 때 미리 베를린에서 쓸 휠체어를 예약하고 싶었지만, 토니가 내 옆에 딱 붙어서 끊임없이 지껄이는 통에 그럴 짬을 낼 수 없었다. 그래서 하는 수 없이 비행기에서 할 수 있는 플랜 B를 실행해야 했다.

이제 그는 인사불성이었다. 나는 심호흡을 하며 주위를 둘러보다가 헤드폰을 벗고 있는 옆자리 남자와 눈이 마주쳤다.

"완전히 맛이 가버렸어요." 내가 변명하듯 말했다. "비행기 타는 걸 워낙 힘들어 하거든요."

내 말에 그 남자가 어색한 미소를 지었다.

"이제 잘 해결됐어요."

승무원이 내 옆에 나타난 덕분에 민망한 상황을 피할 수 있었다.

"착륙하면 남편 분을 태울 휠체어가 준비돼 있을 거예요."

"정말 다행이네요."

아주 오랜만에 나는 잠시나마 마음을 놓을 수 있었다. 플랜 B 역시 술술 풀리는 느낌이었다. 지난 몇 주 동안 나는 엄청난 계획을 세워야 했다. 기억이 돌아오기 시작한 순간부터.

◆

내 옆에 고꾸라져 있는 토니를 돌아봤다.

나는 일부러 그의 집을 찾아가서 그에게 기억상실이라는 미끼를 던졌다. 충분한 조사를 해 본 결과 나는 그를 낚을 방법을 알아낼 수 있었다.

'나는 내 이름을 기억하지 못한다.'

나와 토니는 이 모든 악연이 시작된 도시에 곧 도착한다.

나는 좌석 밑에 놓인 가방에 손을 뻗어 플레어의 구겨진 사진을 꺼냈다.

그녀의 뺨을 내 뺨에 갖다 댔다. 우리는 쌍둥이 자매처럼 꼭 닮았다. 같은 헤어스타일, 비슷한 옷차림. 치명적인 닮은꼴. 둘 다 토니가 좋아하는 타입이다.

그녀가 눈가에 웃음을 머금고 카메라를 바라본다. 나는 그녀를 플레어라는 이름으로 불렀지만 남들은 '플로'라고 불렀다. 그녀의 어머니만 딸을 '플로렌스'라 불렀다고 한다. 토니의 까페에 걸려있던 해마 사진 중에는 '히포캄푸스 플로렌스Hipocampus florence'라는 이름표가 붙은 액자가 있었다.

모든 일이 계획대로 마무리 되면 인도에 계신 내 어머니에게 전화를 걸어 내가 무슨 일을 저질렀는지, 왜 그렇게 할 수밖에 없었는지를 설명할 생각이다.

루크에게도 다시 연락을 해야 한다. 히드로 공항에서 그분에게 베를린에 와 달라고 부탁하는 메시지를 보냈다. 답장은 없었지만 틀림없이 올 것이다. 주점 퀴즈 대회에서 만난 루크에게서 프레야 랠을 다시 찾기 시작했다는 이야기를 들었을 때부터 그가 마음에 들었다. 여느 남자들에게서는 찾아보기 어려운 솔직한 태도로 자신의 사연을 털어놓는 그를 보니 가슴이

쩡했다. 믿어도 될 사람 같았다. 도착하면 그에게 다시 문자메
시지를 보낼 생각이다.

그리고 마침내 그를 다시 만나면 내가 그 마을을 일부러 찾
아간 이유를 설명할 것이다. 그에게 나의 이야기를 들려주는
것이다.

◆

사일러스는 베를린의 최근 실종자 명단을 검토했다.

독일의 연방범죄수사국(BKA)에서 보내준 자료였다.

"여기 있는 사람이 전부야?"

역시 노트북에서 명단을 훑고 있는 스트로버에게 사일러스
가 물었다. 그녀는 이미 데이터를 철저히 분석해 베를린에서
행방불명된 사람들 가운데 토니의 갤러리 까페에 있는 액자
제목과 일치하는 이름들을 추렸다.

"일곱 명을 다 찾았어요. 남성 셋, 여성 넷입니다. 네 명은 영
국인이고, 두 명은 미국인, 한 명은 독일인이네요. 서른이 넘는
사람은 없었고요. 다들 지난 5년에서 10년 사이에 베를린에서
실종됐습니다."

사일러스는 그녀가 실마리를 찾은 데 대해 기뻐해야 마땅했
지만, 그 결과가 시사하는 의미가 두렵기만 했다. 월트셔의 작
은 마을에서 비롯된 상실과 고통의 그물이 이렇게 멀리까지
뻗어나가다니.

스트로버가 정리한 한 명 한 명의 파일에는 실종자의 이름과 나이, 출생국가, 실종된 장소가 적혀 있었다. 부모의 이름과 사용 언어, 눈에 띄는 특징 등이 좀 더 상세히 기록된 파일도 있었다.

특히 플로렌스의 파일에 따르면, 그녀는 주로 '플로'라고 불리웠다고 한다. 물론 '플레어'라는 이름은 언급되지 않았지만, 사일러스는 그녀가 메디의 죽은 친구라고 확신했다.

"이 여자도 메디랑 참 많이 닮았어. 안 그래?"

그가 스트로버의 노트북 화면을 보며 말했다.

스트로버는 잔뜩 집중하여 화면을 뜯어보고 있었다.

"플로는 손목에 연꽃 문신이 있었대요. 메디도 그렇잖아요?"

"당신은 메디의 문신을 직접 봤어?"

"루크한테서 들었어요. 루크는 그 문신이 자기 딸의 종교와 관계가 있다고 생각했어요. 설명하자면 복잡하지만, 불교를 믿는 것처럼 말했어요."

"플레어가 틀림없어." 사일러스가 생각을 말로 표현했다.

"실종될 당시에 이 사람들은 다들 마이스페이스MySpace, 베보Bebo, 돈스테이인DontStayIn 등 SNS 활동을 활발히 하고 있었답니다. 비교적 최근에 실종된 사람들은 페이스북이랑 왓츠앱을 했고요." 스트로버가 말을 이었다. "제보를 받아야겠어요. 그리고 프로파일링에 따르면, 제가 추린 사람들은 전부 클럽을 좋아했나 봐요. 젊은 사람들이 베를린을 찾아가는 이유가 바로 그 때문이죠."

"클럽이라…. 자네 추리가 맞겠어. 더구나 자네가 지난번에 말하기를, 토니는 한때 클럽 DJ 사진을 찍으러 유럽 전역을 돌아다녔다고도 했잖아." 사일러스가 덧붙였다.

"인터폴에 메디 사진을 보내야겠어. 인도 여권에 쓰인 사진으로."

사일러스가 책상에서 일어나 스트레칭을 했다. 오전 내내 앉아만 있었다.

"그러면 그쪽에서 베를린에 있는 연방범죄수사국 사무실로 전달하겠지. 워드 경감도 이제는 우리가 메디한테 연락하기를 바랄 테고. 지금 메디가 휴대폰을 갖고 있나? 위치추적을 해보지."

"네. 아마 루크가 그 번호를 알 거예요."

사일러스는 스트로버와 루크의 관계가 여전히 꺼림칙했다.

루크는 지금까지 꽤 협조적이었지만 기자로서 분명 자기 나름의 속셈이 있을 것 같았다. 메디가 자기 딸이라고 생각한다는 이유만으로 베를린까지 날아갈 것 같지도 않았다. 한 번 기자는 영원한 기자일 수밖에 없다.

"다만 루크는 아직 비행기 안에 있을 겁니다. 착륙하는 즉시 제게 연락 달라는 문자메시지를 보내뒀고요."

"무슨 얘기를 하려고?"

스트로버는 머뭇거렸다.

"베를린의 실종자 명단에서 프레야라는 이름을 발견했거든
요. 외모를 보니 인도 사람 같아서-"

"그래서…?"

"루크의 옛 연인 이름도 프레야였거든요. 실종된 프레야가
그의 딸일 가능성이 있겠다 싶어서…."

"자네 할 일이나 해, 스트로버!" 사일러스가 쏘아붙였다. "루
크한테 메디 전화번호나 물어봐. 그런 데나 신경을 쓰라고. 그
여자 휴대폰이 켜지면 독일 경찰 측에서 위치를 금방 특정할
테니까."

◆

출입국 심사대에 가까워졌을 때는 토니도 반쯤 의식을 회복
했지만 여전히 고주망태가 된 사람처럼 휠체어에 고꾸라져 있
었다.

우리를 기다리고 있던 공항 직원이 비행기 문 앞까지 와서
토니의 휠체어를 밀었다. 그는 영어를 하지 못했고, 나도 과거
에 익힌 어설픈 독일어마저 싹 잊은 상태였다.

출입국 심사대 대기 줄 맨 앞에 도착하자, 여권 심사 공무원
은 우리에게 함께 앞으로 나오라고 손짓했다.

"남편은 잠들었어요." 나는 그에게 설명했다. "비행기 타는
걸 힘들어해서 매번 이러네요."

우리 둘의 여권을 그에게 내밀었다.

그는 이제 눈을 뜨려고 꿈벅거리는 토니를 보면서 기내에서 과음한 여행자라고 지레짐작하는 듯했다. 그는 토니의 영국 여권과 내 인도 여권을 확인했다.

"독일에 얼마나 머무를 계획이십니까?" 그가 눈을 감은 토니를 다시 쳐다보며 물었다.

"1주쯤 머물다가 인도로 돌아가려고요."

"이분은요?"

그는 토니 쪽으로 고갯짓을 했다.

"저랑 같이 갔으면 좋겠는데…." 어디까지 설명할지 잠시 고민했다. "아직 설득 중이에요." 나는 미소를 지으며 덧붙였다.

나는 토니의 휠체어를 미는 남자와 함께 계속 걸었다.

아까 착륙하자마자 루크에게 우리가 만날 장소를 알려주겠다는 문자메시지를 보낸 다음, 배터리가 얼마 남지 않아 휴대폰을 껐다.

출입국 심사대 한쪽 구석에 서 있던 직원 두 명이 수화물 찾는 곳으로 향하는 우리를 유심히 지켜보았다. 나는 주눅 들지 않으려고 마음을 다잡았다.

수화물 컨베이어 벨트에 짐이 잔뜩 실려 나오자, 승객들은 할인 상품을 먼저 차지하려는 쇼핑객처럼 우르르 몰려들었다. 토니의 휠체어를 밀던 남자가 가까운 컨베이어 벨트 앞에 서서 나에게 손짓을 했지만 나는 고개를 저었다. 우리 둘 다 짐을 부치지 않았고, 내 핸드백과 토니의 무릎에 놓인 조그만 여행 가방이 전부였기 때문이다.

나는 토니에게 그동안 알프라졸람 내성이 쌓였을까 걱정이었다. 더구나 그는 비행기 안에서 블랙커피를 두 잔이나 억지로 들이켰다. 카페인은 알프라졸람의 독성을 높일 수 있지만, 벤조의 진정효과를 없앨 수도 있다.

택시를 잡았더니 휠체어를 밀던 공항 도우미가 토니를 뒷좌석에 앉히는 일을 도와주었다. 나는 그에게 팁으로 20유로를 주면서 그가 운전사에게 쓸데없는 말을 하지 않기를 바랐다. 그는 비행기 출구에서 우리를 맞은 순간부터 내게서 의심의 눈초리를 거두지 않는 듯했다.

"레발러 거리요." 택시에 탄 다음 내가 운전기사에게 말했다. "크로이츠베르크의 포츠다머 광장을 거쳐서요."

"순환 도로로 갈까요?" 그가 룸 미러를 통해 나를 보며 물었다.

토니와 나는 뒷좌석에 타고 있었다.

토니는 아직도 의식이 오락가락하는 상태여서 우리가 어디 있는지 갈피를 못 잡고 있었다.

"아니요."

나는 순환도로를 타기보다 플레어와 내가 함께 시간을 보내던 지역을 지나가고 싶었다. 정신을 똑바로 차리고 여기 온 이유가 무엇인지 기억해야 했다.

루크에게 문자메시지도 보내야 했다.

어느새 내 머릿속은 과거로 돌아가, 플레어가 살았던 중앙역 옆 아파트로 들어갔다. 당시에 나는 갭 이어(gap year; 고등학교 졸업 후 대학 진학 전에 여행이나 일, 봉사활동 등을 하면서 다양한 경험을 쌓는 기간 - 옮긴이)를 보내고 있었고, 플레어는 미대에 다니고 있었다.

나는 플레어를 동경했고 그녀와 똑같아지고 싶었다. 며칠 만에 나는 플레어와 같은 헤어스타일로 바꿨다. 짧은 앞머리에 귀를 드러낸 쇼트 커트. 그리고 그녀처럼 머리부터 발끝까지 검정으로 차려입었다. 심지어 벨트 가방과 목걸이도 비슷하게 맞췄다.

나는 여섯 번의 시도 끝에 독일의 전설적인 베르크하인 클럽에 입장할 수 있었다. 클럽 안에 들어간 나는 눈이 휘둥그레질 수밖에 없었다. 열여덟이었던 나는 댄스플로어에서 벌거벗은 남자들끼리 끈적한 애정행각을 벌이는 광경을 보는 것이 처음이었고, 플레어처럼 자유분방한 사람도 처음이었기 때문이다.

금속 징이 박힌 가죽 마스크를 쓴 낯선 이들이 다가와 플레어의 귀를 핥자, 플레어는 내게 미소를 지어보였다. 돌이켜보면 우리는 둘 다 부모에게 반기를 들고 싶었던 모양이다. 그 무렵 플레어는 부모와 사이가 틀어졌었고, 나는 불과 얼마 전에 부모님의 불행한 결혼생활이 엉망진창으로 끝나는 과정을 목격했다. 엄마는 인도로 돌아가 버렸고 아빠는 아이리시 위스키를 진탕 마셔대며 슬픔에서 허우적대던 시기였다.

그러다 우리가 탐닉한 곳은 지금 이 택시가 향하고 있는 클럽.

그곳으로 가는 길에 플레어와 나는 똑같은 연꽃 무늬 문신을 했던 것 같다. 우리 둘의 관계가 점점 진지해지고 있다는 증거였다. 그 때의 상황을 정확하게 기억할 수 있다면 좋을 텐데….

그러나 그날 밤에 찾아온 기억상실은 그 이전과 이후의 기억을 모두 집어삼켜버렸다. 우리 둘은 서로의 손목에 연꽃을 꽃피우면서 어떤 약속을 했을까? 내가 영원히 그녀를 사랑하고 아끼겠다고 맹세하지 않았을까? 만약 그랬다면 나는 바로 그 첫날밤에 맹세를 저버린 셈이다.

나는 토니에게 눈물을 보이지 않으려고 택시의 창문 밖을 내다봤다. 소매를 끌어올려 연꽃 무늬 문신을 보며 섬세한 꽃잎 가장자리를 따라 손가락을 움직였다. 그 꽃잎에서 힘을 얻고 싶었다. 아홉 개의 꽃잎에서.

토니는 다시 완전히 의식을 잃었다.

우리가 탄 택시는 슈프리 강 건너 북쪽으로 달려 바르샤바 거리 역에 이르렀다. 오른쪽으로는 동쪽을 향해 뻗은 철로가 보였다.

"여기서 차를 돌려주세요."

나는 기사에게 반대편을 향해 손짓하며 말했다.

우리가 향하는 곳은 대로변에서 안쪽으로 들어와 있는 공장으로, 관광객들은 발견하기 어려운 위치였다. 2년 전에 폐업한 클럽 그뤼네스탈이 있던 바로 그 자리.

"문 닫았어요."

텅 빈 공장 앞의 울퉁불퉁한 길을 지나가던 운전수가 강한 독일 억양으로 말했다.

"저도 알아요. 그래도 상관없어요. 감사합니다. 여기 있는 제 친구가 마지막으로 한 번 보고 싶다고 했거든요."

"여기라고요?"

그가 우리의 목적지를 보며 의아한 눈빛으로 물었다.

"맞아요."

나는 한때 클럽 그뤼네스탈이었던 낡은 공장을 보며 말했다. 나는 차에서 내려 토니가 타고 있는 쪽 문으로 갔다.

"도착했어요."

이제는 눈을 뜨고 있는 토니에게 내가 말했다.

나는 그가 차에서 내리도록 도왔다. 그는 아직도 몽롱한 상태로 내 뜻에 따라 움직였지만 그 상태가 얼마나 갈지는 정확히 알 수 없었다. 알프라졸람의 약효는 최대 열두 시간까지 지속될 수 있다. 그러나 만약 토니에게 내성이 있다면 그 시간은 훨씬 짧아질 것이다. 특히나 카페인을 다량 섭취한 상황에서는.

내가 팁을 후하게 건네자, 운전수는 기쁜 표정을 지었다.

"당케Danke(Thank you라는 뜻의 독일어 - 옮긴이)." 나는 몇 번이나 이 말을 반복했다.

방향을 돌려 돌아가는 택시를 지켜보는 사이 내 옆에 있던 토니는 몸을 휘청거렸다.

"여기 기억나요?"

나는 벽면이 온통 낙서로 뒤덮인 낡은 공장을 보며 물었다.

나는 힘없이 미소를 짓는 그가 뒤로 쓰러지지 않도록 붙잡아야 했다. 알프라졸람의 근육 이완 효과 때문에 그의 움직임은 굼떴다.

나는 그의 팔짱을 끼고 공장 뒤쪽으로 이동했다.

조만간 그의 미소는 싹 달아날 것이다.

◆

루크는 스트로버의 문자메시지를 읽었다. 그가 탄 항공기가 조금 전 지상에 착륙했다.

스트로버는 인터폴이 넘겨준 베를린 실종자 명단을 검토하다가, 메디와 비슷한 나이대의 프레야라는 이름을 가진 사람을 발견했다고 알려줬다. 아쉽게도 그녀의 성이 슈미트인 것으로 볼 때, 인도나 아일랜드계는 아닌 듯했다.

휴대폰이 또 진동했다. 메디가 자신의 전화로 루크에게 보낸 메시지였다.

베를린에 오고 계신가요? 만날 장소를 조만간 알려드릴게요.

루크는 그녀가 걱정스러워 곧바로 답장을 보냈다.

지금 막 베를린에 도착했어요. 지금 어디예요? 괜찮은 거죠?

루크는 답장을 기다리며 창문으로 테겔 공항 터미널 건물을 내다봤다. 벌써부터 좌석 위 선반에서 가방을 꺼내는 승객들도 있었다. 그는 비행기에 더 이상 앉아 있을 수 없을 때까지 뭉그적대며 휴대폰을 계속 들여다봤지만 답장이 오지 않았다.

루크는 입국장을 나와 주위를 두리번거렸다.

그는 곧장 베를린 시내로 이동해야 할까, 아니면 여기 있어야 할까?

아직 메디의 메시지는 들어오지 않았다. 그 순간 그의 휴대폰이 울렸다. 스트로버였다.

"제 문자메시지 받으셨어요?" 그녀의 목소리는 다급했다.

"조금 전에 베를린에 도착했어요."

왜 답장 문자가 늦은 것에 대한 변명을 해야 할 것만 같은 기분이 들까?

"메디랑 같이 계세요?"

"아직 못 만났어요."

"그래도 메디가 어디 있는지 아시죠?"

루크는 속사포처럼 쏟아지는 그녀의 질문에 당황하며 걸음을 옮겼다.

"방금 메디가 문자메시지로 내게 베를린에 오고 있는지 물었어요. 무슨 문제 있어요?"

"본인 휴대폰으로요?" 스트로버가 물었다.

"네. 왜요?"

"그 번호 좀 알려주세요. 메디의 행방을 독일 경찰 측에 알려야 하니까요."

루크는 대화의 진행 방향이 점점 마음에 들지 않았다. 스트로버가 프레야 슈미트에 대한 새로운 소식을 갖고 연락했기를 기대했는데….

그는 메디의 번호를 종이에 옮겨 적은 뒤, 큰 소리로 읽었다.

"메디의 마지막 문자메시지를 언제 받으셨죠?" 스트로버가 물었다.

"내가 비행기 안에 있을 때 보냈나 봐요. 어림잡아 두 시간 전이요."

"답장은 보내셨어요?"

"한 15분 전이요. 그 후로는 소식이 없어요."

메디의 침묵이 불길한 징조로 느껴지기 시작했다.

"조만간 우리가 만날 장소를 알려주겠다고 했어요."

"새 소식 있으면 저한테 알려주세요. 독일 경찰이 메디 번호를 추적할 거예요."

"프레야 슈미트 소식 알려준 건 고마워요."

"그만 끊어야겠어요."

"프레야라는 사람에 대해 더 해줄 얘기 없어요?"

스트로버는 잠시 망설이더니 누가 엿들을까 신경 쓰이는 듯 평소보다 작은 목소리로 소곤거렸다.

"스물아홉 살이고 독일 국적이래요. 독일어와 영어를 하고 외모는…"

"외모가 어때요?"

스트로버는 자유롭게 말할 상황이 아닌 듯했다. 사일러스가 신경 쓰이는지도 몰랐다.

"인도 사람 느낌이에요. 메디랑 조금 닮았고요."

"조금요?"

"이제 끊어야 해요."

'프레야 슈미트.'

루크는 커피를 마시며 메디에게서 연락이 올 때까지 기다리기로 했다.

'스물아홉 살에 독일어와 영어를 한다. 외모는…, 메디를 조금 닮았다.'

그런 정보를 알려준 스트로버가 고마웠다. 프레야 슈미트가 자신의 신분을 숨긴 채 다른 이름을 써서 영국에 왔을 가능성은 없을까? 남의 여권을 가지고? 예를 들어 '메디 설로'의 여권? 스트로버의 말이 맞다면, 프레야라는 여자의 나이와 생김새는 메디와 비슷하다. 하지만 그녀는 루크가 사는 마을에 무슨 이유로 찾아왔을까? 그리고 지금 그에게 해주고 싶다는 얘기는 무엇일까?

◆

쇠창살 안쪽에서 벽에 등을 기댄 채 콘크리트 바닥에 주저앉아 있는 토니는 꼭 죄수 같았다.

"여기 기억나요?" 내가 물었다.

"여기?"

그는 어리둥절했다. 늘어지는 목소리는 평소보다 한 옥타브쯤 낮았다. 나는 쇠창살을 붙잡고 그를 응시했다. 아까의 헤벌쭉한 미소가 얼빠진 표정으로 바뀌어 있었다. 아무 감정이 없어 보였다.

"우린 같이 여행을 떠날 거예요."

"여행이라고요?"

그는 한참 후에야 되물었지만 관심이나 흥미가 담긴 말투는 아니었다.

"과거로 가는 여행이요. 십 년 전 그뤼네스탈 클럽으로요. 당신이랑 나랑, 내 친구 플레어랑."

토니는 앞만 바라보고 있었다. 내 말을 듣고 있는지, 내가 방금 한 말을 이해했는지도 알 수 없었다.

택시가 떠난 후 나는 사람들의 눈을 피해 그를 공장 후문 쪽으로 끌고 갔다. 이 산업 황무지를 지나다니는 사람이 많아서는 아니었다. 1주 전, 아직 영국으로 떠나지 않고 베를린에 있을 때 미리 생각해둔 대로 했을 뿐이다.

지금 우리가 있는 곳은 폐허로 변한 공장 지하였다. 클럽을 좋아하는 사람들과 관광객 사이에서 점점 인기를 끌고 있는 인근 지역과는 동떨어진 곳. 사전 답사를 위해 이곳을 찾아왔던 나는 레발러 거리를 둘러보았다.

지하에 있는 철창은 본래 공장 동력장치로부터 정비공들을 보호하기 위해 설치된 것이었다. 창살문을 잠글 필요는 거의 없어 보였다. 토니가 어디로 급히 달아날 것처럼 보이지는 않았기 때문이다. 하지만 알프라졸람의 약발이 떨어지면 그곳을 빠져나가려 할 것이다.

내 계획에는 이런 순간도 포함돼 있었다. 지난주에 이곳으로 튼튼한 자물쇠를 갖고 와서 그것을 숨겨 두었다. 나는 토니의 상태를 확인한 다음 그것을 가지러 갔다.

하지만 자물쇠가 없어졌다는 사실을 곧바로 알 수 있었다. 토니를 돌아보니, 지금도 멍하니 허공을 응시하고 있었다. 자물쇠를 다시 찾아봤지만 보이지 않았다.

애써 마음을 진정시키고 넓은 공장 터를, 한때는 시끄러운 테크노 음악을 반향했을 벽과 금속 대들보 사이를 돌아다니며 자물쇠를 찾기 시작했다.

'침착하자.'

나는 계획에 따라 미리 자물쇠를 사 두었지만 아무리 철저한 계획도 어그러질 수 있는 법이다. 당황해서는 안 된다. 자물쇠는 어딘가에 있을 것이다. 엠마 휴잇으로 오해까지 받으면서 온갖 어려움을 이겨내고 여기까지 왔다.

결국 자물쇠를 찾아낼 것이다. 찾지 못한다 해도 창살문 앞에 무거운 물체를 밀어두면 된다. 토니의 신체는 알프라졸람 때문에 약해질 대로 약해진 상태다. 이 문제를 해결할 시간은 얼마든지 있다.

한때 클럽에서 가장 큰 댄스플로어였던 곳에 섰다. 쿵쾅대는 리듬에 맞춰 플레어가 몸을 흔들어대던 곳. 이제 나는 우리가 바로 여기서 토니를 만났다고 확신했다. 그뤼네슈탈은 우리가 가장 좋아했던 클럽이고, 플레어가 내게 처음으로 키스를 한 곳이었다.

"당신이 우리한테 술을 산 곳이 여기쯤일 거예요." 나는 토니를 돌아보며 말했다. "나한테 한 잔, 플레어한테 한 잔을 샀잖아요."

그가 내 말을 알아들을까? 토니는 아직 눈을 뜨고 있었다. 얼른 자물쇠 문제를 해결해야 한다.

"둘 다 순진해빠져서 당신을 털끝만큼도 의심하지 않았어요. 우리는 돈도 한 푼 없었으니 친절한 미국 남자가 비싼 칵테일을 사줘서 우쭐하기만 했죠. 우리더러 쌍둥이인 줄 알았다며 사진을 찍어줄 테니 모델이 되어달라고 했었죠? 아마 그런 식으로 말했을 거예요. 알다시피 나는 당신을 어떻게 만났는지 기억해내려고 몇 년이나 애를 썼어요."

나는 토니 쪽으로 돌아가, 그의 옆에 쪼그리고 앉았다. 하지만 우리 사이는 쇠창살로 분리되어 있었다. 그의 창백한 관자놀이에 땀방울이 맺혔다.

"우리는 열여덟 시간 뒤에 플레어의 아파트에서 깨어났어요. 머리가 쪼개질 듯이 아프고 다리 사이가 쓰라리더군요. 둘 다 전날 밤에 무슨 일이 있었는지, 어디 갔었는지, 누구를 만났는지 전혀 기억하지 못했죠. 그게 얼마나 무서운지 알기나 해요? 우리는 침대에 누운 채 얼마 전에 똑같이 새긴 문신을 보면서, 서로에 대한 사랑의 강렬함에 겁을 먹었어요. 우리는 갑작스레 불안감이 피어나기 시작했어요. 어젯밤에 둘이서 무슨 짓을 한 건가? 하지만 내 상대는 플레어가 아니었죠. 이제 나도 알아요. 플레어는 나를 언제나 부드럽게 대했어요. 그 일 후에 당신은 우리 둘을 씻겼죠? 당신의 죄를 씻어내려 했겠죠. 자꾸만 욕실이 떠올라요. 싸늘한 타일 바닥에서 무릎을 가슴에 붙이고 오들오들 떨며 몽롱한 눈으로 내게 도와달라고 애원하던 플레어가요. 하지만 그 장면도 최근에야 떠오른 거예요. 10년 동안은 오로지 암흑뿐이었죠. 당신이 우리 술에 탄 알 수 없는 약 때문에 우리 인생의 한 조각은 완전히 지워졌어요."

나는 토니에게서 멀어져 공장 입구 쪽으로 다가갔다. 신선한 공기를 마시러 밖으로 나갔다가 내 안에 있는 힘, 환한 햇살에 깜짝 놀랐다. 그에게 맞서지 못할까봐, 없어진 자물쇠 때문에

허둥댈까봐 여태 걱정했지만 갑자기 어떤 일이 생겨도 대처할
수 있을 것 같은 용기가 생겼다.

그때 멀리서 경찰 사이렌이 울부짖었다. 토니는 내가 그에게
한 말, 여기 끌려온 사실을 기억하지 못하겠지만 나는 그에게
할 말을 오랫동안 준비했다.

"플레어는 다음 날 오후에 사라졌죠." 나는 쇠창살을 꼭 쥐
고 말을 이었다. 갑자기 감정을 다스리기가 힘들어졌다.

"길 건너 카페에서 같이 샐러드를 먹은 다음 나는 잠이 쏟
아져서 플레어의 아파트로 돌아갔어요. 플레어를 본 건 그 때
가 마지막이었죠."

나는 돌아섰다. 토니에게 눈물을 보일 생각은 추호도 없었
다.

잠시 후 다시 그를 마주볼 용기를 내어 쇠창살을 붙잡았다.

"당연히 경찰을 찾아갔어요. 경찰은 조사를 마친 다음 플레
어를 베를린에서 실종된 젊은이 명단에 올렸지만 끝내 찾을
수 없었죠."

나는 고개를 숙이고 심호흡을 했다. 속에서 분노가 구역질처
럼 올라왔다.

"플레어가 사라진 날 당신이 카페에 들어와서 우리를 계속
지켜봤다는 사실을 나는 그때 전혀 몰랐죠. 당신은 우리가 전
날 밤에 있었던 일을 기억하는지 확인하러 온 거였어요."

더 이상 참을 수 없었다.

나는 창살문을 열고 그에게 다가갔다.

"플레어를 어디로 데려갔어요? 플레어한테 무슨 짓을 했어요?"

나는 악을 쓰며 그의 상체를 마구 발로 찼다.

"당신의 음침한 스튜디오로 데려갔죠? 거기가 어디예요, 토니?"

그는 끙끙대며 배를 움켜쥐었다. 나는 이러지 않겠다고 다짐했었다. 스님들에게 약속했다. 그를 벌주는 일은 경찰에 맡기겠다고.

토니는 고개를 돌려 나를 바라보았다. 눈빛은 아직 멍했지만 처음으로 내 말을 알아들은 듯했다.

"여기, 베를린에 당신 스튜디오가 있잖아요." 나는 한결 차분해진 목소리를 냈다. "우리, 당신, 해마들의 환영이 자꾸 보인다고요. 거기가 어딘지 알아야겠어요."

그날 밤에 그가 우리를 데려간 장소에 대한 이미지들이 최근 몇 달 사이 수면 위로 떠오르기 시작했다. 심연에서 솟아오른 허연 괴물들처럼. 회반죽을 칠한 벽 위의 커다란 해마 사진. 욕실. 타일 바닥. 침대. 흰 가운. 의료 기구들.

다시 토니의 옆에 쪼그리고 앉았다.

"대체 어디 있냐고요." 그의 귀에 대고 내가 속삭였다.

많은 시간을 들여 검색한 끝에 나는 결국 그가 옛날에 운영하던 웹사이트를 찾았지만 스튜디오의 주소는 없고 나이트클럽과 DJ, 몇몇 여자들의 사진뿐이었다.

"내 스튜디오?" 그가 물었다.

"베를린에 있는 스튜디오 말이에요."

"당신 사진을 찍어 달라고요?"

"그냥 주소만 말해요."

그가 얼떨떨한 표정을 지었다.

"그리고 열쇠만 내놓으면 돼요."

◆

토니는 무거운 시멘트 포대를 하나하나 옮기는 메디를 보면서도 막을 수 없었다. 시간이 한참이나 걸렸지만 그녀는 서두르는 기색이 없었다.

토니는 애가 탔다. 이제는 그녀가 자신에게 진정제를 먹였다는 사실을 깨달았고, 그 효과가 사라지기 전에는 아무것도 할 수 없었다. 지독한 무기력증이 그를 반쯤 죽은 사람처럼 만들었다. 콘크리트 바닥에 누워 잠들고만 싶었다.

'더 이상 그녀의 장단에 놀아나지 않을 수만 있다면.'

스튜디오 열쇠도 이미 메디에게 내주었다. 열쇠를 빼앗기는 순간에도 그는 분노 섞인 무력감을 느꼈다. 얼른 정신을 차려 이런 꼴을 벗어나야 했다.

"다른 사람이 당신 같은 처지라면 연민이 생겼을 거예요."

시멘트 포대로 장벽을 완성한 메디가 말했다. 그녀는 육체노동을 마친 뒤, 이마에 구슬땀을 흘리며 쇠창살 앞에서 그를 경멸하듯 노려보았다.

잠시 후, 그녀는 이제 자리를 떠나려고 돌아섰다.

"어떻게 기억해냈어요?" 토니가 여전히 어눌한 목소리로 외쳤다.

마비된 정신 때문에 미칠 지경이었다.

"시간이 이렇게 많이 흘렀는데?"

메디는 뒤돌아서서 토니를 보고 잠시 망설였다. 그러다가 다시 그를 건물 안에 혼자 남겨두고 가기로 결심한 모양이었다.

"이봐요, 돌아와요." 그는 갑자기 겁이 나서 소리쳤다. "얘기 좀 해요."

대답이 없었다. 그녀는 너무 침착했다.

토니는 이제 공포감을 느꼈다.

5분 뒤에 그는 위태롭게 발을 딛고 일어섰다. 자신이 어디에 있는지조차 알 수 없었다. 그뤼네스탈 클럽은 그가 베를린에서 가장 뻔질나게 드나들던 사냥터였고, 유럽에서 가장 마음에 드는 장소였다. 취향에만 맞으면 그는 여자 남자를 가리지 않았다. 나이트클럽 사진작가로 명성을 쌓은 이후로 이곳에서 활동한 DJ들을 전부 알고 지냈다. 유럽의 일류 클럽을 다니며 홍보 사진을 찍어준 덕분에 그는 어디에나 은밀히 출입할 수 있었다. 아무도 그를 의심하지 않았다.

그는 희생자들에게 알프라졸람을 먹여 일시적인 기억상실을 유발시켰다. 그는 희생자들에게 한 짓을 낱낱이 기억하지만, 희생자들은 그가 한 짓을 아무것도 기억하지 못한다. 한때 신경외과 의사를 꿈꿨지만 알츠하이머에 걸려 부신피질이 퇴화되고 있는 사람에게 그보다 짜릿한 경험이 없었다.

그는 창살을 몸으로 밀어보았다. 꿈쩍도 하지 않았다. 메디는 쇠창살 바깥에서 무거운 시멘트 다섯 포대를 차곡차곡 쌓고, 그 옆에는 낡은 타이어 몇 개도 갖다놓았다.

하지만 문은 머지않아 열릴 것이다. 그가 기력을, 목적 의식을 되찾기만 하면 문제없다.

이제 생각해보니, 메디는 그가 베를린에 있을 때 클럽에서 만나 스튜디오에 데려갔던 여자가 분명했다.

토니가 결국 그런 생활을 그만둔 이유도 메디 같이 기억을 되찾은 여자들 때문이었다. 새 아내, 새 나라, 새 출발…. 어떤 약을 써도 희생자들의 기억이 꾸역꾸역 돌아오는 것이 문제였다. 희생자들이 기억을 되찾으면 그는 그 기억을 지워야만 한다. 영원히.

여지껏 희생자는 일곱 명인 줄로만 알고 있었다. 메디는 어찌된 일인지 그물망을 빠져나갔다. 그렇게 조심하고 또 조심했건만.

'그녀는 왜 경찰에 신고하지 않았을까?'

아직은 증거가 없기 때문이리라. 어렴풋한 기억은 법정에서 잘 먹히지 않는 법이다. 믿기 어렵거나 잘못된 기억 아닌가요,

재판장님?

'맙소사, 이 와중에 잠이 쏟아지다니.'

메디는 무슨 꿍꿍이로 그 마을을 찾아왔을까? 일부러 그를 찾아온 걸까? 다시 베를린으로 유인하려고? 만약 그렇다면 그녀는 기나긴 게임을 기획한 것이다.

'교활한 년. 당연히 의심을 품었어야 했는데.'

그녀가 토니를 베를린으로 데려와 술에 약을 넣고 이 빌어먹을 우리에 처넣을 줄은 몰랐다.

토니는 다시 나타난 그녀를 못 알아본 것이 한스러웠다. 왠지 낯익은 얼굴 같긴 했지만 명확한 기억은 없었다. 그러다 그녀가 정말로 그 집에 산 적이 있는 엠마 휴잇일지도 모른다는 데 생각이 미치고 말았다. 그냥 그렇기를 바랐던 것인지도 모른다.

'이런 병신 같은 놈.'

벌써 알츠하이머가 많이 진행된 탓이다.

그는 창살문을 힘주어 밀었다. 이번에는 시멘트 포대가 살짝 움직였다.

1센티미터쯤.

◆

토니의 스튜디오는 북부 노이쾰른의 작은 마을에 있다. 베를린의 옛 공항 부지 템펠호프에서 가까운 곳이다.

나는 그뤼네스탈 클럽을 나서면서, 루크에게 한 시간 뒤에 스튜디오에서 만나자는 메시지를 보냈다.

이곳이 처음 공원으로 개장했을 무렵 나는 플레어와 함께 자주 놀러왔다. 그 시절 이곳은 격렬함과 짜릿함이 가득한 거친 동네였다. 플레어는 지역 예술가들이 즐겨 찾는 카페를 전부 알고 있었다.

하지만 이 지역은 10년 만에 몰라보게 변해 대부분의 길목에는 모던한 카페가 들어섰고, 한때 세탁소였던 곳은 고급 화랑으로 바뀌어 있었다.

나는 토니가 알려준 주소지 쪽으로 걸어갔다. 그가 거짓 주소를 말했다고는 생각지 않는다. 알프라졸람 덕에 아직은 그를 내 뜻대로 주무를 수 있었다. 나를 위해 뭐든지 해달라고 요구할 수 있다. 참 무서운 일이다.

스튜디오 입구를 찾는 데는 한참이나 걸렸다. 골목 깊이 숨어 있어 아직 개발업자들의 눈에 띄지 않은 듯했다.

나는 낡은 건물을 올려다봤다. 1층 위로 두 층이 더 있었다. 토니의 스튜디오는 지하에 있다고 들었다. 건물 뒤편으로 돌아가니, 차고로 내려가는 계단이 보였고 녹슨 차고 문에는 낙서가 가득했다. 그 옆에는 자물쇠를 채운 우편함과 작은 출입구가 보였다.

골목에 누가 있나 살핀 다음 계단을 내려갔다. 꾸러미에서 맞는 열쇠를 찾아 문을 따고, 사진관 앞으로 온 산더미 같은 광고지와 우편물을 옆으로 치웠다. 컴컴하고 꿉꿉한 복도를 들여다보다가 전등 스위치를 켰지만 작동하지 않았다.

그때 토니는 우리를 어떻게 그뤼네스탈 클럽에서 이곳으로 데려왔었을까? 택시로? 자기 차에 태워서?

아무것도 명확히 기억나는 것은 없었다. 나는 눈을 감고 숨을 들이마시며 명상에 잠겼다.

나는 휴대폰 전원을 누르고 켜지기를 기다렸다. 남은 배터리가 충분치 않아 루크에게 문자메시지만 보내고 줄곧 꺼두었다.

휴대폰의 손전등 기능을 사용해 복도 끝에서 두 번째 문 쪽으로 걸어갔다. 토니가 준 세 개의 열쇠 가운데 두 번째 열쇠를 문에 끼워 넣고 문을 열었다.

내부를 손전등으로 비추자 눈앞이 핑핑 돌았다. 제대로 찾아왔다. 벽 전체를 하얗게 칠한 넓은 스튜디오 공간. 기억이 가물거렸다. 여기가 바로 그 일이 일어난 곳이다. 나는 그렇게 확신했다.

바로 앞 벽에 걸린 거대한 액자 속 해마가 어둠 속에서 나를 응시했다. 아드레날린이 솟구쳐서 나는 고개를 돌렸다. 그 추하고 딱딱한 바다 생물을, 그 불거진 눈을 마주볼 수 없었다.

◆

기억이 떠올랐다.

모든 것의 시작이었던 환영이 내 기억을 자극했고, 그것이

나를 영국의 시골 마을로 보냈고, 다시 이곳 베를린까지 데려왔다.

나는 억지로 해마를 마주보며 모든 비극이 어떻게 시작되었는지 다시 한번 기억을 더듬었다.

베를린 생활을 접고 인도로 돌아간 몇 해 전, 나는 우연히 스님들의 사진 몇 장을 보았다. 영국 월트셔로 가 순례여행을 하고 돌아온 스님들이었다. 나는 스님들이 찍어온 사진을 뒤집었다가 이곳 사진관의 로고를 발견했다. 그 이미지가 불러일으킨 강렬한 감정을 나는 힘겹게 억제해야 했다. 떨리는 손으로 사진을 다른 사람에게 넘기고, 바람을 쐬러 마당으로 뛰쳐나갔다.

어머니가 곧바로 따라와서 물었다.

"왜 그러니?"

"다 기억이 났어요." 나는 그렇게 말했다.

정말로 기억이 났다.

사소했지만 그것이 시작이었다. 그것은 고요한 어둠을 밝힌 한 줄기 빛이었다.

지난 몇 년간 나의 베를린 생활이 왜 끝났는지에 대해서는 어머니에게 충분히 이야기했다. 자유분방했던 몇 달 간의 갭이어가 갑작스런 친구의 실종으로 끔찍하게 끝났다고. 클럽이나 마약에 대해서는 자세히 밝힐 수 없었다. 플레어와 내가 연인 사이였다는 사실도. 부모라고 모든 걸 알아야 하는 건 아니니까.

문제는 딱 하룻밤에 있었던 일이 도저히 생각나지 않는다는 거였다. 플레어와 함께한 마지막 밤이.

그러나 사진관 이미지를 접한 순간 굳게 닫혀 있던 기억의 문을 열어줄 열쇠를 손에 넣었다.

그 다음 여섯 달은 스님들과 함께 깊이 파묻힌 기억을 떠올리는 법을 배웠다. 마을 초등학교 교사였던 나는 출근 전과 퇴근 후에 수도원으로 달려가 명상을 수련했다. 나는 스님들과 함께 나무 밑에 앉아 몇 시간이고 깊은 명상에 빠지곤 했다.

처음에 스님들은 내가 전생을 탐구하고 싶어 하는 줄 알았지만 머잖아 나의 목표를 이해하게 되었다. 그래서 그날 밤 베를린에서 일어난 일, 플레어에게 생긴 일을 떠올릴 수 있도록 도와주었다. 그들은 내게 머릿속으로 과거를 더듬고, 해소되지 않은 감정과 기억을 되찾는 수련을 시키기 시작했다.

"마음이 평온해지면 오래된 기억들이 표면으로 떠오르지요." 스님 한 분이 말씀하셨다. "영혼이 어수선하면 기억이 묻히게 마련이고요."

수도원 마당에 엷은 안개가 피어오르던 날 아침, 나는 보리수 나무 밑에서 뭔가를 깨달았다. 나의 뇌 깊숙한 곳에 숨어 있던 몇 개의 장면을 끄집어낸 것이다. 갑자기 지금 내가 서 있는 이 스튜디오에서 토니의 목소리가 메아리치면서 섬뜩한 감정들이 떠올랐던 것이다. 그것이 명상의 힘이었는지는 명확히 알 수 없지만, 그 날의 기억이 그동안 꽁꽁 싸여 있었음을 깨달았다.

"어떤 사람이 나를 진짜 흥분시키는지 알아? 약에 찌들지 않아 싱싱한 뇌를 가지고 있는데도 매일 아침 전날 일어난 모든 일을 잊어버리는 사람이야. 그런 사람이 있다면 나는 더 바랄 게 없어."

오래전 일이라 그가 실제로 한 말은 조금 다를 수 있다. 그러나 그 말에 담긴 소름 끼치는 의미는 기억한다.

'매일 아침 전날 일어난 모든 일을 잊어버리는 사람.'

그 말에는 사악한 의미가 담겨 있었다. 토니는 약물로 희생자들의 의식을 잃게 하는 것으로도 모자라 그보다 더한 것을 추구했다. 날마다 학대를 무한 반복할 수 있는 영구적인 기억상실을 바랐던 것이다.

◆

나는 표적에게 걸맞은 음험하고 비뚤어진 계획을 세워왔다.

기억을 잃었다고 주장하며 영국 윌트셔에 있는 토니의 집을 찾아가면 그는 나를 거부하기 어려울 것이다. 나는 '매일 아침 전날 일어난 모든 일을 잊어버리는 사람'인 셈이니, 그가 나를 마다할 리 없었다.

약에 찌들지 않아 싱싱한 사람. 자연적인 기억상실. 내게 알프라졸람을 먹일 필요도 없다. 그런 내게 토니가 끌리지 않을 수 있었을까?

그의 이름을 찾아 사진 작가로 활동하는 '토니 매스터스'를 구글에서 검색하자, 그가 현재 거주하는 영국 윌트셔의 주소를 쉽게 알아낼 수 있었다. 그는 최근에 이사를 한 듯했고, 나는 그가 틀림없이 집을 샀을 거라 추측했다. 스님들이 방문한 곳이 윌트셔 마을이었으므로 내게는 익숙한 지역이었다. 나머지 정보는 구글 지도와 인터넷 등기소 사이트에서 찾았다.

매매과정에서 인터넷에 올라온 부동산 정보를 보고 그 집의 평면도를 숙지했다. 만약 내가 그 집의 침실이나 욕실 위치, 정원 등에 대해 희미한 기억을 간직한 것처럼 꾸며낼 수 있다면 내 이야기의 신빙성을 높일 수 있으리라 예상했다. 기억상실증 환자들도 종종 어린 시절의 기억을 떠올리니까.

다만, 내가 엠마 휴잇으로 오해받거나, 나의 방문 시기가 그녀의 폭력성이 짙어지는 어머니 기일과 우연히 겹치리라고는 전혀 예측하지 못했다. 게다가 토니가 기억상실증에 걸린 살인마 엠마 휴잇이라는 여자에게 이미 그토록 흥미를 느끼고 있었는지도 몰랐다. 엠마가 언젠가 찾아올 거라는 기대를 품고 그녀가 살던 집을 구입할 정도라니….

◆

나는 살풍경한 스튜디오 내부를 둘러보며 낡은 상자들에 불빛을 비춰보았다. 사진이 한 장도 남아있지 않았다. 집기와 사진 장비는 전부 영국으로 가져갔을 것이다.

남은 것은 벽에 걸린 흉측한 해마 사진 액자뿐이었다.

그때 또 하나의 기억이 깜박거리며 살아났다. 토니가 구석에 놓인 침대에 누워 얼떨떨한 표정으로 나를 보고 있는 플레어를 멋대로 농락하는 장면.

다만, 그가 내게 한 짓은 아직도 기억나지 않는다.

구석에 문이 하나 더 있었다. 나는 그쪽으로 다가가 세 번째 열쇠로 문을 열었다. 현기증을 느끼며 벽 위로 불빛을 비췄다. 와 본 적 있는 곳이었다. 느낌이 그랬다.

그 방 한복판에는 수술대 같은 테이블만 덩그러니 놓여 있었다. 한쪽 구석에는 접이식 뚜껑이 달린 욕조가 보였다. 플레어가 무릎을 움켜쥐고 앉아서 흐느끼던 곳이었다.

바닥은 씻어내기 쉬운 타일이었다. 그 한없이 싸늘한 감촉을 나는 기억했다. 거기서 나던 깨끗한 냄새도 떠올랐다. 나는 그 수술대 같은 테이블 주위를 돌면서 대리석 같은 매끄러운 표면을 손가락으로 쓸었다.

토니는 먼지라면 질색을 했다. 흰 가운을 입은 그의 모습이 스쳐 지나갔다.

이곳은 그가 사진을 인화하는 곳이었을까? 초기에는 직접 사진을 현상했다고 들은 적이 있다. 흰 의사 가운. 아니, 이곳은 그의 사진을 위한 장소가 아니었다. 밤늦게 나를 데려와서 수술 직전의 환자를 앞에 둔 의사처럼 내 몸 곳곳을 찌르고 쑤셔대던 곳이다.

그때 나는 의식이 있었다. 조금은. 그가 내게 무슨 짓을 했었나? 이곳에 와서 그 퍼즐을 완성할 수 있기를 바랐지만 때때로 뇌는 우리를 보호하기 위해 끔찍한 트라우마로 남을 기억을 다가갈 수 없는 곳에 숨겨버린다.

나는 반대편에 있는 서랍 쪽으로 갔다. 서랍 하나를 열어 휴대폰으로 안을 비춰보다가 숨이 멎을 뻔했다. 도저히 두 눈 뜨고 그것을 볼 수 없었다. 의료 기구와 수술 도구였다. 핸드드릴, 메스, 톱과 수술용 끌, 조그만 금속 망치. 고정쇠와 겸자.

이곳에서는 대체 어떤 경악할 일이 일어났을까? 전에도 본적이 있는 물건들이었지만 무슨 이유 때문인지 나는 본능적으로 깊은 두려움을 느끼며 온몸을 부들부들 떨었다.

다른 서랍을 열었다. 이번에는 A4 사이즈로 인쇄된 사진들이었다. 토니의 다락에서 발견한 이미지들과 유사한 말라비틀어진 해마 사진들이었다. 나는 떨리는 손으로 한 장을 집어 자세히 들여다봤다. 한 쌍의 건조된 해마를 내 앞에 있는 탁자 위에 놓고 찍은 사진이었다. 다만 그 해마들에게는 눈이 없었다. 인간의 뇌 속에 있는 해마였다.

나는 사진을 더 유심히 뜯어봤다.

나는 뱃속에서 점점 부풀어 오르는 두려움과 분노를 느끼며 그것을 뒤집어 보았다. 진작 알아챘어야 했다. 해마의 라틴명이 인간의 뇌 부위 명칭과 같다는 사실은 인도에 있을 때부터 익히 알고 있었다.

사진 뒤에는 연필로 이렇게 적혀 있었다.

'플로렌스를 추억하며.'

그때 밖에서 소리가 들렸다.

◆

사일러스는 경찰서 바닥에 휴대폰을 패대기쳤다.

오랫동안 연락 한 번 없던 기자들로부터 어제 숲속에서 일어난 총격에 대한 비공식 정보를 요구하는 전화가 빗발쳤다.

그는 할 일이 태산이었다. 독일 연방범죄수사국에 그의 우려를 좀 진지하게 받아들여달라고 설득하는 일도 그중 하나였다. 그들은 여전히 메디의 전화를 통해 위치추적을 하지 못했고, 연쇄살인범이 베를린으로 날아갔을지 모른다는 그의 확신을 믿을 생각도 없어 보였다.

사일러스의 상관도 더 이상 그를 믿지 않았고, 토니의 컴퓨터에 있는 '히포캄푸스 마들렌' 파일을 그저 '예술가의 엉뚱한 일탈'로 치부했다.

"방금 메디 어머니와 통화를 했습니다."

스트로버가 사일러스의 책상으로 다가오며 말했다. 스트로버만큼만은 사일러스를 믿었다.

"그랬더니?"

"메디가 유럽에 있는지도 모르더군요."

"혹시 메디가 기억해 내려는 게 뭐였는지는 물어봤어?"

"베를린에서 있었던 일이랍니다."

사일러스는 고개를 들었다.

"10년 전 그곳에서 메디에게 무슨 일이 있었나 봅니다. 메디 어머니가 자세히 알려주지는 않았지만요."

그때 사일러스의 사무실 직통전화가 울렸다. 번호를 보니 발신지는 독일이었다. 사일러스와 연락을 주고받던 독일 연방범죄수사국 소속 경찰이었다.

"메디의 휴대폰 위치를 추적했습니다." 그가 유창한 영어로 말했다. "30분 전에 프리드리히샤인의 오래된 창고에서 전원을 껐더군요."

사일러스는 그가 불러주는 정확한 주소를 받아 적었다.

"그나저나 메디를 추적하시는 이유가 뭡니까?" 독일 경찰이 물었다.

"아직은 잘 모릅니다."

사일러스가 주소를 스트로버에게 건네며 대답했다. 그녀는 자신의 노트북에서 주소를 검색했다.

"베를린에 있는 우리 동료들이 조금 전에 택시 기사의 신고 전화를 받았답니다." 독일 경찰이 말을 이었다. "30분 전에 그 주소지에 실어다 준 승객 두 명이 걱정이라면서요."

스트로버는 종이 한 장을 사일러스에게 건넸다. '그뤼네스탈 클럽'이라고 적혀 있었다.

"거기가 옛날에 그뤼네스탈 클럽이 있던 자리 맞나요?" 사일러스가 스트로버를 흘끔 보며 물었다.

"생각보다 젊으시네요."

사일러스는 눈알을 부라렸다.

"영어를 쓰는 여자랑 휠체어를 탄 남자였답니다. 테겔 공항에서 태운 손님이라더군요. 항공사에 확인해보니 메디 설로가 휠체어를 요구했대요."

휠체어?

"그 택시 기사는 뭐가 걱정이랍니까?"

"그 남자가 걱정이라더군요. 그렇다면 우리는 이쯤에서 물러나도 될 것 같네요. 그 여자가 남자한테 구경 시켜줄 데가 있다고 했답니다. '추억 여행' 같은 개념이겠죠."

"대단히 죄송하지만, 지금은 절대 물러나실 때가 아닙니다." 물론 그렇게 말해도 소용이 없다는 사실은 그도 잘 알았다. 사일러스는 부아가 치밀었다.

"흥미로운 추리인 건 분명하네요. 해마와 실종된 사람들이라니. 이제부터는 당신한테 맡길게요." 독일 경찰이 말했다.

◆

나는 바깥을 향해 가만히 귀를 기울였다. 조용했다.

나는 지금 경찰에 연락해서 토니가 어디에 있는지, 플레어가 어떻게 됐는지 알려야 한다.

그리고 나는 이곳에서 일어난 일을 전부 알아야 한다. 모든 사실을 낱낱이. 그러려고 여기까지 왔으니까.

그날 밤 토니가 했던 말들이 조각조각 떠올랐다.

"내일은 다시 만나더라도 서로 모르는 사람이 되는 거야. 살고 싶으면 그래야 돼."

나는 그 말의 의미를 한참 곱씹으며 다른 기억들과 짜 맞추었다. 우리를 플레어의 아파트에 데려다놓기 전에 그가 한 말이 틀림없다. 약물에 찌든 우리의 뇌에게 마지막으로 하는 경고였고, 거리에서 우연히 마주치더라도 그를 알아볼 수 없도록 우리의 무의식에 호소하는 말이었다.

'내일은 다시 만나더라도 서로 모르는 사람이 되는 거야.'

다음 날 그를 또 만난 것은 우연이 아니었다. 우리의 기억상실이 완벽한지, 그가 안전한지 확인하기 위한 만남이었다. 아직 약효에 시달리며 쓰린 속을 안고 늦은 점심을 먹으러 길 건너 카페에 갔을 때 토니도 틀림없이 들어와서 우리와 눈을 맞췄을 것이다.

나는 그를 알아보지 못했지만 플레어는…, 내 사랑하는 그녀는 늘 예리하고 총명했다. 두 시간 뒤에 그녀는 두유를 사러 구멍가게에 갔다가 영영 돌아오지 않았다.

나는 휴대폰을 켜들고 마지막으로 스튜디오 내부를 비춰보았다. 손전등 불빛이 매끄러운 타일 바닥 표면에 반사되었다. 나는 플레어의 아름다운 삶이 끝난 곳을 확인하려고 이곳을 찾아왔다. 그녀를 추모하고 죄책감을 조금이나마 덜고 싶었다.

이곳에 오니 그녀와 가까워진 기분이었다. 플레어가 살아있을 때 우리는 모든 것을 공유했다. 희망과 꿈, 헤드폰, 욕실. 이제 나는 내가 미처 막지 못한 그녀의 죽음을 공유하고 싶다.

나는 심호흡을 하고 싸늘한 수술대 위에 누워보았다. 휴대폰은 끄고 어둠을 응시하며 마음을 진정시켰다. 5분, 어쩌면 10분쯤 지났을 즈음 내 눈앞에 수술 마스크를 쓴 채 나를 내려다보고 있는 토니가 나타났다. 손에는 수술 도구를 쥐고 있었지만 너무 자세히 보고 싶지는 않았다. 아마 메스였던 것 같다. 어쩌면 드릴일지도. 그는 내게 아무 짓도 하지 않았다. 그냥 설명할 뿐이었다. "기억을 하면 무슨 일을 당할지 알겠지?" 그가 내 귀에 대고 속살거렸다. "아무리 생각해도 잊는 게 최선일 거야."

그래서 나는 잊었다. 지금까지.

하지만 내 사랑하는 플레어는 기억했다.

그녀가 생의 마지막 순간을 맞은 곳에서 나는 마침내 평화를 느꼈다. 괴물에게 기억을 빼앗겼으니 고통은 없었기를 바랐다.

절대로 잊지 않을 거야, 내 사랑.

나는 어둠 속에서 손목을 쳐들고 문신에 입을 맞췄다.

그때 밖에서 딸깍 소리가 났다. 아니면 내 입술에서 나는 소리였을까? 다시 좀 더 큰 소리가 났다. 셔터를 열었다 닫는 소리 같았다. 내 오른쪽에 있는, 차고로 연결된 문 너머에서 나는 소리였다. 토니는 내게 그쪽 열쇠는 주지 않았다. 귀를 쫑긋 세웠지만 요란한 맥박 소리만 들렸다.

얼마 후 차고로 통하는 문이 열렸다. 고개를 돌리니 사람의 형체가 어렴풋이 보였다.

◆

"노이쾰른으로 가는 길이에요."

루크는 스트로버와 통화하는 중이었다.

"메디가 거기서 만나자고 문자메시지를 보냈어요."

그는 공항에서 30분을 기다린 끝에 결국 그녀의 메시지를 받았다.

"거기 가셔도 아무도 없을지도 몰라요." 스트로버가 말했다.

"어째서요?"

루크는 택시 속에서 창문 밖을 내다봤다.

"토니를 휠체어에 태워서 공항을 나오는 메디를 목격한 사람이 있대요." 스트로버가 말했다.

"휠체어라고요?"

"메디의 휴대폰이 꺼지기 전에 옛 나이트클럽 건물에서 신호가 잡혔다는군요. 당신이 받았다는 메시지를 베를린 경찰한테 전달은 하겠지만 너무 기대는 마세요. 가시는 곳 주소 좀 알려 주실래요?"

루크는 주소를 소리 내 읽었다.

그는 메디에게 곧바로 답장을 보냈지만 이번에도 반응이 없었다. 뭔가 크게 잘못된 모양이었다. 혹시 그녀가 메시지를 보내는 것이 아니라 다른 사람이 그녀의 휴대폰을 사용하고 있다면?

"메디가 위험한 상황인가요?"

루크가 점점 커지는 걱정을 숨기지 못하고 물었다.

"사일러스 반장님이 독일 경찰 측에 우리의 우려를 전달했어요. 하지만 증거가 별로 없으니 우리가 할 수 있는 일이 많지 않네요. 죄송합니다."

"실종된 프레야 슈미트가 정말 메디랑 닮았던가요?"

전화는 이미 끊긴 상태였다.

◆

"메디?"

토니였다.

토니의 눈에는 어둠 속에서 수술대 위에 누워 있는 내가 아직 보이지 않을 터였다.

"여기 있어요?" 그가 문간에 서서 물었다.

나는 숨조차 쉴 수 없었다.

"당신 너무했어요. 비행기에서 나를 그렇게 기절시키다니…."

그의 말투는 아직 어눌했다. 어둠에 적응하면 곧 내가 보일 것이다. 매니큐어 제거제인 아세톤 냄새가 났다.

"알아서 준비하고 있네요. 다들 그 자리에 누웠죠. 기억이 남아 있던 사람들은 모두."

"플레어한테 무슨 짓을 했어요?" 나는 가까스로 목소리를 냈다.

"대부분 약을 먹여야 했어요."

"플레어한테 무슨 짓을 했냐고요?" 나는 다시 물었다.

누워 있으니 내가 너무 무력하게 느껴졌지만 갑자기 움직일 수는 없었다.

"당신, 옛날에도 거기 누웠을 거예요. 누가 기억한다 싶으면 가끔씩 거기 눕혀 경고를 했으니까. 말로 하는 예방약인 셈이었죠."

내 기억이 옳았다.

"시체는요? 플레어를 어디 뒀어요?"

그는 등 뒤로 문을 닫고 방 안으로 들어왔다. 방 안은 칠흑같이 깜깜했다. 나와 달리 그는 가만히 서서 느리고 고르게 숨을 쉬었다. 알코올 또는 소독제 같은 약품 냄새가 점점 강해졌다. 거의 질식할 지경이었다.

'경찰에 미리 알렸어야 했는데⋯.'

"정말 기억해냈군요. 맙소사, 이렇게 세월이 많이 지났는데? 십 년이나 흘렀잖아, 빌어먹을."

아까 공장에서 그의 감방 문 앞에 시멘트 포대를 더 많이 가져다 놓고 다른 물건도 더 쌓았어야 했다. 더 주의했어야 했다.

혹시 토니가 나를 따라오기를 바라는 마음이 내 무의식 속에 있었던 걸까? 플레어와 같은 운명을 맞고 싶어서?

"당신이 나를 기억할 줄 알았어요. 당신 집에 찾아갔을 때요." 내가 말했다.

두려움으로 묵직한 발걸음을 옮겨가며 토니의 집을 찾아갔던 첫날을 회상했다.

"당신 얼굴은 알아봤어요. 예쁜 얼굴은 절대 잊지 않으니까. 그냥 당신이 누군지 몰랐을 뿐이지."

술 취한 사람 같은 말투였다.

"내가 엠마 휴잇이라고 생각했었죠?" 계속 말을 시켜야 했다.

"한동안은요. 착각했던 거지."

나는 그에게 경멸의 말을 퍼붓고 싶었다.

"당신 기억력, 지금은 형편없죠?"

"형편없다고?" 그가 잠시 말을 멈췄다. "형편없다고?" 그의 목소리에 분노가 담겨 있었다.

참으로 얄궂은 상황이다. 그는 알츠하이머 때문에 자신의 희생자들처럼 서서히 기억을 잃고 있었다.

나는 그가 가장 두려워하는 것이 무엇인지 알고 있다.

"난 어제 있었던 일은 아직 기억할 수 있어. 멍청한 네 친구 플로 년보다는 훨씬 낫지."

"플레어예요."

나는 화를 억누르려고 눈을 질끈 감았다. 어디서 감히?

"그리고 내 친구는 멍청한 년이 아니었어."

"그 년 엄마는 플로렌스라고 불렀다더군. 내가 그년의 머리통을 가르기 직전에 그 말을 했지."

견딜 수 없었다. 그것이 플레어가 그와 마지막으로 나눈 대화였다니. 공포에 질린 채 이 수술대 위에 누워 자기 어머니 이야기를 했다니. 그녀는 마지막 순간까지 용감했던 것이다.

"나는 정식 이름이 좋아. 사진 제목으로 더 그럴듯해 보이거든. 라틴어 학명처럼 들리기도 하고."

"몇 명이었어요?"

토니가 내 오른쪽으로 가까이 다가왔다. 이제 그의 윤곽을 알아볼 수 있었다. 나는 왼쪽 서랍 속에 손을 넣어 금속 의료기구를 만지작거렸다.

"이제 곧 여덟이 되겠지. 한 명 한 명의 기억은 예술 속에 영원히 남을 거야. 만약을 대비해 당신을 위한 해마 사진 액자도 준비해놨어. 당신이 이름을 기억해냈을 때부터 줄곧 생각을 해뒀거든. 히포캄푸스 마들렌. 하지만 당신이 그토록 능청스럽게 나를 속일 줄은 몰랐어. 선수를 쳐서 나를 엿 먹일 줄은 몰랐지."

나는 손가락으로 수술용 끌의 날카로운 날을 확인하고는 자루를 잡으려고 서랍 안으로 손을 밀어 넣었다.

"엄청난 도박을 했군. 내 집 문 앞에 제 발로 나타나다니."

"꼭 도박이라고까지 생각하지는 않았어요."

나는 잠시 말을 멈췄다.

내가 인도에서 떠올린 기억은 또 있었다. 그것은 내게 계획을 실행할 용기를 준 퍼즐 한 조각이었다.

"그날 밤 당신이 말했었죠. '내 뇌는 죽어가고 있어.' 당신이 직접 한 말이잖아요. 그래서 나는 당신의 죽어가는 뇌가 내 예쁜 얼굴을 떠올리지 못할 거라 계산했죠. 내 문신도요. 당신이 우리를 겁탈한 날 밤에 플레어와 내 몸에서 보았을 문신 말이에요. 아무리 잊기 힘든 독특한 문신이라 쳐도요. 당신 집에 도착한 날 당신을 유심히 살폈어요. 문신은 내 마음속의 경계 경보였죠. 그것을 보고 당신이 뭔가 떠올리는 기색을 드러냈다면 나는 얼른 그 집을 나왔을 거예요. 하지만 아니었잖아요. 당신은 전혀 알아보지 못했어요. 요즘도 자동차 열쇠를 보고 어디 쓰는 열쇠인지 깜박깜박하죠?"

"이 빌어먹을 년." 그가 내게 달려들었다.

순간 내 얼굴에 천 조각이 덮였다. 과하게 익은 바나나처럼 코를 찌르는 냄새.

나는 수술용 끌을 꼭 쥔 채 왼팔을 들어 그의 머리를 가차 없이 내리찍었다. 그것이 토니에게 꽂히는 순간 나는 수술대 위에서 바닥으로 굴러 떨어지며 얼굴에서 천 조각을 떼어냈다.

토니도 뒤로 나자빠졌다. 끌이 어디에 박혔는지 확인하고 싶지는 않았다.

그가 끝을 잡고 빼내며 신음했다.

"방금 실수한 거야." 그가 속닥거렸다.

내가 그의 뇌를 찔렀다. 타일 바닥에 피가 고이고 있었다. 그렇게도 청결하게 유지했던 바닥을 그가 엉망으로 만들고 있었다.

나는 일어서서 무기력한 그의 형체를 내려다봤다. 그리고 다시 서랍에 손을 뻗어 조그만 금속 망치를 꺼냈다.

"어서 죽여!" 그가 말했다.

"플레어의 시체는 어디 있죠?"

나는 망치의 무게에 놀라며 물었다. 내 추측이 옳은지 확인해야 했다.

"그년은 나를 그런 눈으로 보지 말았어야 했어."

"어디서요?"

"카페에서."

내 추측이 옳았다.

"한번 흘끔 봤을 뿐이지만 그걸로 충분했어. 눈을 보면 알 수 있지. 기억하는지 아닌지."

나는 망치를 꼭 쥐었다.

"어딘지 말해요."

"뮈겔시."

베를린의 호수 가운데 하나다. 플레어가 나를 그곳에 데려간

적이 있다.

"다른 사람들도요?"

"그건 말 못해."

더 이상 참을 수 없었다. 토니의 머리를 산산조각 내고, 그가 만들어낸 모든 고통의 기억을 부수어 세상에서 영원히 없애고 싶었다. 나는 그를 노려보며 망치를 높이 쳐들었다.

"어서 해!" 그가 속삭였다.

"그럴 거니까 걱정 말아요."

나는 그를 내려칠 생각이었다.

하지만 잠시 후 차고의 셔터 열리는 소리가 들리고, 방 안으로 빛이 흘러들어왔다.

"메디!" 루크가 내 쪽으로 달려오며 외쳤다. "멈춰요! 망치를 내려놔요. 제발."

망치는 아직 내 머리 위에 있었다.

나는 무력하게 죽어가는 토니를 보며 루크에게 순순히 망치를 내주었다. 내가 할 일은 여기까지였다.

루크가 휴대폰을 꺼내 경찰에 신고를 하려고 했지만, 경찰은 이미 이쪽으로 오고 있는 중이라고 했다. 도시를 쩌렁쩌렁 울리는 사이렌 소리가 점점 가까워지고 있었다.

한 달 후

메디가 루크를 보고 빙그레 웃었지만, 루크가 보기에 그녀는 억지로 쾌활한 척하는 듯했다.

"로라는 잘 지내요?" 메디가 훨씬 차분한 목소리로 물었다.

최근 몇 주 사이 루크와 메디는 화상 통화로 많은 얘기를 나누었다. 베를린에서 겪은 일을 극복하려면 두 사람 다 대화가 절실했다.

"어느 모로 보나 잘 지내고 있어요. 우리 요즘 꽤 자주 만났거든요."

"당신이 로라를 행복하게 해 주셨으면 좋겠어요."

"나도 같은 생각이에요." 루크가 말을 잠시 멈췄다.

루크는 잘 버텨내고 있는 메디가 자랑스러웠다.

"당신은 괜찮아요?"

화면 속에서 메디가 고개를 끄덕였다.

"저도 잘 지내요. 엄마가 돌아오셨나 봐요. 나가봐야겠어요."

그녀는 입가에 미소를 지으며 화면을 끄려고 다가왔다.

"잠깐만." 루크가 말했다. "언제든 전화해요. 대화가 필요하다면요. 어떤 얘기든 괜찮으니까."

최근에 그는 메디가 뭔가 중요한 얘기를 꺼내려다 만다는 느낌을 몇 번이나 받았다.

"고마워요. 그럴게요."

화면이 꺼졌다.

그녀가 잘 지내기를 바라며 루크도 아이패드를 껐다.

메디는 베를린에서 루크와 대면했을 때 약속대로 자기 이야기를 들려주었다. 두 사람은 독일 경찰의 수사에 협조하느라 한동안 그 도시에 머물러야 했다. 그녀가 인도로 돌아간 후에는 화상 통화로 이런 저런 이야기를 나누었다.

메디는 상관없다고 했지만 루크는 그녀의 사연을 신문기사로 쓸 생각은 없었다. 그의 인생에는 변화가 생겼다. 알고 보니 메디는 입양아가 아니었다. 그녀는 베를린의 실종자 명단에 있던 프레야 슈미트라는 여자도 아니었다.

10년 전에 메디는 토니의 데이트 강간과 사랑하는 친구의 실종이라는 큰 아픔을 겪고, 어머니가 있는 인도로 돌아갔다. 딱히 그 때부터 수도 생활을 했다고 할 수는 없지만 그녀가 성장한 유럽과 이별하고 어머니의 고향인 인도 남부의 문화에 젖어들었다.

베를린에서 자신과 플레어가 토니에게 당한 일은 10년이 지나서야 떠오르기 시작했다. 토니가 찍은 사진을 우연히 접한 것이 그 시작이었다. 훗날 베를린에서 토니의 재판이 열리면 더 많은 사실이 밝혀질 것이다. 루크와 메디는 검찰 측 증인으로 재판에 출석할 예정이었다.

루크는 오븐에 파이 몇 개를 넣은 다음 로라를 만나러 갔다. 로라는 집의 이력에 개의치 않고 그곳에 계속 살기로 결정했다.

◆

"수업이 지금 막 끝났어요."

그녀가 요가복 차림으로 문을 열었다.

"들어오세요."

루크는 그녀를 따라 거실로 들어갔다.

"잠깐 있다 가실래요?" 로라가 소파에 앉으며 물었다.

"사실 마을 주점에 가는 길이에요." 루크가 대답했다.

스트로버가 지역 봉사 활동을 핑계로 마을에 와 있었다. 다시 말해 술을 마시고 있다는 뜻이었다. 그녀와 션이 의기투합해 루크에게 어서 마을 주점으로 오라고 성화였다.

"다음에요."

"그래요."

루크는 아직 충격에서 헤어 나오지 못한 로라가 집에 혼자 있는 것이 안쓰러워, 그녀가 지금 앉아 있는 소파에서 몇 날 밤을 자고 간 적이 있었다.

로라는 일어서서 벽난로 쪽으로 다가갔다.

"메디가 편지를 보냈어요."

그녀가 선반에서 항공 우편물을 집어 들었다.

"그런데 아직 읽어보지는 않았어요."

루크와 로라는 최근 몇 주 사이 토니와 그의 희생자들, 메디에 대해 많은 이야기를 나누었다. 로라는 메디가 얼마나 용감하게 행동했는지 깨달았다.

루크는 언젠가 두 여자가 마음 속 앙금을 털고 다시 만날 수 있기를 바랐다. 둘을 화해시키는 것, 적어도 이해시키는 것이 자신의 의무처럼 느껴졌다.

◆

마을 주점에 들어선 루크는 구석에 붙어 앉아 있는 션과 스트로버를 발견했다. 갑자기 진전된 그들의 관계를 아직 받아들이기 어려웠다.

"우리 사일러스 반장님도 곧 이쪽으로 오실 거예요."

카운터에서 세 사람의 술잔을 가지고 오는 루크에게 스트로버가 말했다.

"사일러스 반장님이요?"

"데이트가 있거든요." 스트로버가 루크에게 앉을 공간을 내주며 말했다. "의사 선생님이랑요."

"이 동네 참 좁네." 션이 기네스 맥주를 들이켜며 말했다.

"오셨네요." 스트로버가 말했다.

루크가 고개를 들어보니 문 앞에 사일러스 반장이 서 있었다. 혼자였다.

"다들 한 잔 하러 오셨나 봅니다?"

사일러스가 테이블로 다가오며 루크를 흘끔 보았다.

루크가 보내준 토니의 스튜디오 주소를 사일러스가 독일 경찰 측에 전달하자, 비로소 그들은 사일러스의 우려를 진지하게 받아들였다.

알고 보니 옛날에도 위험 경고는 있었다. 스튜디오 주소지의 이웃 주민이 몇 년 동안 그곳에서 이상한 소음과 몸싸움하는 소리, 한밤중에 차를 돌리는 소리 등 수상한 움직임이 있다고 신고를 한 것이었다. 그러나 조사된 적은 한 번도 없었다. 토니가 그동안 시체를 차고로 운반한 다음 차에 실어 뮈겔시로 이동한 것으로 드러났다.

지금까지 호수에서 발견된 희생자는 셋이었다. 플레어는 아직 발견되지 않았지만 그 정도면 토니를 기소하기에는 충분했다. 그는 무기징역형을 피하기 어려울 것이다.

"의사 선생님은 어디 두고 혼자 왔어요?" 늘 그렇듯이 셴이 눈치 없이 그렇게 물었다.

"패터슨 박사는 늦게까지 일해야 한대요." 사일러스가 스트로버의 눈길을 피하며 말했다.

"내가 한 잔 드릴게요." 분위기가 어색해질세라 루크가 얼른 제안했다. "뭐 마실래요?"

"같이 가서 주문해요." 사일러스가 대답했다.

술친구로는 도저히 어울리지 않아 보이는 루크와 사일러스는 카운터 앞에 나란히 섰다.

"셴 때문에 미안하군요." 루크가 말을 꺼냈다.

"아니에요." 사일러스가 머뭇거리다 말을 이었다. "바람맞은 것도 처음이 아니고요."

"전보다 훨씬 좋아 보이네요."

"채식을 시작했어요. 담배도 끊었고요. 아까 당신이 써 준 진술서를 읽었어요. 숲속에서 일어난 총격 사건에 대해 우호적으로 써 주셔서 감사해요."

"본 대로 쓴 걸요."

"다른 사람들도 그렇게 정직하다면 얼마나 좋을까요."

사일러스는 맥주잔을 들고 꿀꺽꿀꺽 마셨다.

"독일 의사들 얘기로는 토니 매스터스의 상태가 너무 안 좋아서 법정에 세우기 어렵겠다더군요. 머리에 수술용 끌이 박힌 게 알츠하이머에 악영향을 끼친 모양이에요." 사일러스가 말했다.

"나는 그를 구하려고 나름대로 노력을 했어요."

루크는 토니의 상처에서 철철 흐르는 피를 지혈하려고 허둥대던 순간을 회상했다. 나중에 말하기를 메디는 토니가 죽기를 바랐다고 했다.

"다른 사람 같았으면 굳이 그러려고 하지도 않았을 거예요." 사일러스가 말했다. "토니 아내 로라는 어떻게 지내나요?"

"그런 일을 겪은 사람치고는 꽤 잘 지낸다고 봐야죠. 패터슨 박사가 친구이자 의사 역할을 잘 해주니까요. 다른 이웃들도 로라를 잘 보살피고 있어요." 루크가 잠시 망설이다 말을 이었다. "로라가 메디한테서 장문의 편지를 받았대요. 그게 도움이 될 거예요."

"사실은 많이 괴로울 거예요."

"그렇다마다요."

사일러스는 맥주를 한 모금 더 마시고 주점 안을 둘러봤다. "참고로 말씀드리자면, 오늘 저녁에 독일에서 연락이 왔는데, 뮈겔시에서 시체를 또 찾았대요."

"플레어일까요?"

"그렇게 추정된대요. 아직 확인 중이지만요. 메디한테 알려 주셔야겠네요. 마음의 준비가 필요할 테니까요."

루크는 사일러스에게 인도로 돌아간 메디와 연락을 주고받는다는 이야기는 했었다. 그 소식을 전하면 메디는 이제 이 일이 마무리됐다고 느낄 것이다.

"메디가 그렇게까지 대담한 계획을 세웠다는 건 참 믿기 힘들어요." 사일러스가 말했다. "이 마을까지 찾아와 연쇄살인범의 집에서 기억을 잃은 여자 행세를 했다니요. 토니를 베를린으로 꾀어낼 방법은 그것밖에 없다고 생각했나 봐요. 플레어가 무슨 일을 당했는지 밝히려면 그렇게 하는 수밖에 없었겠죠."

사일러스는 루크에게 술잔을 들어보였다. 그 자리에 없는 메디를 위해 건배를 하듯.

그리고 루크와 눈을 맞추며 말했다. "그렇게 하기까지 엄청난 용기가 필요했을 거예요."

계단 꼭대기에 도착할 즈음에는 숨이 가빴지만 주변 경치를 둘러보니 힘들게 올라온 보람이 있다 싶었다.

내 발 밑에 펼쳐진 쿠마라다라 강은 60미터를 곤두박질치며 협곡을 만들었고, 폭포가 되어 떨어진 물은 옅은 안개가 되어 열대 숲으로 흩뿌려졌다.

코브라 사프란, 용뇌향목, 망고, 향기로운 아소카 나무. 10년 전, 어머니는 베를린에서 돌아온 나를 이곳으로 데려와 온갖 나무 이름을 가르쳐주셨다. 이 숲에는 바람까마귀와 말라바르 회색고뿔새 등 다양한 새도 살고 있다.

그때의 나는 상처 입은 영혼이었다. 나와 플레어에게 무슨 일이 일어났는지 전혀 이해하지 못한 채 입을 꾹 닫고 방황하던 시기였다.

나는 오늘따라 유난히 기운이 치솟고, 이곳의 아름다움과 더 친해진 기분이었다. 예전에는 이곳에서 나는 물소리가 마치 상처 입은 동물이 으르렁대는 소리처럼 들렸는데, 오늘은 나를 위로하고 힘을 주는 소리처럼 들렸다.

이제 베를린에서 다시 돌아온 지 한 달이 지났다. 내가 고향으로 돌아오자 어머니는 반색했다. 학교에서 학생들을 가르치는 일상도 큰 위안을 주고 있다. 아이들은 어른들의 삶을 황폐하게 만든 폭력에 개의치 않고 나를 있는 그대로 받아주었다.

어제는 루크와 화상통화를 했다. 그는 내게 좋은 친구가 되어 주었고, 나도 그에게 좋은 친구가 되고 싶다. 그가 앞으로의 삶을 로라와 함께한다면 내가 로라에게 던진 충격도 어느 정도 치유가 될 것이다.

루크는 우선 자신의 딸부터 찾고 싶어 했다. 나는 어제 말을 꺼내려다가 말았다. 아직은 용기가 나지 않았다. 아직 내 생각이 틀렸기를 바라는 마음이 남아 있기 때문이리라.

몇 분 뒤, 나는 기다란 계단을 다시 내려가기 시작했다. 내 옆으로 관광객들이 숨을 헐떡이며 지나갔다.

내가 지금 가려고 하는 말랄리 폭포는 쉽게 접근할 수 있는 곳이 아니다. 강물이 불어났지만 나는 마음을 단단히 먹고 폭포 쪽으로 향했다.

오솔길이 끝나는 지점에서 방향을 틀어 우레처럼 쏟아지는 폭포 앞으로 다가갔다. 물보라 때문에 앞이 잘 보이지 않았고 옷은 흠뻑 젖었다. 그래도 상관없었다. 저 위에서 산림 관리인으로 보이는 사람이 위험하다며 소리를 질렀다.

나는 주위를 둘러본 뒤, 작은 배낭을 벗어놓은 다음 바위 위에서 간신히 균형을 잡았다. 여기 오는 길에 일렬로 늘어선 기념품 가게를 지나왔다. 나는 가게 한 곳에 들러 어디로 가면 카나타카 주를 상징하는 주화(州花)인 연꽃을 살 수 있는지 물었다. 가게 주인은 나를 근처에 있는 불교 사원 뒤뜰의 연못으로 안내했다. 그곳에서 나는 보시를 한 대가로 연꽃 한 송이를 따올 수 있었다.

이제 나는 상자에 넣어두었던 보라색 연꽃을 꺼내 들었다. 이 꽃은 순수함과 아름다움의 상징, 플레어의 상징이었다.

경찰이 호수에서 그녀의 시체를 찾지 못하자 나는 망연자실했다. 하지만 플레어도 머지않아 발견될 것이다. 그러면 내가 직접 루크에게 사실을 이야기하지 않아도 될지 모른다.

언젠가는 루크에게 말해야 한다. 용기를 내어 나의 걱정을 그에게 털어놔야 한다. 그의 딸에 대해, 그가 찾는 사람에 대해. 아무래도 그는 딸을 영영 만나지 못할 것 같다.

마을 보건소에서 처음 만났을 때부터 루크에게 특별한 끌림이 있었던 이유도 플레어 때문이 아니었을까.

나는 양팔을 펼친 채 힘차게 떨어지는 폭포를 올려다보았다. 그리고 플레어를 생각했다. 그녀와 함께한 행복한 시간, 웃음, 춤, 스프리 강을 따라 오래도록 산책하던 순간, 젊음의 섬에서 맥주를 마시던 순간을 떠올렸다. 토니가 베를린에서 우리에게 저지른 악행을 영혼에서 씻어낸 뒤, 내 눈물을 지워버리고 싶었다.

나는 귀를 찢는 듯한 굉음을 내며 떨어지는 폭포를 향해 연꽃을 높이 던졌다. 한껏 날아올랐던 연꽃이 폭포 밑의 하얀 물보라 위에 떨어졌다. 연꽃은 험한 풍랑에 흔들리고 뒤집히면서 아라비아 해 너머로 고독한 여행을 떠날 것이다.

옮긴이 김효정

연세대학교에서 심리학과 영문학을 전공했다. 글밥 아카데미 수료 후 현재 바른번역 소속 번역가로 활동하고 있다. 옮긴 책으로는 《누군가는 알고 있다》, 《스토커》, 《옆집의 살인범》, 《죽음을 보는 재능》 등이 있다.

내 이름을 잊어줘

초판 2019년 8월 14일 1쇄
저자 J. S. 몬로
옮긴이 김효정
ISBN 979-11-90157-00-1   03840

출판사 도서출판 북플라자
주소 경기도 파주시 파주출판단지 문발동 638-5
홈페이지 www.book-plaza.co.kr

영화 관권, 오탈자 제보 등 기타 문의사항은 book.plaza@hanmail.net으로 보내주세요.
잘못된 책은 구입하신 서점에서 교환해 드립니다.